鏡花緣・鏡裡奇遇記

方瑜・編撰

中國歷代經典寶庫 9

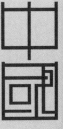

出版的話

時報文化出版的《中國歷代經典寶庫》已經陪大家走過三十多個年頭。無論是早期的紅底燙金精裝「典藏版」，還是50開大的「袖珍版」口袋書，或是25開的平裝「普及版」，都深得各層級讀者的喜愛，多年來不斷再版、複印、流傳。寶庫裡的典籍，也在時代的巨變洪流之中，擎著明燈，屹立不搖，引領莘莘學子走進經典殿堂。

這套經典寶庫能夠誕生，必須感謝許多幕後英雄。尤其是推手之一的高信疆先生，他秉持為中華文化傳承，為古代經典賦予新時代精神的使命，邀請五、六十位專家學者共同完成這套鉅作。二○○九年，高先生不幸辭世，今日重讀他的論述，仍讓人深深感受到他對中華文化的熱愛，以及他殷殷切切，不殫編務繁瑣而規劃的宏偉藍圖。他特別強調：

中國文化的基調，是傾向於人間的；是關心人生，參與人生，反映人生的。我們的聖賢才智，歷代著述，大多圍繞著一個主題：治亂興廢與世道人心。無論是春秋戰國的諸子哲學，漢魏各家的傳經事業，韓柳歐蘇的道德文章，程朱陸王的心性義理；無論是貴族屈原的憂患獨歎，樵夫惠能的頓悟眾生；無論是先民傳唱的詩歌、戲曲，村里講談的平話、小說……等等種種，隨時都洋溢著那樣強烈的平民性格、鄉土芬芳，以及它那無所不備的人倫大愛；一種對平凡事物的尊敬，對社會家國的情懷，對蒼生萬有的期待，激盪交融，相互輝耀，繽紛燦爛的造成了中國。平易近人、博大久遠的中國。

可是，生為這一個文化傳承者的現代中國人，對於這樣一個親民愛人、胸懷天下的文明，這樣一個塑造了我們、呵護了我們幾千年的文化母體，可有多少認識？多少理解？又有多少接觸的機會，把握的可能呢？

參與這套書的編撰者多達五、六十位專家學者，大家當年都是滿懷理想與抱負的有志之士，他們努力將經典活潑化、趣味化、生活化、平民化，為的就是讓更多的青年能夠了解繽紛燦爛的中國文化。過去三十多年的歲月裡，大多數的參與者都還在文化界或學術領域發光發熱，許多學者更是當今獨當一面的俊彥。

三十年後，《中國歷代經典寶庫》也進入數位化的時代。我們重新掃描原著，針對時代需求與讀者喜好進行大幅度修訂與編排。在張水金先生的協助之下，我們就原來的六十多冊書種，精挑出最具代表性的四十種，並增編《大學中庸》和《易經》，使寶庫的體系更加完整。這四十二種經典涵蓋經史子集，並以文學與經史兩大類別和朝代為經緯編綴而成，進一步貫穿我國歷史文化發展的脈絡。在出版順序上，首先推出文學類的典籍，依序有詩詞、奇幻、小說、傳奇、戲曲等。這類文學作品相對簡單，有趣易讀，適合做為一般讀者（特別是青少年）的入門書；接著推出四書五經、諸子百家、史書、佛學等等，引導讀者進入經典殿堂。

在體例上也力求統整，尤其針對詩詞類做全新的整編。古詩詞裡有許多古代用語，需用現代語言翻譯，我們特別將原詩詞和語譯排列成上下欄，便於迅速掌握全詩的意旨；並在生難字詞旁邊加上國語注音，讓讀者在朗讀中體會古詩詞之美。目前全世界風行華語學習，為了讓經典寶庫躍上國際舞台，我們更在國語注音下面加入漢語拼音，希望有華語處，就有經典寶庫的蹤影。

《中國歷代經典寶庫》從一個構想開始，已然開花、結果。在傳承的同時，我們也順應時代潮流做了修訂與創新，讓現代與傳統永遠相互輝映。

時報出版編輯部

【導讀】

鏡裡有乾坤

方瑜

誰沒有照過鏡子呢？從明潔鏡面中，我們認識了自己的形象。但是，除了桌前、壁上有形的鏡子之外，還有許多無形的鏡子，所以，唐太宗才說：「以銅為鑑，可正衣冠；以古為鑑，可知興替；以人為鑑，可明得失。」如果學會照這種無形之鏡，不僅可以清清楚楚看見自己的外貌，更可以深入認識自己和周遭的人，從表面的行為舉止一直看透到內心深暗角落，甚至對人與事、今與古、時與空都能有更豐富、深度的洞燭。然而，這種鏡子，卻並非人人會照，即使有緣與「鏡」相對，也可能相見不識，失之交臂！

《鏡花緣》這部書，最主要也最引人入勝的情節就是唐敖海外遊歷的種種奇遇，以及唐小山尋父途中的艱危苦難。這些極富趣味性，不斷開展的故事，正如一面又一面在讀者眼前輝映的明鏡，將人性中平日隱密掩藏的弱點：自私、虛驕、浮誇、奢靡、吝嗇、作偽、詭詐、凶狠……等等，全都昭然揭發。猶如面對能透視血脈、纖毫畢現的鏡面，任何髒汙、斑點、創痕、紋路全都無所遁形。在原作者李汝珍嘲謔誇張，而又始終旁觀而不介入的冷靜筆法下，我們往往隨著主角的遭遇而哄然大笑。但是，笑過之後，從心底翻湧而上的卻是惶惑自疑和莫名的愧疚，《鏡花緣》就是這樣一部值得用心咀嚼、內省的書。

書中同樣也對人性有肯定的描繪，例如君子國、大人國這兩個「烏托邦」式的地上樂園，其中的大人、君子，正是凡人洗淨污垢之後可能臻及的理想典範！照照這正面的明鏡，不禁油然而生自慚形穢又心嚮往之的慨嘆！

至於唐小山尋父途中的艱危，固然和全書的神話結構呼應，是百花仙子謫降人間早已注定的命運。然而，這類似「天路歷程」的朝聖之旅，特別強調的正是人之意志所能發揮的力量，真可悲天泣地、驚動鬼神。一個纖弱少女憑藉堅決不移的毅力不斷追尋，終能超克種種試探、誘惑與磨難，達到「靈山即在心頭」的真如之境。雖然，唐小山最後的抉擇是捨棄人間才女的榮冠，同歸蓬萊仙鄉，但她這趟下凡歷劫卻並非徒然，以血肉凡軀遍歷生死關頭，這種深刻體驗是對生命所做最真實的投入與認知。原作者對不生不滅，清淨無垢仙界所持的質疑態度，從這反面的「鏡子」中，已清楚投映出來。

《鏡花緣》全書共有一百回，為了保持故事結構完整，氣勢一貫，不減損讀者閱讀的興趣，同時也因篇幅所限，改寫本以原書的前半為重點，原著許多炫學、考據、冗贅、重複的部分，都加以刪除，人物也集中於唐敖父女、林之洋和多九公。原書提及的一百位花仙，很多都僅有姓名，並未作深層描述，因此，改寫本只擇取散居海外的十二名花來陪襯唐敖和百花仙子。對於原著幽默、諷諭的筆法、冷靜剖析人性的特色，則盡量保存，並予以強調。希望這面新製的舊鏡能滿足讀者先睹為快的心意！

如果對原著有深入探討的興趣，希望不要忽略書後的附錄〈蓬萊詭戲——論鏡花緣的世界觀〉，這篇精彩的學術論文，是我十分敬佩的學長樂蘅軍的大作，商得她的同意，收入書中，在此深致謝意。細心品讀這篇論文，更可證明「鏡花緣」蘊義的豐厚，直像上下前後交相輝映的明鏡，所謂「橫看成嶺側成峰，遠近高低各不同」，見仁見智，實在有太多不同的影像，可以啟發我們。

鏡花緣◆鏡裡奇遇記　目次

海上遊蹤——

奇風異俗大歷險

一、一局棋誤

古老相傳，有些名山洞府是神仙的家鄉，最著名的像崑崙山住著王母娘娘，海上三神山：蓬萊、瀛洲、方丈分別住了許多不同的神仙。這些仙山，氣候四季如春，美麗芬芳的鮮花永不凋謝，奇木青翠，珍果纍纍，各種可愛的動物，和樂相處。住在這裡的神仙，長生不老，天長地久過著逍遙自在的日子。不過，每位神仙都有工作，分別掌管天上、人間大大小小的事情，如果疏忽了分內的工作，後果十分嚴重，一定會遭受處罰，據說，天上的刑法有時比人間法律還要嚴苛得多呢！這本《鏡花緣》的故事，一開始就要說到掌管天上人間所有鮮花的百花仙子，如何因為一次偶然的失誤，就被處罰下降到凡間受苦歷劫的經過。

百花仙子本來住在蓬萊仙山的薄命岩、紅顏洞，已經不知住了多少年，她掌管天下所有鮮花，稱為群芳之主。此外，還有百果仙子、百草仙子和百穀仙子，大家常常來往，是很要好的朋友。這一天，剛好是王母娘娘的生日，舉行「蟠桃會」，所有神仙幾乎只要受到邀請，都高高興興趕去向王母娘娘賀壽。四位仙子也約好一起去。

到了崑崙山瑤池，群仙齊向王母祝壽，百鳥仙、百獸仙更率領各色禽鳥，各種奇獸表演精采的歌舞。宴席中，嫦娥忽然向百花仙子提出要求說：

「如果仙姑肯下令讓百花同時開放，豈不更有趣嗎？」

眾仙也都覺得這確是「錦上添花」的樂事，一起向百花仙子要求。

「我不能答應！鮮花開放各有一定的時間季節，不像歌舞，隨時都可表演。如果小仙混亂開花的時令，玉皇定會嚴責，請嫦娥姊姊別開玩笑吧！」

「今天是王母仙誕的好日子，妳讓百花齊放，不過舉口之勞，一件小事，偏偏裝腔作勢，實在太掃興了！」

「小仙奉玉帝之命執掌百花，除非玉帝下令才能不按時節開花，否則即使人間天子的命令，也不能遵從，這事只好得罪嫦娥姊姊了！」

「好吧！妳說即使人間帝王下令，也不肯不按時節開花。從今以後，有朝一日，妳如果違背這個諾言，要如何受罰？當著王母和眾位仙長的面，妳自己說吧！」

「人間帝王也是四海九州之主，怎會顛倒陰陽，亂下命令？如果小仙真有一天糊塗到讓百花齊放，不遵節令，情願墮落凡間受苦，絕不反悔！」

王母娘娘在玉座上聽了這番爭論，不禁悄悄嘆息！

壽誕過後，群仙各歸洞府，日復一日，年復一年，又不知過了多少歲月。

有年冬天，百花仙子空閒無事，出洞訪友，想不到百草、百果、百穀三位仙子剛好都不在家。她又去訪麻姑，來到麻姑洞府，只見漫天雪花飛舞，麻姑就留百花仙子在洞府中飲酒、下棋，長夜清談。誰知道這局棋一下，百花仙子紅塵歷劫的命運就再也逃不過了。

二、百花下凡

當時中國正是唐中宗在位，但大權卻操在中宗的母親太后武則天手中。中宗稱帝不到一年，就被廢為廬陵王，貶到房州（在湖北省）。武太后自立為帝，改國號叫周。

武后自稱皇帝後，重用武姓的親戚，殘害唐家李姓子孫。於是，忠於李唐皇朝的豪傑之士，紛紛起兵反抗，其中最著名的是徐敬業和駱賓王。但是，最後都被武后派軍討平。徐敬業、駱賓王的家人，以及同時起兵抗周的許多志士都遠走海外，以逃避武后的追捕。

亂事平定後，武后自覺政權穩固，十分得意，這年冬天，大雪紛飛，武則天和公主、宮中才女上官婉兒等人賞雪、飲酒、吟詩，見到臘梅盛開，清香撲鼻，非常歡喜。趁著酒意，武則天忽發奇想，說：

「從古至今，婦人而登帝位的，能有幾人？現在我在這裡飲酒為歡，卻只有臘梅開花，未免美中不足。我偏要力挽天地造化，叫百花齊放，遂我心願。想來區區花卉，怎敢不遵命而行！」於是，提起筆來就寫了四句詩：

明朝遊上苑，
火速報春知：
花須連夜發，
莫待曉風吹！

寫完之後，還蓋上皇帝的大印，命人拿到御花園中掛起來。武則天自己醉意薰然地回宮睡覺去了。

這一來，御花園中的臘梅仙、水仙花可著了慌，連忙趕到蓬萊仙山紅顏洞中來稟報百花仙子。誰知百花仙子偏偏去麻姑洞府中下棋，一夜未歸。洞中留下的牡丹仙、蘭花仙到處去找，百草、百穀、百果幾位仙姑洞府都找過了，毫無蹤影。天色已晚，雪越下越大，只好回來，大家商議。有的說，不去會受罰；有的說，大家同心一起都不去，人間帝王也沒有法子。七嘴八舌，議論不休，眼看天已快亮，最後，生性膽小、贊成奉命而行的花仙占了多數，蘭花、菊花、蓮花這些比較有骨氣的花仙居於下風。寡不敵眾，只好勉強跟著群花一齊到御花園中去了，只有牡丹花，堅持一定要找到百花仙子再說，絕不肯去。

武則天第二天一覺醒來，酒意已醒，想起昨天下令群花齊放的事，不禁有點後悔。萬一御花園中沒有鮮花開放，這件事傳揚出去，豈不羞愧？想不到，就在這時，司花太監已來稟報說，各處群花盛開，整片御花園上林苑已是滿眼春光，不再像昨天的寒冬景象。武則天高興得心花怒放，不免得意忘形，遂命人細細查看苑中是否還有花未開。結果發現只有牡丹未放，武后大怒說：

「我一向愛花，尤其喜歡牡丹，冬日遮霜，夏季防曬，加意照顧。如今偏是牡丹如此忘恩負義，不遵號令！」

武則天不怪自己亂下命令，反而命人在每株牡丹根旁生起炭火燒烤。烤未多時，終於牡丹也開花了！但武后怒氣未消，下了一道旨意，把御花園中所有牡丹連根挖起貶到洛陽，不再留種上林苑中。從此以後，中國的牡丹花就以洛陽最盛了。

再說那百花仙子和麻姑足足下了一夜的棋，剛下完第五盤棋，天也亮了。忽有女童入洞來說：

「外面鮮花盛開，一片美景，兩位仙姑去看花吧！」

百花仙子和麻姑出洞一看，果然已錦繡如春，滿眼芳菲。百花仙子心中驚疑，連忙暗自推算，明白了經過情形：「原來昨日下界帝王偶爾興起，命群花齊放，我只顧在這裡下棋，未去奏明玉帝。屬下群花不敢違命，造成這個局面！想不到，數百年前和嫦娥在蟠桃會上的賭約，竟然輸了，這該如何是好？」

麻姑嘆息說：「只怪我們道行不深，只能知已往，不能探知未來，誰料數百年後，竟真有此事！妳還是趕快向玉帝自行請罪，並且去嫦娥宮中道歉，也許還可挽回！」

「嫦娥自從蟠桃會後就不和我說話，我何必去道歉！當初我原本有言在先：如果違背誓言，情願墮落紅塵。如今事已如此，也是在劫難逃，只有靜候玉帝之命。自行請罪，也就不必了。」

百花仙子和麻姑道別，回到紅顏洞，早有嫦娥派來的女童，請百花仙子到月宮去見面。百花仙子滿面羞紅，說：

「妳回去告訴妳家仙姑：我既已背約，情願墮落紅塵受輪迴之苦。只請嫦娥留神觀看，我在那紅塵之中，是否迷失本性，才知我道行的深淺。」

接著，百草、百果、百穀仙子都打聽了消息來告訴百花仙子。百草仙說：

「聽說已有一位神仙在玉帝面前上了彈劾的奏章，告了妳一狀。」

百花仙子長嘆一聲，問道：

「不知狀子上說些什麼？」

百果仙說：

「大概是說：下界帝王酒後戲言，怎可不加奏聞，就擅自顛倒時序、諂媚人間君主？而且身為群芳之主，既不能事先約束部屬，事後又不自請處分，實屬不該。聽說要讓百花也都和妳一齊謫入紅塵。妳被謫的地方是中國的嶺南，妳在人間不到十五歲，就要遍歷驚濤駭浪之險，以應當初誓言。」

百草仙說：

「我是罪有應得。但拖累百花一齊受苦，於心何安？不知她們都被貶謫到什麼地方？」

「據我打聽的消息，有的分在中國各地，也有人散居海外，但終有團聚之日。只要仙子將來歷經劫數，塵緣期滿，那時王母娘娘自然會命令我們前往相迎。」

這時，織女、麻姑也都趕來探望，大家嘆息。接著幾天，平日交情親厚的神仙，紛紛設宴為百花仙子及群芳餞行。這天是紅孩兒、金童、青女、玉女在入夢岩、遊仙洞請客。席中，百花仙子說起紅塵種種未知的風波災難，不免擔心憂懼。於是，在座群仙一齊保證說：

「大家素日都是好友，將來如有危急，我們一定不會袖手旁觀，立刻會去相救，妳放心吧！」

從此以後，眾位仙子各按被貶的期限，陸續降生凡間。百花仙子自己也投生到嶺南唐敖家中。

三、海外探花

唐敖是嶺南海豐郡河源縣人（今廣東省惠陽縣），妻子姓林。弟弟唐敏，娶妻史氏。一家四口，靠著祖先留下的幾百畝良田，生活也很過得去。唐敖、唐敏都是秀才，唐敏自從進學考取秀才之後，就無心功名，以教學生為業。唐敖雖然求取功名的心很強，但因為太喜歡遊山玩水，一年中常有半年出門在外，沒有專心讀書，所以每次考試都未取中，仍是一個秀才。

唐敖的妻子林氏就在百花仙子被謫下凡的期限，生下一個女兒，生產的時候，整個房間充滿奇怪的香氣，像花香，又說不出是哪一種花的香，香味不斷變換，整整三天，竟有百種不同的芳香，散布四鄰。從此，鄰人就將唐敖家住的這條街巷稱做「百香衢」。在這個女孩出生的那個晚上，林氏夢見自己登上一座山，山上有一面五彩峭壁，醒來後，女兒就出生了，所以給她取名小山。

小山長得又美麗又端雅，而且聰慧過人。才四、五歲就喜歡讀書，讀過的東西絕不遺忘。家中書籍收藏豐富，又有父親、叔叔指點，不到幾年，已經很會寫文章。唐小山不僅好文，也好武，她膽量大、見識高，常常自己舞槍弄棒，父母都管不住。她也學針線女紅，然而，就是沒興趣，學也學不好。吟詩作賦卻是一把好手，連叔叔唐敏也常常比不過，所以大家都稱小山是才女。她還有一個小兩歲的弟弟小峰，一家人親密相處。只是唐敖總是常常出門，不肯在家閒住。

這回唐敖又去京城赴考，想不到居然考中了第三名的進士，稱做「探花」。正覺興高采烈，想不到卻被朝廷中的官員告了一狀說：唐敖當初曾經在長安城和徐敬業、駱賓王、魏思溫、薛仲璋等「亂黨」結拜為異姓兄弟，徐、駱等人起兵造反，唐敖雖然沒有參加，但既然是亂黨一夥，將來做了官，總不會安分，請皇上取消他的功名，降為平民百姓，以為警戒。這份狀子到了武則天手上，她派人查訪唐敖的行動，發覺他並沒做什麼壞事，於是，就取消了他「探花」的資格，但仍讓唐敖保留秀才的名銜。這道命令一下，唐敖眼看多年來好不容易才考到的功名，剛到手又成空，這一氣，實在非同小可，他本是聰明絕頂的人物，越想越深，從此對功名富貴慢慢看淡了。乾脆離開京城，帶著弟弟剛從家裡寄來的路費，背著簡單行囊，到處遊山玩水，從秋天、過了冬，眼看又到春天，不知不覺已從北方走回南邊，到了嶺南。

這天，唐敖信步而行，走到了大舅子林之洋家附近，這裡離唐敖自己家只不過二、三十里，但他覺得心灰意懶，沒臉見妻子、兄弟，正不知如何是好，忽然看見前邊有座古廟，上寫「夢神觀」三個大字。唐敖嘆道：

「我已經五十歲了，回想這一生所做的事，真像好好壞壞的夢。如今已無心再求功名，不知今後遭際如何，何不求神明指示一點消息？」

唐敖走進廟裡，朝神像暗暗求禱，然後就在旁邊席地坐下。恍惚之間，看見一個小童走來說：

「我家主人奉請先生，有話面談。」

唐敖跟著小童到了後面，有一老翁出來相迎，說：

「老夫姓孟。因為先生似乎有看破紅塵的意思，所以請您進來談一談。」

「我本來一心努力求上進，想恢復唐朝天下，解除百姓的困苦，在朝廷中任官職，好好盡力做事。誰知才考取進士，就遭受意想不到的打擊，真是無可奈何。老先生有什麼話可以指點我呢？」

「先生有志未成，實在可惜。不過，塞翁失馬，焉知非福？四海如此廣大，怎會沒有機緣？我聽說百花遭受貶謫，全都降落人間。其中更有十二種名花，飄零流落海外，如果先生有憐憫之心，不辭辛苦，到海外細心尋訪，用心護惜，讓名花能返本還原，不致淪落，也是一樁大功德。先生再努力行善，一旦到了小蓬萊，就可名登仙界。因為您本來就有宿緣，所以才告訴您這些事，千萬不要懈怠啊！」

唐敖聽完，正想再追問清楚，誰知老翁忽然不見。他揉揉眼睛，四面一看，自己還坐在地上，剛才的事原來只是一場夢境。抬頭看看神像，又和夢中老人完全一樣，真是疑幻似真，弄不明白。自己暗想：

「如果到海外走一趟，也許真有奇遇。但是所謂百花受謫降生人間，究竟是怎麼回事？以後一定要小心留意，凡是遇到好花都加意照顧。」

唐敖一面想、一面走，來到林之洋家。只見大門口人來人往正在準備貨物，匆匆忙忙，看起來好像又要出遠門的樣子。

原來唐敖的大舅子林之洋果然是要出海去做生意。林之洋是河北人，遷到嶺南來住，娶妻呂氏，生了一個女兒叫婉如，才十三歲，也是又秀麗又聰敏，平日常跟著父母飄洋過海。林之洋做的是國際貿易，用大船載了貨，遠航海外各國到處做買賣。這次已備好商品，正要出發，想不到妹婿唐敖來了。

大家一起進了內室，呂氏和婉如都出來見禮，聊起家常。林之洋雖然不是讀書人，但是熱心爽朗，說到唐敖的遭遇，很覺不平。唐敖乘機說：

「小弟這次從京城回來，心情鬱悶，身體也不大爽快，正想到海外看看異域風光，解解愁煩。大哥剛好要出遠門做生意，真是太湊巧了，不知肯不肯讓我搭個便船走一趟？飯錢、船費一定遵命照付。」

「妹夫，咱們是骨肉至親，你怎麼說起飯錢、船錢來了？」

呂氏也說：

「我們海船大得很，多載一個人，根本算不了什麼。只是海上風浪大，一路上還有很多想不到的驚恐，我們常常走，習慣了，不在意。妹夫是讀書人，又從來沒出過洋，何必去受這種苦呢？」

林之洋又說：

「每次出海，要看風向，往返一趟三年兩載說不準。萬一耽誤了妹夫的功名正事，那可怎麼好！」

「小弟如今已對功名絕望，只希望玩得盡興，越遲回來越好，有什麼耽誤？」

「既然如此，我們也勸不來。只是你要出遠門，有沒有告訴我妹妹呢？」

「我一向少在家中，到處玩慣了。大哥如果不放心，小弟現在立刻寫一封信託人送回去，告訴家裡的人，這可行了吧！」

於是，大家收拾行李，林之洋把岳母接來照顧家務。然後選個風和日麗的好天氣，上船啟程。

船行到大洋中，唐敖望著四面無邊無際的青天碧海，不覺心情大為舒暢。林之洋一向敬重妹夫這位讀書人，又知道妹夫最喜歡遊山玩水，所以凡是可以停船靠岸的地方，都讓唐敖上岸去玩。呂氏也細心照應唐敖的飲食，他在船上的日子過得很舒服。閒來無事，就教姪女婉如念詩作文，婉如本來聰慧，又十分好學，教這個學生，唐敖一點也不費事。

林之洋船上有位掌舵的老人，姓多，排行第九，年紀已八十多歲，大家都稱他多九公。多九公和林之洋也是親戚，雖然年紀大，可是身體結實，精神矍鑠，走起路來，年輕人也趕不上。年輕時候也中過秀才，後來因為考場上不得意，乾脆拋了書本，幫人做海船生意，專門負責掌舵。

多九公肚子裡不但有墨水，而且見多識廣，海外各地的山水風景、奇花異草、珍禽怪獸，幾乎沒有他不認識的，所以，船上的人反而給他起了個綽號叫「多不識」。唐敖、林之洋每次上岸遊玩，都要邀多九公一起走，以便隨時請他指點。這「三人行」一路上發生許多趣聞怪事，彼此的交情也一天比一天深厚。

四、靈芝仙草

這天，正在海上航行，迎面忽然出現一座大山。唐敖說：「大哥，這山和別處的山大不一樣，特別雄壯，不知叫什麼名字？」

「這是東海外第一高峰，叫東口山。我經過好幾次，可是從來沒上岸去玩。妹夫如果有興趣我們就停船靠岸，一起上去走走！」

於是，邀了多九公，三人一面遊玩，一面往山上走。唐敖忽然被空中落下的一塊小石頭打了一下，「奇怪，這石子從哪裡落下來的？」

「妹夫，你看那邊一群黑鳥，都在啄山坡上的石塊，一定是牠們打了你。」

唐敖走近仔細一看，只見那些黑鳥，形體像烏鴉，羽毛又黑又亮，嘴白得像玉一樣，兩腳鮮紅，頭上的羽毛還有花紋，十分美麗。牠們正忙著啄石頭，飛來飛去。唐敖和林之洋都認不出是什麼鳥，多九公說：

「這就是銜石填海的精衛鳥。牠們每天銜石頭吐入海中，想要把大海填平哪！」

唐敖嘆說：

「精衛鳥雖然痴傻，想以小石填滄海，但這種志氣，實在難得。如果世人都能像精衛鳥這樣立志，不畏艱難，何事不成！」

三人繼續前行，看見一片樹林綿延，樹木都非常高大。迎面一株大樹，長有五丈，樹幹粗壯，好幾個人都抱不攏。最奇怪的是樹身並無枝葉，只生無數垂鬚，恰像稻穗一樣。上面結的果實也和稻穀形狀相似，只是每粒長約一丈多，真是有其樹必有其實！

多九公說：「這就是『木禾』，可惜現在還沒成熟，要不然帶幾粒『大米』回去，可真稀奇！」

林之洋說：「我們分頭在草叢中找找看，說不定有掉在地上的，帶回去也讓大家看看，長長見識。」

找來找去，果然被林之洋找到一粒大米，長五寸，寬有三寸。唐敖說：

「生米就這麼大，如果煮成飯，豈不要有一尺長啦！」

多九公說：

「這還不算大呢！我以前在海外曾經吃過一粒大米，足足飽了一年。那米寬五寸，長一尺，煮出飯來，清香撲鼻。吃過以後，精神特別好，一年都不想吃東西。當時，我也不明白其中道理，後來想到古書上記載有一種『清腸稻』，每吃一粒，終年不飢，才知道那回吃的大概就是清腸稻了！」

林之洋說：

「難怪聽說現在有些人練習射箭，明明射出的箭離那靶子還差了好幾尺遠，他卻嘆道：『可惜只差一米，不然就中了！』我一直不懂，天下哪有那麼大的米？如今可明白了，原來他那『一米』就是九公說的煮熟了的清腸稻啊！」

「哈哈！大哥，你這『煮熟』兩字，未免太刻薄了！小心射歪箭的人要揍你啊！」

正說得開心，忽見遠處一個小人，騎著一匹小馬，只有八、九寸高，往前飛跑。多九公一眼瞥見，連忙追去，唐敖也跟著追過來。多九公雖然腿腳靈活，究竟上了年紀，而且山路高高低低不好走，一不小心，絆了一跤，扭到筋，只好停下來。唐敖一直追下去，跑了半里多路，終於捉到，誰知一拿到手中，忽然變成了靈芝草，唐敖連忙吃下肚去。這時，多九公扶著林之洋走過來說：

「唉！一切都是緣分，唐兄真是有仙緣的人，毫不費力就吃到了！」

「什麼仙緣？小人小馬是什麼東西？」

「這小人小馬叫做『肉芝』。當初我也不懂。今年從京城回來，一路上，看些古人服食養氣的書，其中恰好有一條說：山中如見小人乘車馬，長約五、七寸的，就是肉芝，吃了可以延年益壽。也不知是真是假！」

「妹夫吃了肉芝，可不要成仙了嗎？我走了這老半天，肚子可餓了，剛才那小人小馬，妹夫還有沒有吃剩的，讓我填填肚子？」

多九公在草叢中找了一遍，摘了幾根青草，說：

「林兄，吃了這個，你不但不餓，還會覺得特別有精神呢！」

林之洋接過來一看，原來那草很像韭菜，中間莖上開著幾朵青綠小花。一面吃，一面點頭：

「好吃！好吃，又有清香。九公，這草叫什麼名字？我一吃果然就飽了！」

「這種草也不容易找到，名叫『祝餘』。而且只能吃嫩莖，一離開泥土，很快就枯掉，枯的就不能吃了。」

走不多遠，唐敖忽然俯身也折了一枝青草。這草的葉子和松針一樣，葉上生著一粒像芥子似的種子。唐敖摘下種子，把青草放入口中，說：

「大哥，你吃了『祝餘』，我就吃這個奉陪吧！」

然後，對著掌中那粒芥子吹口氣，說也奇怪，種子中立刻又生出一莖青草來，也像松針，長約一尺；再吹一口氣，又長了一尺，一連吹三口氣，長了三尺，唐敖邊嚼邊吃，一下子全吃光了。

「妹夫，沒想到你這麼愛吃草！這芥子變青草，是什麼緣故？」

多九公說：

「這就是『躡空草』，又叫『掌中芥』，人如果吃了，可以站在空中，不會掉下來，而且跳得特別高，所以才叫躡『空』草啊！」

「有這種好處！我也找來吃吃看。」

「林兄不必找了，此草並非常見之物，不吹氣不生。我在海外這麼多年，今天也是第一次看見。唐兄如果不吹氣，我還認不出來呢。」

「妹夫，你真能站在空中，我才相信，試試看吧！」

「剛吃下去，哪會馬上有效？好吧！姑且試一試。」

唐敖用力往上一跳，想不到真的離地而起，約有五、六丈高，彷彿仍踩著地面似的，立在空中，一動也不動。林之洋拍手笑道：

「妹夫今天可真是『平步青雲』了。再往高跳跳看，行不行呢？」

唐敖果真用力再往上跳，誰知身子像斷線風箏似的，立刻直落下來。

多九公笑道：

「你在空中，雙腳沒地方著力，再想往上跳，當然會掉下來啦！」

三人邊說邊行，走了一陣，大家都聞到一股清香，隨風鑽入鼻中，不免又引起好奇心，覺得今天遇到的奇事太多，好像冥冥中真有機緣似的。於是，循著香味來處，三人分頭尋覓。

唐敖穿越樹林，繞過峭壁，聞到香氣越來越濃，仔細一看，原來路邊石縫中生出一莖紅草，長約二尺，香氣就從草上發出。那紅草紅得鮮豔欲滴，十分可愛。唐敖猛然想起，書上說「朱草莖似珊瑚，汁流如血，人如服之，可以超凡入聖。」於是，連忙把朱草摘下，放入口中，只覺清香沁入心脾，精神頓時大振。唐敖今天屢逢奇緣，吃了很多難得的珍物，不禁想試試自己的力氣有沒有增加，剛好路邊有塊大石，大約五、七百斤的樣子。唐敖走過去，彎下腰，毫不費力就舉了起來，用力一縱，居然捧著大石在空中站了一會兒，才慢慢落下。

這時，多九公才和林之洋一起走來，九公說：

「唐兄吃了什麼？怎麼嘴這麼紅？」

「我剛找到一莖朱草，沒等兩位，就先吃了，真是抱歉。」

「我也知道朱草的好處，一向在海外也留心尋找，偏偏從來不見。如今又被唐兄遇到，真是仙緣！」

話未說完，唐敖忽覺腹痛如絞，肚子裡響了一陣，忍不住放出臭屁來。

林之洋、多九公都趕快蒙住鼻子。

「奇怪，這陣腹痛一過，平素自己做的文章詩賦，倒忘了一大半，再也記不起來，不知什麼緣故！」

「這有什麼奇怪？據我看來，妹夫想不起的那一大半，已經化為剛才那股臭氣，被朱草趕出來啦！你現在還記得的那一小半，必是好的，你說對不對呢？」

大家哈哈大笑。正預備下山回船，忽然一陣大風，颳得林木亂響，三人慌忙避入樹叢。只見一隻斑紋大虎從高處躍下，山崩地裂般大吼一聲，唐敖三人嚇得不敢動彈。忽然從對面山坡邊飛出一箭，直向老虎臉上射去，老虎中箭，吼聲震天，向上一躍，離地數丈，重重落下，四腳朝天，已經死掉，原來那支箭正中老虎左眼！多九公喝采道：

「好箭！果然是『見血封喉』！」

「什麼叫見血封喉？」

「這是山中獵戶射的藥箭，箭頭都用毒草泡過，遇到血，立刻凝結，喉嚨出不了氣，馬上就死。但老虎皮非常厚，箭最難射進去，這支箭居然能射中老虎眼睛，所以藥力發作更快。這射箭的人，本領實在高強，我們一定要見一見！」

五、奇女殺虎

就在這時，山坡邊走出一隻小虎，忽然人立而起，蛻去虎皮，原來是個美麗少女！身穿白布獵衣，頭裹白巾，手上拿著一張雕有花紋的弓。她捲起虎皮，走到老虎屍體旁，腰間拔出刀來，剖開胸膛，取出虎心，提在手中。然後，向唐敖三人這邊過來，行禮道：

「請問三位貴姓？從哪裡來的？」

「他們兩人這位姓多，那位姓林，我姓唐，都從中國來。」

「中國嶺南地方有位唐敖先生，不知是否和您一家？」

「我就是唐敖，姑娘怎麼知道？」

那少女一聽，連忙下拜行禮，說：

「原來是唐伯伯，姪女不識，還請原諒！」

唐敖趕快還禮：

「姑娘貴姓？為何如此稱呼？妳府上還有些什麼人？」

「姪女叫駱紅蕖，是中國人。父親和敬業伯伯一同起事，失敗後就不知去向。祖父怕官軍追捕家屬，帶了母親和我，逃到海外來，住在前面不遠的古廟中，勉強度日。誰知道去年山中老虎又傷了母親，母親傷痛難治，不幸去世。我從此立誓殺盡此山老虎，為母親報仇。剛才剖取虎心，就是要拿回去在靈前上供的。常聽祖父說起唐伯伯當初曾和父親結拜，所以才敢這樣稱呼！」

「唉呀！真想不到，原來是賓王兄弟的千金。幸好你們逃到海外，未遭毒手。不知老伯身體是否康健？請姪女帶路，讓我拜見一下。」

三人一起跟著駱紅蕖走不多遠，來到一座古廟前，廟門上有「蓮花庵」三字，但四面牆壁都已半倒，廟中一個人也沒有，左右廂房都破敗不堪。幸好四周碧樹叢生，怪石縱橫，環境倒很清幽。駱紅蕖先進去告訴祖父，不久，一位鬚眉皆白的老人家迎出來，唐敖認得正是當年見過的駱龍老伯，連忙上前行禮，多九公、林之洋也都招呼見禮，大家坐下細談。駱龍說：

「賓王當初不聽賢姪的忠言，準備未周，輕舉妄動，終於弄到全家分散。我如今已經八十多歲，體衰多病，媳婦又不在了，每天擔心紅蕖孫女，不知如何安排。今天能和賢姪相逢，可真是『萬里他鄉遇故知』！我這風燭殘年的人，今生也不想再能重回故土，只求賢姪念當初結拜之情，認紅蕖為義女，把她帶回故鄉，將來為她了結終身大事。我不論死生，都感激賢姪的恩情！」

「老伯千萬不要這麼說，我和賓王兄弟，就像同胞手足一樣，紅蕖也如自己骨肉沒有分別。既有老伯之命，我一定帶她回鄉，為她好好找個歸宿，老伯放心就是。論情論理本該也奉請老伯同回故土，侍奉餘年，稍盡孝心，只是近來武后濫行殺戮，任意胡行，很多忠臣義士都死於非命，深怕老伯一旦回鄉，反而受到牽累，所以不敢奉請。」

「賢姪如此仗義，實在感激不盡。這破廟也不能留客，就讓孫女認了義父，跟你們走吧！別耽誤了做買賣的正事！」

駱紅蕖流著淚走到唐敖面前，拜了八拜，認了義父。

「女兒有兩件心事，要先稟告義父：祖父年高，無人侍奉，實在不忍遠離；而且這山中還有兩隻老虎未除，大仇未報，誓言未踐，也不能就此離去。請義父留下家鄉的地址，他年如果有大赦的消息，女兒再和祖父一同到嶺南去投奔義父。要我現在撇下祖父，獨自離開，就是鐵石心腸，也難以忍心啊！」

駱龍再三勸說，紅蕖執意不聽。唐敖說：

「既然如此，老伯也不要太勉強她，還是成全紅蕖的一片孝心吧！」

於是，取了紙筆，仔細寫下家鄉地址，留給駱龍。紅蕖說：

「不知義父這次行程是否要經過巫咸國？當初薛仲璋伯伯的家人也逃到海外，女兒和薛蘅香姊姊曾經結拜為異姓姊妹，並且相約：如有機會能回故鄉，一定要相攜同行。去年得到消息，知道他們寄居巫咸。女兒想寫一封信，請義父順路轉交，不知方不方便？」

多九公說：

「巫咸國是我們必經之路，將來林兄也要上岸賣貨，帶封信去，沒有問題！」

唐敖趁紅蕖寫信的時候，趕回船取了一些銀錢來送給駱龍，貼補日常生活的費用。等信寫好，唐敖接過信，又想起薛仲璋，不禁更增感嘆。大家互道珍重，紅蕖一直送到廟外，才依依告別。

三人走往歸途，一路上對駱紅蕖的懂事、知禮、孝順、勇敢，讚不絕口。到了船上，林之洋取出「大米」給太太、女兒看。呂氏、婉如大開眼界，覺得真是名副其實的「大」米！

船在海上又走了幾天，到了君子國。

六、君子之爭

唐敖早已聽說君子國是海外有名的國家，居民都謙讓不爭，很想親臨其地，看看他們的風俗習慣。船一靠岸，林之洋帶著助手，載著貨物去做生意。唐敖就約了多九公去觀光。

來到城門前，只見門上四個大字「惟善為寶」。進了城一看，人來人往十分繁華熱鬧，仔細聽聽，語言也大部分和中國相近，可以聽懂。多九公說：

「這裡的人，不論貧富，舉止言談都非常有禮，沒有人爭先搶路，一片祥和之氣，真不愧這君子之稱啊！」

「我們再到處看看，不要這麼快就稱讚人家！」

邊說邊走，已經來到熱鬧的市場。只見一個傭僕模樣的人正在買東西。他對那賣貨的人說：

「您這麼好的貨色，卻只要這麼低的價錢，我買下來，怎能心安？無論如何，請你再加一點錢，否則，我不敢買！」

那賣貨人說：

「您的意思我很明白，但剛才要的價錢已經太高了，心裡覺得很不好意思，想不到您反而說價錢太低，這是從何說起？俗話說：『漫天要價，就地還錢』，如今我要的價錢，您不但不減，反而要加，這生意怎麼做得成呢？」

「您的貨色好，要的價錢卻這麼少，我怎麼買得下？凡事總要講公平哪！」

說了半天，買的人付了錢，但只拿了一半的東西走。賣貨的人一定要他全部拿走，攔住不放。路邊走來兩位老人，替他們倆公平論定，讓買貨的人拿走了八成的東西，才算解決了問題。

唐敖悄悄對九公說：「凡是買東西，只有賣的人叫高價，買的人還價。『漫天要價，就地還錢』，這話也只有買東西的人說，想不到如今都反過來了，真是有趣！」

兩人繼續前行，走不多遠，又見一個小兵也在買東西，他對賣貨人說：

「您說我付的錢太多，其實按您的貨色，我這價錢已付得太少啦！」

「我賣這個東西因為已經不太新鮮，沒有別家好，所以不敢要價，隨便您出。結果您卻出了這麼高的價錢！只要一半的錢，都已經太多啦！」

「您說哪兒的話！我難道連貨好貨壞都認不出嗎？」

「您如果誠心要照顧我的生意，只有收回一半的錢去，才算公平，否則，實在沒法成交！」

唐敖聽了，暗自尋思：

「『貨物不太新鮮，沒有別家好』，這種話居然由賣東西的人口中說出來，實在怎麼也想不到！」

多九公和唐敖到處閒逛，只見市場中全是這種情形，買賣雙方爭論的緣由，竟然和中國完全相反。總是賣的人說錢拿得太多、價太高了，要買的人給少一點；買的人則總是覺得自己給的錢比起買的東西來，實在不夠多，堅持要多給一點錢，否則就少拿一些貨。唐敖對多九公說：

「看這種交易、做買賣的樣子，實在不愧謙讓公平的君子之風啊！我們再多逛逛，增長一下見識，一定很有好處。」

就在這時，走過來兩位面色紅潤，鬚眉皆白的老人家，滿面慈祥，風度文雅，向唐、多兩人行禮說：

「兩位是從外國來的吧？不知貴國是什麼地方？」

唐敖、多九公連忙還禮，把姓名、籍貫說了！

「原來是從中華大國來的！我們是兄弟倆，姓吳，我叫吳之祥，弟弟叫吳之和。難得今天巧遇從聖人之國來的貴客，如果兩位沒事，何不到寒舍坐坐，喝杯茶，好好談談？」

唐敖、多九公反正有空，就高高興興跟著吳氏兄弟走。來到一幢房屋前，只見四面翠竹圍繞，牆上都是青碧藤蘿，兩扇木門一推就開，庭院中有一口池塘，塘中種著菱角、蓮花，非常清幽雅靜。客廳寬敞涼爽，廳中懸著一塊木匾，居然是君子國國王題的字。多九公想：

「這兩位老先生看來並非公卿大臣，為何國王卻為他們題字？一定有點特別的地方！」

大家坐下，喝茶閒談，唐敖、多九公都虛心請教。兩位吳老先生越談越高興，原來他們都讀了很多中國書，對中原的歷史、文化、風俗、人情了解得極為透徹。唐敖越聽越佩服。吳之祥、吳之和說到中國種種浪費、殘忍、貪婪、不公的習俗，唐敖不禁全身流冷汗，沒法子辯白。因為和君子國人比起來，中國人實在太自私了，面對兩位誠懇又博學的老人家，又怎麼能強辯呢？

兩人正覺得難堪，幸好有僕人進來說，國王要來見兩位相爺，有軍國大事商量。唐敖和多九公連忙告辭，吳氏兄弟一直送出大門外，行禮告別。唐、多二人到這時候才明白，兩位老人家原來是君子國的宰相，難怪這麼有見識。他們那種謙恭和氣待人接物的態度，和一般官位不大、架子卻很大，隨便瞧不起人的官吏比起來，實在不能不讓人佩服。

唐敖、多九公回到船上，林之洋也回來了。正準備開船，想不到吳氏兄弟派人送來很多點心、水果，還送了君子國的土產燕窩十擔。燕窩這種東西，在君子國並不值錢，當地居民也不覺得好吃，可是中國因為產量稀少，當做酒席上的珍貴佳餚。剛才多九公和他們閒談中曾向吳氏兄弟提起，誰知他們竟然送來這麼多燕窩做禮物！林之洋當然最高興，因為僅僅這十擔燕窩帶回國去，就可以賣一大筆錢了，他一面收拾一面說：

「難怪這兩天一直聽到喜鵲對我叫，原來注定要發這筆財！」

歡歡喜喜離開了君子國首都，又繼續海上的航程。

七、殺蚌取珠

這天，航行到黃昏時分，正預備停船休息，忽聽到外面有人喊「救命」！唐敖連忙走出船艙一看，原來岸邊停著一艘很大的漁船，船上卻用草繩綁著一個少女，喊救命的就是這個女孩子。

多九公、林之洋都到船頭來看，只見那少女穿著皮衣、皮褲，水淋淋的全身濕透，但長得脣紅齒白，非常美麗，腰上繫著袋子，胸前斜掛一把寶劍。她身邊站著一對夫婦，看來是漁船的主人。大家都不明白，這三個人是怎麼回事，唐敖先開口問道：

「請問這個女孩子是什麼人？你們為什麼把她綁在船上？這裡又是什麼地方？」

那邊船上的漁翁說：

「這裡是君子國的領土，我們夫妻卻是青邱國人，靠打魚為生。因為君子國海邊一向漁產很多，我們常來這裡捕魚。這次運氣不好，來了幾天，都沒網到什麼大魚，想不到今天撒網下去，恰好就網到這個女孩。我們想帶她回去，多少也可以賣點錢。誰知她一直求我們放她，不瞞三位客人說：我們從青邱到這裡也有幾百里路，如果網到的還要放掉，那可不要喝西北風啦？她看我們不肯放，乾脆喊起救命來了，真不像話！」

唐敖轉過頭，問那女孩：

「妳是哪裡人？怎麼這副打扮？是不小心掉到海裡？還是有什麼事情？老老實實說出來，我們好想法子救妳！」

那少女聽到唐敖問話，兩眼含淚，輕聲說：

「我是君子國的人，住在水仙村，今年十四歲。從小也讀書識字，父親是朝廷中的大官。三年前，鄰國被敵人侵略，派使者來求救，國王命我父親做參謀長，一同帶兵去救。誰知作戰不利，陷入敵人的包圍，損失了很多兵馬。回國後，父親就被貶謫到很遠的地方去，不料卻病死異鄉。家裡立刻窮下來，僕人都走了。母親本來身體就不好，受到這樣的打擊，病更重了，一吃藥就吐，只有吃了海參才覺得舒服。偏偏我們這裡沒人賣海參，只有鄰國才有得賣。可是，自從父親去世，家中實在沒錢。我想了很久，只有自己到海中採參，苦苦用心練熟了游泳、潛水的本領，可以在水中潛一整天。於是，常常入海取參，煮給母親吃，只盼母親能早日恢復健康。誰知今天忽然被漁網網住，不能脫身，想到母親在家，不知如何著急，心裡真是難過極了。」

說到這裡，眼淚已不斷流下來，再也說不下去。

「姑娘，妳剛才說從小讀書識字，可不可以把姓名寫出來告訴我們？」

那位少女點頭答應，於是唐敖命人拿了紙筆來，遞給她。少女提筆想了一下，匆匆寫了一行字。唐敖接過一看，原來是一首詩：

不是波臣暫水居，
竟同涸鮒困行車。
願開一面仁人網，
可念兒魚是孝魚！

我並非龍王的臣子，不過暫時到水中去，
想不到竟如鮒魚落到乾涸的車轍裡。
希望仁人君子網開一面，
可憐我這條網中之魚的一片孝心吧！

詩的後面寫了名字叫廉錦楓。

唐敖現在完全相信少女說的全是實話，再不懷疑。於是對漁翁說：

「這位姑娘確實是位千金小姐，我送給你十貫錢買酒喝，請你放了這位姑娘，也是做好事啊！」

林之洋也幫著勸說：

「你做了這件好事，包你以後每次撒網，都會豐收。」

可是，漁翁搖頭說：

「我要靠她發一筆大財，好好過後半輩子，這麼一點錢，哪裡能放？你們少管閒事吧！」

林之洋忍不住生起氣來，大聲說：

「魚落在網裡，由你作主；可是，她是人，不是魚，你眼睛睜大一點，不要看錯了！你不放她，我們也放不過你！」

漁婆一聽，在旁邊大哭大叫說：

「光天化日之下，你們這些強盜要搶人啊？我和你們拚命！」

一面就要跳到這邊船上來。船上的水手都紛紛解勸，唐敖說：

「你老實說，究竟要多少錢才肯放這位小姐？」

漁翁看對方人多，真的鬧翻了也占不了便宜，就說：

「至少也要一百兩銀子。」

唐敖當即回到艙中，取出一百兩銀子付給漁翁。漁翁收了錢，才解開草繩放了廉錦楓。

錦楓走到林之洋船上，向唐敖三人拜謝，請問他們的姓名。唐敖問她家遠不遠，如果不遠就送她回去。廉錦楓說：

「我家就在前面水仙村，離這裡只有幾里路，村內向來水仙花最多，所以叫這個名字。可是，剛才採到的海參，都被那漁夫拿去了，我想再下水去取幾條參，回去煮給母親吃，不知恩人能不能稍微等一下？」

唐敖點頭說好，錦楓縱身一跳，投入水中，看不見了。林之洋有點擔心，多九公說：

「她既然時常下海，水性精熟，又有寶劍防身，林兄儘管放心！」

於是，三人一面閒談，一面等候。過了半天，仍然不見蹤影，林之洋不由得著急，怕廉錦楓遇到怪魚被吞吃了。多九公說：

「我們船上有個水手，他可以在水裡換五口氣，請他下海去看看也好！」

水手聽了，答應一聲，躍入海中。一會兒，浮上來說：

「廉姑娘正和一個大蚌相鬥，已經殺了大蚌，馬上就上來了！」

果然，廉錦楓皮衣上染有血跡，跳上船來。先脫掉潛水的衣褲，手中捧著一顆圓大光彩的明珠，向唐敖行禮說：

「剛才在海中，恰好遇一大蚌，得到這粒明珠，請恩人收下。」

唐敖不肯接受，再三推辭，最後見廉錦楓確實一片誠心，要贈珠以報救命之恩，只好勉強收下，命水手開帆，向水仙村行去。錦楓也進船艙拜見了呂氏，又和婉如行禮，兩個女孩，一見就彷彿早已認識似的，十分親熱。

到了水仙村，唐敖知道廉家清苦，下船前已帶了銀兩，和多、林兩人，跟著錦楓，來到廉家。錦楓請三人在書房入坐，再進去扶母親出來，拜謝救命之恩。談了一陣，說起家常，才知道唐敖家與廉錦楓曾祖輩還有親戚關係，廉錦楓的曾祖本是中國嶺南人，南北朝時期，因為避亂，才遷到君子國來成家定居的。這一來，彼此更覺親厚，情分也更不同了。廉夫人說：

「本來也不好意思開口，如今既然是表親，就拜託您了！我們家現在只有三口，錦楓還有一個弟弟，年紀幼小。自從丈夫去世，別無親人，又沒有產業，實在艱難，本想遷回故鄉，可是萬里迢迢，孤兒寡婦弱女，真是動彈不得。恩人將來回家的時候，不知是否能順路帶我們回去？大恩厚德，永遠不忘！」

「這是順便的事，容易得很，只是我們到處做買賣，什麼時候回鄉，沒法說定，表嫂您身體不好，千萬不要太記掛！」唐敖同時請夫人喚公子出來見見。只見後屋走出一個約莫十二、三歲的小男孩，長得眉目清秀，氣度不凡。唐敖問他有沒有讀書，叫什麼名字。孩子自己回答叫廉亮，跟姊姊學讀書，沒有請老師。他說話口齒清晰，條理分明，是個聰明孩子。

廉夫人說：

「我們這所住宅，雖然舊了，倒還很寬敞，空屋也有兩、三間，本來可以請老師來教他讀書，只是家中實在沒有餘錢。平日只靠我們母女做些針線，勉強過日子罷了！」

唐敖連忙從懷中取出準備好的銀兩交給夫人，說：

「這點錢請留下暫時貼補家用。表姪是極好的讀書料子，千萬好好栽培，不能耽誤，否則太可惜了！表嫂有這樣的佳女、佳兒，將來一定可以享福的。」

廉夫人垂淚道謝，又再三以兒女終身大事拜託唐敖，因為她自知精神、身體都已消耗殆盡，不可能再活太久了。唐敖安慰夫人，又聊了一會，才起身告辭。

八、大人之行

君子國再往北走，就是大人國。語言、風俗、土產都和君子國相似。唐敖想去玩，約林之洋、多九公同行。

「以前就聽說大人國的人都乘雲而行，不是用腳走路，很想看看，想不到今天真的到了大人國！」

多九公說：

「從這岸邊走到他們有人家住的地方，還有二十多里路，我們要走得快點才行，不然今天就趕不回來了。而且途中還要爬過一座山，山上路不太好走呢。」

三人加緊腳步，走到離山不遠的地方，已有田地、人家。原來大人國的人比別處的人身高大約要長出兩、三尺，行動的時候，腳下有雲托住，離地約半尺高。站定不動，雲也不動，行走轉身，雲也隨著移動。唐敖看了，覺得又新奇，又有趣，剛好迎面來了一位老翁，就上前請問：

「貴國的人腳下都有雲霧，是不是從生下來就如此呢？」

老翁說：

「這雲是從腳底自然生出來的，按顏色而分，五彩雲最尊貴；黃雲次之；其餘顏色沒什麼差別，只有黑色最低賤！」

多九公順便請問了山中的路徑。三人越過高山，來到大人國市區。只見熙來攘往，每人腳下踩著五顏六色不同的雲，十分熱鬧好看。唐敖忽然問道：

「九公，據那老先生說，雲的顏色以五彩最尊貴，黑色最低賤，但是，您看那個乞丐，腳下卻是五色雲啊！」

「當初，我到這裡來，也曾請問人家，原來他們這雲的顏色全由心而變，如果心中光明正大，腳下自然出現彩雲；如果滿心陰險詭詐，就現黑雲。雲雖然從腳底而生，顏色卻隨心而變，絲毫沒法勉強，和地位高下，貧窮富貴也不相干。不過，這裡的人都以腳下現黑雲為恥，遇見壞事，大家退後；要做好事，踴躍爭先。所以民風淳厚，鄰近的國家因為他們毫無小人惡習，才以『大人國』稱之。遠方人不明白其中道理，都以為大人就是高大的意思，那可大錯特錯了！」

「原來如此！以前聽人說，海外有大人國，人人身長數丈，今天到這裡一看，只不過比普通人高一點而已嘛！」

「那身長數丈的是『長人國』，這『大人』和『長人』可不一樣哦！將來到了長人國，唐兄一看就明白了。」

忽然，街市上的人紛紛向兩旁避開，讓出中間大路，一位大人國官員，頭戴官帽，前呼後擁走過來。奇怪的是，他腳下圍著一圈紅綢子，看不見雲的顏色。唐敖說：

「這裡的官也省事，行動方便，不必車馬。可是為什麼要擋住腳下的雲彩呢？」

「他一定暗中做了什麼虧心事，腳下雲彩變成了黑不黑、灰不灰的晦氣色，瞞不住人，只好用綢布遮蓋。其實，越遮越明顯，真是『掩耳盜鈴』！不過，幸好雲色隨時會變，只要他能痛改前非，一心做好，立刻雲彩就改色。如果長久踩著晦氣雲，他這官位也保不住了！」

林之洋聽到這裡，忍不住嘆氣：

「唉！這老天爺做事也太不公道了！只有大人國才有這腳下雲做招牌，如果天下所有人都掛出這種標誌，誰還敢做壞事呢？」

「世上那些壞人，腳下雖沒踩黑雲，頭頂上可是黑氣衝天哪！」

「可惜頭上黑氣，我們看不見呀！」
三人說說笑笑，再逛了一下，怕天黑趕不回船，就匆匆離開了大人國。
大人國再往前走就是「勞民國」。
唐敖本來不懂為什麼叫「勞民」，等到上岸一瞧，才恍然大悟。原來這裡的人不管走路也好、站立也好，甚至坐著不動，身體永遠搖擺不停，沒有片刻靜止。林之洋說：
「我看他們好像都患了羊癲風。像這樣亂動，晚上怎麼睡得著？如果我當初出生在這裡，用不了兩天，骨頭都搖散了！」
唐敖說：
「這個『勞』字用得真恰當，他們整天這樣勞碌不安，大概壽命都不會太長吧？」
多九公說：
「我聽說海外流傳兩句俗話叫：『勞民永壽，智佳短年。』這裡的人雖然忙忙碌碌，動的只不過是身體筋骨，並不勞心，而且勞民國不產米麥雜糧，居民都以水果當糧食，從來不吃炒的菜餚，所以都很長壽！真正短命的反而是整天操心的智佳人，唐兄將來就會看到了。」
飲食清淡，全身運動，想不到勞民國的人早已明白現代人提倡的養生之道啦！
三人閒逛一回，到處都是搖頭擺手、全身亂動的人，看多了忍不住頭暈眼花，只好趕快上船，繼續航程。

又在海上走了幾天，來到聶耳國，也就是大耳朵國。這裡的人身體面貌都和中國人沒有什麼差異，只是兩隻耳朵一直下垂到腰，走路的時候必須用手托著耳朵走。唐敖說：

「聽說耳朵下垂的人特別長壽，這裡人一定都活得很久囉？」

「沒有的事，我也問過人，據說從古以來，這裡沒有人活過七十歲的！」

「這是怎麼說呢？」

「想來是『過猶不及』。耳朵太長，反而沒用。其實，聶耳國的人耳朵還不算最長，當初，我曾經到過海外一個不知名的小國，那裡的人兩耳下垂到腳背，就像兩片大蚌殼似的，人的身體剛好夾在中間。晚上睡覺，一片耳朵當做褥子，另一片耳朵當蓋被，生下兒女，也可以睡在爸爸媽媽耳朵裡。如果說耳朵長大就會長壽，這些人豈不都成了神仙啦？」

大家聽了哈哈大笑。

聶耳國過去不遠就是無腸國，唐敖想上去玩玩，多九公說：

「這裡一點也不好玩，今天又碰上順風，船走得快，乾脆到元股國、深目國再上岸吧！」

「多九公說不去就不去算了。可是，要請您把無腸國的事說來聽聽，以前也聽人講，無腸國的人，吃的東西都直穿而過，馬上就要拉出來，有沒有這回事？」

「一點不錯。這裡的人，還沒吃東西，就先要找廁所，否則等吃完再去，就來不及了。因為沒有腸子，食物在肚子裡不能停留，一溜就過。」

「那怎麼吃得飽呢？」

「只要食物在肚子裡一經過，也就飽了。別人看他們肚子裡空空如也，他們自己卻覺得充實得很。這也難怪，各人看法不同啊！更可笑的是那些根本什麼都沒得吃的人，明明肚中一無所有，也要裝得飽飽的樣子，臉皮真厚！他們這裡有錢人不多，寥寥幾家有錢人，他們做的事一般人也學不來！」

「什麼事呢？快說來聽聽。」

「無腸國的人，食量最大，胃口好，很容易餓，每天花在飲食上的錢實在太多，所以一般人家存不下什麼錢。那些有錢人，想在飲食上省錢，就想出一個法子，因為大家肚中無腸，吃下去的食物一通就過，立刻拉出來，雖說是糞，卻並未腐爛發臭，所以，他們就把這些糞好好收存，讓傭人婢女吃，天天如此，省下不少花費，慢慢就有錢了。」

林之洋說：

「他們自己吃不吃呢？」

「自己也吃。可是，往往第三次、第四次拉出來的糞，還要存起來叫傭人吃，必定要吃到一入口就想吐的地步才肯丟掉，實在太過分了！」

林之洋說：

「既然如此節省，那他們應該把吐出來的東西也留起來，自己享用才對！」

正談得高興，忽然聞到一陣酒肉的香氣，唐敖問：

「好香啊！不知是誰在燒好菜？這裡又是什麼地方？」

多九公說：

「這裡是犬封國，又叫狗頭國，人民都是狗頭人身，再過去就是產魚最豐富的元股國啦！」

「犬封國的人都很會煮菜嗎？怎麼香氣一直傳到大海上來？」

「嘿，嘿，犬封國的人雖然狗頭狗腦，卻最講究吃喝，每天挖空腦袋，只在飲食上用功夫，變盡方法想出新奇好吃的菜來享受。除此而外，什麼長處也沒有，所以海外的人都稱犬封國人叫『酒囊、飯袋』！」

唐敖聽了覺得好笑，也就不想上岸去玩了。船在海上順風而行，走得特別快，不久就到了元股國，也就是黑腿國。

九、元股無繼

海邊沙灘上好多元股國人在捕魚，大家都頭戴斗笠，上身披著簑衣，下身穿一條皮短褲。他們和其他地方人最大的不同是，大腿和腳完全漆黑，但上半身的皮膚卻一點也不黑。因為元股國魚最便宜，林之洋船上的水手都要停船買魚，唐敖、林之洋也就趁空下船玩玩，只見四處一片荒涼，和君子國、大人國的繁榮富庶差得太遠了。

就在這時，海邊一個漁人網到一條怪魚，一個魚頭卻有十個身體，大家都不認得是什麼魚。林之洋彎下腰，湊近魚身聞了一下，忍不住眉頭一皺，「哇」的一聲吐出幾口水來，說：

「唉呀！臭不可聞！簡直比妹夫那回吃了朱草肚子裡趕出來的臭氣還臭！」

說著就踢了臭魚一腳，誰知那魚忽然開口叫了幾聲，和狗叫一模一樣，真是怪魚！

林之洋這麼一鬧，引起漁人的注意，有個白髮漁翁突然走過來，向唐敖說：

「唐兄，你還認得我嗎？」

唐敖看那老漁翁全身打扮都和元股國漁人一模一樣，腿腳也都漆黑，沒穿鞋襪。再仔細看看他的臉，不禁大叫一聲「唉呀！原來是老師啊！」

這裝成元股國漁夫的人，本來是唐朝的御史尹元，也是唐敖以前的老師。看到老師變成這副模樣，唐敖忍不住一陣心酸，連忙行禮，問道：

「老師什麼時候到這裡來的？怎麼這副打扮？我是不是在做夢啊？」

尹元嘆氣說：

「說來話長，這裡談話不方便，你到我家裡去坐坐，好好聊一聊。」

唐敖介紹多、林兩位向尹元行禮，彼此請問姓名，一起來到尹元住的地方。只有兩間茅屋，非常矮小，屋頂上的茅草都已腐爛，看起來很淒涼。走進屋內一看，竟然連桌椅都沒有，大家就坐在地上。尹元先開口說：

「我當初在朝中做御史的官，眼看武后廢了皇上，自己掌權，任意而行，我覺得糾正君王的缺失，本來就是御史的職責，所以曾經三次上奏章，請武后迎回皇上，不要再亂殺忠臣，但一點反應都沒有。我想這個官再做下去，也沒有意思，就辭職回家，住了幾年，這些事我想你都已經知道。本來以為就這樣過完下半輩子也就算了，哪裡曉得，忽然有人寫了奏章告我，說當年徐敬業先生他們起事，我是出主意的參謀，不能不治罪。聽到這個消息，怕家人也跟我一齊受罪，只好帶著老妻、兒女逃到外洋來。但是，你也知道，老師本來就沒什麼錢財，逃走得匆匆忙忙，行李也帶得不周全。來到這個地方，看大家都打魚過活，也想學著打魚，想不到這裡的人不許外人分他們的衣食飯碗，只有靠女兒編結漁網，賣一點錢勉強餬口。後來，鄰居看我們可憐，就教我一個法子，用漆把腿腳塗黑，又認我是他的親戚，這才能參加大夥兒一塊打魚，日子才過得下去，說來也真辛酸哪！」

「原來老師是遭受讒言，才流落異鄉，說起來，和我的遭遇也差不多啊！」

唐敖將自己中了「探花」，又被取消資格種種情由，敘說一番，彼此相對長嘆。唐敖請問師母身體如何，要求拜見。尹元說：

「內人到這裡不久就去世了，現在身邊只有一兒一女，你以前也都見過的。」

於是叫尹紅萸和尹玉出來見唐敖，大家行了禮。紅萸今年十三歲，生的非常美麗，眼睛清亮靈動，嘴唇自然鮮紅，舉止行動端莊有禮，雖然衣服破舊，仍然一看就是讀過書的大家閨秀。尹玉比姊姊小一歲，也長得斯斯文文，很淳厚的相貌。唐敖說：

「當年見到世弟、世妹時，都還小得很，想不到已經長得這麼大了。老師將來一定有福可享的。」

「我已經六十多歲的人，還想什麼後福？現在過日子固然艱難，想回鄉又怕陷入羅網，真是進退兩難。」

「這裡如此荒涼，舉目無親，實在不能長住。老師縱然不能回鄉，為什麼不搬到君子國、大人國那些民風善良、富庶知禮的地方去住呢？」

「我哪裡願意住在這裡？只是搬到別處，又靠什麼過活？只盼你將來回程的時候，再來看看我，如果到時候我已經不在人世，請你念師生之情，把兩個孩子帶回家鄉，也免得讓他們飄流海外。」

唐敖聽了，低頭想了半天，忽然想到廉錦楓的弟弟廉亮正想聘請老師，他們家又正好有多餘的房間，覺得真是再湊巧也沒有，連忙說：

「如果請老師去教孩子讀書，老師會不會覺得委屈呢？」

「是在什麼地方？」

唐敖把途中救了廉錦楓的事，說了一遍：

「廉夫人家有空房三間，但沒錢請老師，只好耽誤下來。我現在立刻寫一封信，請老師到他家教書，順便再招幾個附近的小學生，另外世妹再做些針線貼補，生活也可以過得去了。我這裡再拿一百兩銀子送給老師，以防萬一有什麼急用。君子國的環境比這裡好得多，將來我回程的時候，一定會再到水仙村接老師一起回鄉的。」

尹元聽了，非常高興。

「我從打魚的又變成了教書的，至少可以不受風霜之苦，兒女都能專心讀書，將來回鄉也方便，又蒙你贈送銀兩，你這麼幫忙，我不知道說什麼才好。」

「老師千萬不要這麼說，本來就應該為您效勞的。我剛才偶然想到，廉錦楓和廉亮姊弟和世妹、世弟不僅年紀相當，家世也相配，我想做個媒人，成全這兩件姻緣，這樣，老師住在廉家，彼此也更有照應。不知您的意思如何？」

尹元道：

「聽你剛才說的話，就知道是難得的一對好孩子，我怎麼會不贊成？只不過我現在處境如此貧困，怕人家不肯答應吧？」

唐敖極力保證說絕對沒有問題，同時把廉夫人託他留意兒女終身大事的話也告訴了尹元。唐敖又拜託老師安定下來以後，到東口山走一趟，為唐小峰聘駱紅蕖為妻。尹元聽到駱紅蕖殺虎、孝親的事，非常高興，說：

「駱龍老先生當初和我同朝為官，本來就是好朋友，這門婚事，一定為令郎安排妥當，你放心好了。」

於是，唐敖和多九公、林之洋一起向尹元告辭，回到船上，寫好信，又帶了一百兩銀子，幾件衣服，親自送到尹元家來，尹元也已和兒女一起收拾了行李，就此僱了船，朝君子國水仙村航去。

唐敖拜別老師，走回海邊，離船不遠，忽然聽到很多嬰兒啼哭的聲音，原來有個漁夫網到許多怪魚，多九公、林之洋都在旁邊看。唐敖走近前去，只見那些魚上半身和女人一樣，下半身卻是魚尾巴，腹部長了四隻腳，叫的聲音和嬰兒的哭聲簡直不能分辨。多九公說：

「這就是所謂『人魚』了，唐兄大概第一次看見吧？要不要買兩條，帶回船上去？」

「這些魚啼聲悽慘，實在可憐，怎麼忍心買下帶回船去？不如全買了，放回海中去吧！」

唐敖付了魚錢，把人魚全放回海中，人魚投入海水後，很快又都浮出頭來，朝著唐敖他們不斷點頭，好像道謝似的，眼中都露出依依不捨的神情，過了半天，才向遠海泅泳而去，不見了蹤影。

唐敖他們上了船，繼續前行。在艙中教婉如讀了幾篇詩賦，唐敖又走上船頭，和多九公閒談。

「上次在東口山，大哥曾說過了君子國、大人國就到黑齒國，怎麼現在還沒到？」

「林兄說的是陸路，走水路可沒這麼近。前面過了無繼國，再過深目國，然後才到黑齒國呢。」

「我聽說無繼國的人，從不生孩子，是真的嗎？」

「我當初曾經上岸去看過，那裡的人根本沒有男女之分，當然不能生育。」

「既然如此，這些人一旦死去，豈不後繼無人？國中的人會越來越少才是，為什麼從古到今，這個國家還能存在呢？」

「他們雖然不生孩子，可是卻有再生輪迴的能力。死後屍體不腐，過了一百二十年，又再復活。活了又死，死了又活，所以國中的人，永不減少。奇怪的是，他們明知死後還會再活，卻對爭名奪利，榮華富貴一點也不看重。覺得人生在名利場中競爭，好不容易爭到一點成績，也差不多該死了，等到百餘年後醒來，時代早已改變，今昔完全不同，又是另一世界，投身其中，重新爭鬥，一切又重來一遍，經歷幾次之後，把生死都看得很透，爭名爭利的心自然就淡了。所以無繼國的人從來不說生、死，他們把活在世上稱為『做夢』，死了則說『睡覺』！實在很有意思。」

這時，林之洋也過來聽多九公說話，他插嘴說：

「照這麼看來，我們這些人豈不都是傻子？人家死後還會復活的人，都能把名利看淡，我們這些注定要死，一點希望也沒有的人，反而要錢要名，為了權利爭得你死我活，真要被無繼國人笑死！」

「大哥既然怕被人笑，為何不把名利看淡一點呢？」

「我也不明白。只知道每逢名利當前，就不顧一切朝前衝，好像人生再也沒有比這更要緊的事了。以後，碰到這種情形，有誰能提醒我一聲就好了。」

「我也想提醒你，只怕你到那時候不但不感激，還要罵人呢！」

唐敖說：

「很多事情，一旦投身進去，本來就不容易看破，這就是所謂『當局者迷』吧？其實，只要稍微看開一點，忍耐一下，也就少了很多煩惱。真的看破，哪有那麼容易？九公，我還聽說無繼國的人向來以泥土做糧食，有沒有這回事？」

「確實如此，這大概也是多少年代相傳下來的習慣吧！」

林之洋反應很快，笑著說：

「幸虧無腸國那些有錢人家不知道泥土可當飯吃，要不然啊，恐怕連地皮都要被刮光來吃囉！」

三人哈哈大笑。這時船已行過無繼國，來到深目國，他們仍然沒有下船，只在船上遠看。原來深目國的人，臉上沒有眼睛，每個人都高高舉起一隻手，手上卻生著一隻大眼睛，如果要朝上看，手掌心就向天；朝下看，掌心就向地；看左、看右、看前、看後，十分靈活方便。林之洋說：

「幸好是眼睛長在手上，如果是嘴巴長在手上，吃東西的時候，誰搶得過他們？不知道深目國有沒有人患近視？把眼鏡戴在手上，不知什麼模樣，一定很好玩。為什麼這裡的人會讓眼睛長在手心裡呢？真不明白。」

「大概他們覺得正面看人不容易看清楚，眼睛長在手上，四面八方都可以看，再也不會被人騙了！」

「九公，您這話說得有意思！」

談談說說，時間很容易消磨，不久就到了黑齒國，停船靠岸，林之洋整理貨物，去做買賣了。

十、黑齒受窘

唐敖約了多九公上岸來玩。只見黑齒國人，不但牙齒漆黑，全身皮膚也墨黑，只有嘴唇鮮紅，兩道紅眉，又多穿紅衣，遠遠望去，各人面貌如何，看不清楚。唐、多二人都認為，黑得如此厲害，一定很醜陋，也就並不細看，快步走往市區中來。

市場上人來人往，非常熱鬧。因為黑齒國陸地與君子國緊鄰，語言很相近，唐敖他們大致聽得懂。信步閒行，來到一處十字街頭，旁邊有條小巷，唐敖、多九公轉進巷子，走了沒幾步，看見一戶人家門口，掛塊牌子上寫「女學塾」。唐敖說：

「這裡的女孩子也讀書呢！不知道她們讀些什麼書？」

正在說話，門內走出來一位老態龍鍾的儒生，向多、唐二人行禮說：

「兩位大概是從外地來的吧？進來坐坐，喝杯粗茶，好不好？」

唐敖正想找人聊聊，請問當地民風土俗，於是拉了多九公，一起進去，大家坐下。兩位女學生捧茶出來，差不多十四、五歲，一個穿紅衣，一個穿紫衫。唐敖仔細打量，覺得她們皮膚雖黑，但朱眉秀目，鮮紅小嘴，長長秀髮，襯出一股靈秀之氣，看起來十分清麗，一點也不難看。

這位老儒生是位秀才，年紀已經八十歲，耳朵不太好，唐敖他們費盡力氣才能交談。他說自己姓盧，年老體衰，很久就已無意功名，只招幾個女學生教讀，以維生計。因為，他們這個國家，每十年考試一次，專門讓會寫文章的少女報考，成績最好的，頒給「才女」的匾額，父母親友大家都有光彩，所以，女孩子讀書的風氣極盛，絕不輸給男人。不論有錢沒錢，女兒長到四、五歲都一定送到學塾去讀書。盧老先生說到這裡，順便介紹兩位女學生說：

「這個穿紫衣的是我女兒，那位穿紅的姑娘姓黎。明年就是舉行考試的年分，所以她們都在加緊用功。如今遇到您們兩位從天朝聖人之國來的大學者，正好順便指點一下她們的功課，實在感激不盡，請千萬不要推辭。」

兩位姑娘也非常客氣地行禮求教。唐敖一直推辭，自稱書本已拋開很久，恐怕不能回答。但多九公卻躍躍欲試，他想異鄉黑女，年紀幼小，才讀了幾年書，哪會有答不出來的問題？於是，慨然答應，請盧、黎二位姑娘，盡量發問，自己一定知無不言，言無不盡。

誰知道見多識廣的多九公，偏偏在黑齒國栽在這兩位黑膚少女手裡！她們提出四書、五經、聲韻、字義方面很多問題，從前人書本中都無法找出現成答案，必須博學旁通，更要有獨特見解，才能回答。多九公接連幾次答不出來，兩位姑娘的態度就越來越不客氣了，漸漸露出諷刺的意味，詞鋒銳利，多九公簡直招架不住，急得老臉發紅，恨不得有地洞可鑽。

盧老先生一直坐在後面角落看書，加以耳朵又有毛病，並沒聽見他們的談論，這時，忽然抬起頭來，看見多九公臉上紅一陣、白一陣，額頭不斷冒汗，以為他是怕熱，連忙遞過一把扇子說：

「您也許不太習慣我們這兒的氣候，請先涼快涼快，慢慢再談，不要生起病來。出門在外的人，身體最要保重！唉呀！這汗還是止不住，怎麼辦呢？」

又拿毛巾給多九公擦汗，說：

「上了年紀的人，受不住這種熱天哪！可憐！可憐！」

多九公接過扇子，只好說：

「這裡天氣果然比較熱。」

正在為難，走又不是，坐又坐不住，不知怎麼辦才好。忽聽外面有人問說：

「請問有哪位姑娘要買胭脂、香粉嗎？」

原來是林之洋，提了貨物包袱走了進來，多九公、唐敖鬆了口氣，高興極了，趕快站起來說：

「林兄怎麼現在才來？只怕船上大家等得太久了，我們回去吧！」

於是，三人一起向盧老先生告辭。林之洋走了半天，口渴得很，本來想喝杯茶再走，誰知還沒坐下，就被他們拖出來了。

三人匆匆走出小巷，來到大街上，林之洋細看他們兩個，臉色都很難看，就問：

「究竟發生了什麼事？你們為什麼這副模樣？」

多九公神色未定，由唐敖把經過情形大略說了一遍。

「我從來沒遇到這麼有學問的女孩子！而且口齒伶俐，能說善道，真是不得了！」

多九公也說：

「我被她們問得簡直無言可答，這個教訓真不小。活了八十多歲，還是頭一回碰到！怪來怪去只怪自己當初太小看她們了！也恨自己沒有多讀十年書，學問不夠紮實！」

「如果不是大哥來救，我們真不知道要怎麼走出他家的大門呢！」

「別提了，今天運氣不好，沒賺到錢。以前沒到這裡來做過買賣，不知道什麼東西有銷路。我猜想既然他們皮膚這麼黑，一定喜歡化妝打扮，所以帶了脂粉上岸來賣，誰知這裡的女人說越搽粉越難看，根本不肯買，大家只要買書，你們猜這是什麼緣故？」

「這個實在不明白。」

「我也是向人打聽才知道。原來他們這裡不論男女，都看重讀書，學問才識高的就是尊貴，不讀書的就是卑賤。並不以貧富而分，女孩子如果沒有才學，不管多富有都嫁不掉。所以，大家都努力讀書！」

一面談一面走，三人已經走到市街中心來了，唐敖這時才仔細打量黑齒國人的面貌，覺得以前的成見實在大錯特錯，他對林之洋、多九公說：

「這裡的人，皮色雖黑，但仔細看來，人人都滿臉書卷氣，清秀悅目，簡直沒有一個醜人！我們處在他們中間，反而覺得自己滿身俗氣，難看得很。唉！還是趕快回去吧！」

林、多二人也都有同感。大家快步而行，走出城外，才覺得輕鬆自在。林之洋說：

「熱死我了！從剛才到現在連一口水都沒有喝到，又這麼拚命趕路，好累，好累！九公，你手上那把扇子，借我搧搧吧！」

多九公這才想起自己一直拿著盧老先生送他的扇子。於是，把摺扇打開，三人一起停步欣賞。只見扇上正反兩面都用非常工整秀麗的小楷寫了古人的詩文，署名是黎紅薇、盧紫萱，想來就是那兩位少女的芳名。多九公說：

「兩個黑丫頭這麼會寫字，肚子裡又有墨水，為什麼她們學塾中書架上卻沒放什麼書呢？她們如果詩書滿架，我也有個防備，不會自討苦吃了！」

林之洋搖著扇子說：

「要詩書滿架容易得很，但要肚子裡真有墨水，不用功可不行哪！」

「是啊！大哥說得不錯，看我們今天的遭遇就是榜樣。請問這一路上，還有哪些國家文風最盛？我要好好先作準備，免得又去出醜。」

「我向來只曉得買貨、賣貨，那知道文風、武風？還是問九公比較清楚。」

「咦，九公怎麼不見啦！」

唐、林兩人只顧說話，不知多九公跑到哪裡去了，只好在原地等候。過了半天，九公才走來，一開口就說：

「你們猜他們架上不放書，是什麼緣故？」

唐敖笑著說：

「九公為這點小事又跑去打聽，真有興頭！您這樣處處留心，難怪無事不知。我們一面走，一面聽您說吧！」

「原來這裡就是缺書！每次從我們中國運出來賣的書，剛到君子國、大人國就銷完了。黑齒國人讀的書都是用高價從那兩國買過來的，買不到的，只有輾轉借來抄寫，想得一本書，不知費多少力氣。偏偏這裡的人，不論男女都絕頂聰明，書更不夠讀了。所以，黑齒國的人為了一本書，可以不擇手段，偷啊！騙啊都做得出來。這裡根本從來沒有小偷、強盜，銀子掉在地上，也沒人撿。只有書，一定要好好收藏，除非至親好友，絕不出借，深怕一借不還。這就是他們架上、桌上都不放書的原因了！我們剛來的人，哪裡知道？」

三人邊走邊說，已經回到船上，多九公想到在兩位黑姑娘面前出醜的事，仍然又氣又惱，又愧又恨。林之洋說：

「想不到海外竟有這麼厲害的姑娘！將來到了女兒國，全是女孩子，更不知多麼厲害？好在我肚子裡本來就沒有裝幾本書，她們如果要和我談文章，我只有一句話『不知道』！這樣無論如何不會出醜了。」

多九公說：

「如果女兒國的姑娘，不和你論文章，只要留你住下來，你怎麼辦？」

「今天我救了你們，那時候就要靠你們去救我囉！」

「林兄如果被女兒國留下，應該是求之不得的事，幹嘛要去救他？」

「九公，那你自己何不就在女兒國住下呢？」

「我如果留下了，誰替你管舵啊？」

說說笑笑，多九公的心情才慢慢開朗起來。

十一、麟獅相鬥

黑齒國過去，是「靖人國」，靖人國也就是小人國，這裡的人身長只有八、九寸，小孩更只有四寸長，在路上走，必須一群人結伴而行，手中還要拿著武器防身，不然全被大鳥抓小雞一樣抓走。多九公以前來過，他對唐敖說：

「這裡的人真是名副其實的小人，不僅身體小，心眼兒更小，處處想占人便宜。說的話也全不可信，明明是甜的，他偏說苦；鹹的，偏說淡；白的偏說黑。口是心非，詭詐極了，簡直摸不清他們的真意！」

唐敖聽了，搖頭嘆息不已，說：

「唉！小人畢竟是小人啊！」

在靖人國沒有停留多少時候，很快又開船繼續航行，沿途又經過了幾個奇怪的國家。譬如像方形人的跂踵國：這個國家相當貧窮，居民多以捕魚為業，他們的身高和身寬相等，成為正方形，一頭紅髮，兩隻腳又厚又大，走起路來，腳跟不著地，只用腳趾走，而且一步三搖，斯文得很。旁人看來覺得這些方人未免方正得太過拘泥，禁不住替他們難受，不過，他們自己倒早已習慣了。還有一個長人國，和大人國完全不同，單單遠望他們的城牆就高得像一座山，國中人民身長至少都有七、八丈，單單腳背就比我們普通人的肚子還高，簡直嚇死人！

林之洋和唐敖都看得目瞪口呆，只有多九公說：

「這還不算真正的長人哪！我以前在外洋和幾個老頭聊天，各人說自己生平見過的長人。記得其中有個老頭說，他曾經看過一個長人，那個長人為了做一件袍子，不但買完了天下所有的布，連天下的裁縫也全被僱來，一起做了好幾年，才算完工。搞得全天下布的價錢都漲了，裁縫的工錢也提高了，大家都發了財，所以布店和裁縫店直到今天還在希望那位長人再做一件袍子，他們又有錢賺了。而且聽說當時有個裁縫，趁著替長人縫袍子的機會，在衣服下襬偷了一塊布，結果憑這塊布就開了一家布店，從此不做裁縫，改行做了布商。你們猜這長人有多長？連頭帶腳，一共十九萬三千五百里哪！而且他不止身子長，還有張大嘴愛說大話，身長嘴大，恰是絕配。我們都聽著這老頭說個不停，其中有人就問，這長人身子這麼高，頭頂著天，天上越高風越大，難道他的臉不怕風吹嗎？那個老頭說，嘿，嘿，這個人就是臉皮最厚，不怕風吹！」

唐敖、林之洋聽到這兒，一齊大笑。林之洋下船到長人國去賣貨，想不到長人國的人買了許多空酒罈和花盆，空酒罈子是平日唐、林、多三人喝酒存下的，花盆是唐敖上船前因為想照顧流落海外的名花特地買來的。林之洋說：

「真是料不到，我特地準備的貨反而沒賣出去，偏偏這兩樣不值錢的東西，大家搶著要，做生意真是得碰機會啊！就像上次在小人國，無意間也賣掉好多蠶繭……」

緊接著又有好多當地人到船上來買貨，忙了一陣，林之洋笑口常開，高興得很，蠶繭的故事就沒空說了。

離開長人國，走了幾天，已到白民國境，迎面一座巍巍高峰，風景秀麗。唐敖想，這樣好山，一定有名花異卉，應該上去看看。

於是，攏船靠岸，三人帶了應用物件，下船登山。多九公告訴唐敖說：

「這山叫做麟鳳山，從東到西，共長一千多里，是西海第一大山，山中花果樹木，禽鳥野獸都很多。」

一路上，許多羽毛五彩斑斕的鳥兒飛來飛去，唐敖覺得眼睛簡直忙不過來。忽然聽到一陣宛轉嘹亮的鳥鳴聲，聽不出是什麼鳥，三人都覺得雖然從來沒聽過，但實在太響亮

的。」

「九公，你看！那邊那棵大樹，好多蒼蠅繞著樹飛，聲音好像就是從樹裡邊發出來

「奇怪！聲音這麼大，怎麼還沒看見牠的形相呢？」

了，幾乎有震耳欲聾的聲勢。多九公說：

果然，離樹越近，鳴聲更大得嚇人。三人仔細在樹上找，根本沒看見一隻鳥。就在這個時候，林之洋忽然抱著頭，亂跳亂蹦，大叫說：

「唉呀！震死我了！耳朵聾掉了！」

唐敖、多九公忙問怎麼回事。

「剛剛有隻蒼蠅，飛到我耳朵邊，我用手把牠按住，哪知道牠就在耳邊大喊一聲，好像打雷一樣，把我震得頭暈眼花！」

話沒說完，那蒼蠅又大叫起來。林之洋把手亂搖說：

「我把你也搖得發昏，看你還叫不叫！」

那蠅果然不叫了。唐敖、多九公這才仔細觀看。原來哪裡是蠅？卻是一隻紅嘴綠毛像鸚鵡一樣的鳥，只是體小如蠅，如果視力不好，還真看不清楚。多九公說：

「原來是『細鳥』！據說以前漢武帝時候，勒畢國曾以玉籠裝了幾百隻細鳥來進貢，書上記載說這鳥體形如大蠅，樣子像鸚鵡，鳴聲可傳至數里之外。想不到今天竟然親眼看

到了！」

林之洋掏出一張紙片，捲成一個圓筒，輕輕把細鳥放進去，要帶回船上讓大家見識見識。

忽然東邊山上，好像有千軍萬馬一齊奔來，地動山搖，不知什麼東西，三人連忙躲到林木深處，悄悄偷看。原來是一群野獸，由青毛獅子領隊，另一群野獸則由獨角麒麟領隊。一隊跑，一隊追。兩群野獸中，大多血跡斑斑，想來剛才已有過激烈爭鬥，現在又跑到這裡來，預備繼續決一勝負，爭奪這山林裡的領導權！唐、林、多三人正想好好旁觀一場千載難逢的群獸之戰，想不到林之洋紙筒中那隻細鳥，就在這節骨眼上，又大鳴大叫起來，林之洋連忙兩手亂搖，想叫牠住聲，哪裡還來得及？獅子聽見聲音，大吼一聲，帶著屬下的一群野獸飛奔過來，三人嚇得拚命奔逃，群獸越追越近，林之洋邊跑邊說：

「人家說秀才最酸，獅子如果怕酸，妹夫和九公也許可以躲得過這場大難，我可慘了！眼看就要被一口吞到獅子肚裡去，不知牠有腸無腸，希望像無腸國人一樣，一通就過，我可能還有命，要不然啊，可就死定囉！」

唐敖只顧往前跑，回頭一看，誰知獅子正向自己撲來，心慌意亂，叫一聲「不好」，拚命一跳，竟然跳得好高，停在半空中，群獸都轉向多、林兩人撲去！兩人分向左右兩方亂跑，正在危急關頭，忽然聽到山頭上「呱啦啦」一聲巨響，一道黑煙，比箭還快，對準青獅射來，獅子往上一跳，剛剛躲過，馬上又是一聲大響，這下子青獅再也躲不了，倒在地上，不能動彈。群獸一齊圍到獅子身邊，緊跟著接連又是幾聲巨響，就像急雨一般，群獸不斷被射倒，屍體遍地都是，沒死的四散奔逃，一下子就跑得無影無蹤。

唐敖這時才從空中慢慢落下，林之洋驚魂未定，跑過來就抱怨唐敖：

「妹夫吃過躡空草，一下子跳得半天高，竟然丟下我不管了！幸虧有神明護佑，要不然，我和九公都要變成青毛獅子肚裡的濁氣啦！」

「我也想抱著你們一齊往上跳，可是你們離得太遠，獅子又緊跟在我後面，心裡一急，哪裡還能等呢？說來說去都怪大哥要帶細鳥回去，剛才如果不是牠亂叫，也不會這麼危險。」

多九公說：

「平安無事就好！別再爭了。剛才這陣連珠槍實在厲害，如果不是這種槍，又沒有這麼高明的槍法，哪裡趕得走這麼多野獸？趕快找找那放槍的人，好好道謝吧！」

話剛說完，山坡上走下一個獵人，全身青布衣褲，肩上扛著鳥槍，走近一看，年紀還輕得很，最多不過十四、五歲，生得眉清目秀，舉動非常文雅，和全身的穿著打扮不大相配。唐、林、多三人連忙上前下拜行禮說：

「多謝俠士救命之恩，請問尊姓大名，我們永誌不忘。」

那年輕獵人還禮說：

「不敢當！我姓魏，是中國人，因為避難暫時寄居在這裡。請問三位先生貴姓？從哪裡來的？」

多、林兩人很快說了姓名，唐敖卻忽然想起：

「當初結拜的弟兄中，魏、薛兩位哥哥都以連珠槍聞名，自從敬業哥哥兵敗，聽說他們都逃到海外去了，這人會用連珠槍，又姓魏，難道是思溫哥哥的兒子？」

於是，唐敖先不說自己姓名，問道：

「俠士說是中國人，當初中國有位姓魏名思溫的先生，最會用連珠槍，請問是否和您有親戚關係呢？」

獵人說：

「正是先父。請問先生怎麼會認識我父親？」

「唉呀！想不到竟然在萬里他鄉遇到思溫哥哥的兒子。」

唐敖趕快把自己姓名，以及當初結拜種種緣由說了一遍。那年輕獵人聽了，立刻下拜行禮說：

「原來是唐叔叔，姪女不認識，實在失禮得很，請叔叔原諒。」

唐敖連忙還禮，問道：

「你為什麼自稱姪女？你是女孩子啊？」

「姪女叫紫櫻，有一位哥哥，叫魏武。當年，父親帶著媽媽和我們逃到這裡來，就在這山中找了房子住下。山裡頭有獅子，常和麒麟爭鬥，把農田都踩壞了，還常常出來傷人，附近的人都無可奈何。因為獅子眼力太強，又很狡猾，平常獵人根本打不到牠們。父親會使連珠槍，這裡的人知道以後，就請父親出來為他們獵獸，前前後後打死很多獅子。父親在前年去世，鄉人又請哥哥繼承父業，可是哥哥身體弱，常常生病，不能勞累。家中沒人賺錢過活也不行，幸好我從小跟父親學會了連珠槍法，乾脆男裝打扮，擔當起養家的擔子。剛才聽說群獸爭鬥，正預備出來獵獅子，看見獅子緊跟在叔叔身後，我只管著急，不敢放槍，想不到叔叔一跳那麼高，這才乘機趕快射死獅子。叔叔真是吉人天相，要不然，可真危險囉！請叔叔到家中去歇歇吧！還有一封父親的遺書，要給叔叔看。」

「多年沒見嫂嫂，當然要去拜見。只是沒想到思溫哥哥竟然已經去世，不能再見一面了！」

三人隨著魏紫櫻走。唐敖不禁暗想：

「自從在夢神觀做了那個奇夢以後，我一路上都在仔細尋訪名花，誰知到今天一種花也沒發現，反而常常遇見這些奇特的少女，不但個個貌美如花，而且兼有奇行異能，我又偏偏和她們都有淵源，這麼多湊巧的事，真是想不通啊！」

不多久，已到了魏家，只見到處擺著弓箭。魏夫人和魏武很快都迎出來，大家行禮坐下。唐敖看魏武果然滿臉病容，身體很弱。紫櫻將父親臨終前的書信拿出來給唐敖看，信中寫的意思也是「請念結拜之情，照應家人」，唐敖想到故人凋零，心中難過，忍不住長嘆。魏夫人說：

「自從丈夫去世，本來就想帶著兒女回鄉去投奔叔叔，只是不知國中情況如何，恐怕自投羅網；加以這裡鄉人擔心野獸為患，再三挽留，才又耽擱下來。但長久住在這荒山異地，到底不是辦法。除了叔叔，我們也沒有別人可以請託，這次叔叔如果回鄉，千萬請您帶我們一起回去，大恩永不敢忘。」

「嫂嫂千萬別這麼客氣！說到大恩，姪女今天才真正是我們三個的救命恩人呢！這種大恩德，哪裡敢忘？而且順路一起同行，根本就是小事，嫂嫂儘管放心！」

林之洋也說絕無問題。唐敖又問日常生活用費有沒有困難，原來這些年來，魏家因為替這裡的人驅除猛獸，很得人緣，大家送來很優厚的供給，衣食之外，還頗有盈餘，唐敖聽了，這才放心。請魏武領路，到魏思溫靈前行禮下拜，哀悼良久，才告辭回船。

十二、金玉其外

第二天就到了白民國的首都。林之洋帶了伙計，拿了綢緞海產之類的貨物去做生意。唐敖又和多九公上岸閒逛。這個國家真不愧叫「白」民國，到處都是白色；土壤是白土，小丘嶺是白礬石，田中種的是蕎麥，正開著一片白花，遠遠望去工作的農夫也全穿白衣。從郊外走進城裡，城牆是白玉砌的，橋梁是白銀造的，街旁房屋店鋪全是雪白的牆壁。市場上人來人往，熱鬧得很，不論老幼，大家都穿白衣戴白帽，而且都是綾羅質料，用香料薰過，遠遠就聞到陣陣香味。仔細看白民國人的容貌，個個皮膚雪白光潤，嘴唇鮮紅，眼睛靈活有神，漂亮無比。唐敖看得入迷，嘆道：

「這麼漂亮的人物，衣著打扮又懂得講究，配得真好！海外各國，大概以白民國人最出色了！」

再看街旁的店鋪，酒店、飯館、錢莊、香料店，一家接一家，綾羅綢緞、衣帽鞋襪，堆積如山，吃的、喝的、穿的、用的，都又精美、又豐富，一片繁華富庶的景象，真讓人羨慕。

唐、多兩人慢慢閒行，剛好碰到林之洋帶著一個伙計正從一家綢緞店中出來。多九公迎上去問他貨物賣得好不好，林之洋滿面笑容說：

「今天託兩位的福，賺了不少錢，等一下回去，多買些酒菜，我們好好吃一頓。現在我陪你們一起逛逛吧！」

林之洋叫那個伙計把賣得的銀錢先帶回船上去，自己留下一些荷包、腰帶之類輕便小東西，放在一個小包袱裡，提在手上，看看有沒有人要買。於是，三人一路走來，經過一家高大樓房門口，剛好有個漂亮小伙子從門口走出來，林之洋順便問問：

「我這裡有很精緻的日用品，不知府上要不要添補一些東西？」

「請進來吧！我們老師大概會買。」

三人一聽「老師」兩字，抬頭一看，大門邊貼著白紙，上面寫的又是「學塾」，想起黑齒國的遭遇，記憶猶新，都大吃一驚，唐敖說：

「九公啊！原來這裡是學塾，還是別進去了吧？」

「是啊！這國的人長得都是一副聰明相，肚子裡一定墨水不少，我們要加倍小心啊！」

林之洋說：

「小心什麼？反正不管問什麼，我都來個『不知道』就是了！」

這時，那個年輕人已經出來說，老師請他們進去，三個人只好硬著頭皮進去了！走進大廳，只見裡面滿架詩書，筆筒裡插滿大小不等的筆，牆上匾額、字畫，琳瑯滿目。那位老師，戴著眼鏡，幾位學生都是二十歲左右的年輕人，一個個衣帽精美、色彩鮮明，容貌清俊。老師年紀約四十多歲，風度絕佳，也是個美男子。

唐敖、多九公看見這種情景，不但腳步放輕，說話都不敢大聲，態度謙虛，惟恐失禮，和在黑齒國完全不同。那位老師，對著唐敖招手說：

「你這位書生，請進來！」

唐敖一聽叫他「書生」，嚇得連忙說：

「我不是書生，是做生意的！」

「你頭上戴著讀書人的頭巾，為什麼說不是書生？難道怕我考你嗎？」

「我小時候雖然讀過幾年書，但後來做了很多年生意，早已把書本忘乾淨了！」

「既然讀過幾年書，應該會做詩了？」

唐敖更急，趕快說：

「從小沒做過詩，連讀都沒讀過。」

那位老師就問多九公和林之洋說：

「他真的不懂詩書文章嗎？」

林之洋說：

「他懂是懂，只不過自從考取功名以後，就把書全丟開，什麼《左傳》、《右傳》、《公羊傳》、《母羊傳》，還有平常做的打油詩、放屁詩，零零碎碎全都和白米飯一起吃掉，現在肚裡只剩買賣的帳目、價錢，其他全沒了！」

「既然如此，那個老頭可會做詩？」

多九公連忙行禮說：

「我們兩個向來就是做生意的，從來沒讀過書，怎麼會做詩？」

那位老師指著林之洋說：

「可惜你生得白白淨淨，樣子滿好看的，肚子裡偏偏沒有墨水！我本來也想指點指點你們，不過，你們是路過做買賣的，不能長久留下，要不然，憑我的學問，只要稍微學到一點點，就夠你們一輩子受用不盡啦！現在，我也沒空看貨，你們先到外面等著，我把學生的功課上完了，再看看有沒有要買的東西。反正我講什麼你們也聽不懂，站在這裡，身上的俗氣會影響到我學生！」

三人只得遵命，乖乖走出廳外等候。唐敖、多九公仔細聽那位老師教書，誰知不聽還好，一聽又好氣又好笑，差點笑破肚皮！原來這位大言不慚，神氣得不得了的博學先生，根本虛有其表，不但教的《論語》、《孟子》並非很深奧的書，而且白字連篇，念得大錯特錯，更不用說解釋文義了。

唐敖一直忍到林之洋賣完貨，走出學塾大門，才和多九公一起大罵。

「今天我們這個虧吃得不小！只當他真的學問淵博，想不到卻如此不通！真是丟人！」

「是啊，這麼不通的傢伙，我們還在他面前恭恭敬敬站了半天，聽他吹牛、教訓，越想越覺得慚愧！」

「都是黑齒國那件事，印象太深刻，把我們嚇壞了，以為學塾裡的人，都是有學問的。誰知道，詩書滿架，卻腹內空空；白皙清秀的老師遠比不上黑皮膚的小姑娘，當真是人不可貌相哪！今天又學到了個教訓。」

林之洋聽他們倆說得熱鬧，插嘴勸道：

「據我看來，今天雖然吃了點虧，但沒有傷神，也沒有出汗，平平安安回來，算是不錯啦！還計較什麼？」

唐、多二人也慢慢心平氣和了，繼續向停船的地方走回去。

唐敖忽然看見路上一個小孩牽著一隻奇怪的動物走來，那個動物很像牛，可是卻穿了衣服，戴了帽子。好奇的唐敖，忍不住問多九公，這是什麼獸？

「這叫藥獸，牠會治病。人如果生了病，就到牠面前，細說病狀，這獸自己走到野外銜回一種藥草，病人吃了就好。如果病重，吃一次不能好，第二天再去對牠說，牠又會去銜同樣的草，或再添一兩種，吃下去，多半都能治好。這種藥獸以前只產在白民國，現在已經繁殖到別的地方去了。」

林之洋說：

「原來牠會行醫，怪不得穿衣戴帽，像人一樣。可是不曉得這獸有沒有讀過醫書？會不會按脈？」

「牠哪會讀書、按脈？只不過曉得幾種藥而已！」

林之洋忍不住遠遠指著藥獸罵起來：

「你這畜牲，真是大膽！醫書沒有讀過，又不懂脈理，竟然敢看病！豈不是把人命當兒戲嗎？」

多九公說：

「你罵牠，如果被牠聽到，小心牠要給你藥吃！」

「我又沒病，吃什麼藥？」

「你雖然沒病，吃了牠的藥，包管就會生病！」

唐敖聽了，大笑，林之洋也忍不住笑了。三人回船，準備酒菜，痛快喝了幾杯，才消了今天在白民國惹的氣。

十三、淑士救美

緊接著幾天風向很順，船走得又快又穩，唐敖站在船頭，忽見遠處煙霧瀰漫中隱隱約約現出一座城池，多九公正在指揮水手掌舵，他望望羅盤，說：

「前面就是淑士國了。」

唐敖覺得風中傳來一陣奇怪的味道。

「大哥、九公，你們有沒有聞到一股酸氣？」

林之洋深呼吸兩下，點點頭說：

「確實很酸！」

這時，船已靠岸，只見岸旁全是高大無比的梅林，形成一片樹海，把淑士國的首都圍在中間。

林之洋以前就知道淑士國不和外國做生意，但是知道唐敖喜歡遊玩，所以仍然停船休息。多九公說：

「反正要上岸，林兄何不順便帶些輕便貨物，也許碰上機會，也可以做幾筆生意。」

「帶什麼貨好呢？」

「國名叫『淑士』，應該有不少讀書人，帶些筆、墨去賣吧，拿起來也輕便。」

林之洋聽九公的話，收拾了一個小包袱，三人一同上岸。剛走入梅林，就覺得酸氣撲鼻，直透腦門，簡直吃不消。多九公說：

「早就聽人說，淑士國一年四季都吃酸菜、青梅，從這一大片梅林看來，大概不假！」

一路往城中走來，路邊農田大半都種菜，奇怪的是田裡的農人穿的全是讀書人的長衫儒服。走進城中，滿眼都是頭戴儒巾、身穿長衫的人。就是做買賣的商人，也不例外，大家斯斯文文，看不出像生意人，賣的貨物除了日用品，最多的就是青梅和酸菜，賣筆墨紙硯、眼鏡的也不少。

三人一邊走，一邊看，只聽得家家戶戶都有讀書聲傳出來，走到一家「學塾」門口，更是書聲震耳。林之洋想進去賣些筆墨，可是唐敖、多九公已在「學塾」裡面吃過兩次虧，再也不願進去，寧願在外面等他。唐敖和多九公閒談，又提起黑齒、白民的舊事，唐敖說：

「想起黑齒國那兩位姑娘，實在真有學問，我們當時如果虛心求教，不但不會受窘，還有益處。現在想來真是後悔！以後無論走到哪裡，都要謙虛有禮才是。」

「唐兄這種度量，我萬萬不如，以後要多跟你學學。」兩人到鬧市逛了一圈，又回來等林之洋，只見他提著空包袱，笑嘻嘻地趕來了。

「大哥的貨全賣光啦？」

「賣是賣光，卻賠了錢。」

「這是為什麼？」

「唉！你們不知道。剛才我一進去，裡面的學生，看了貨，都爭著要買，卻又一個錢看得比天還大，只想便宜，不肯出價。我要走，他們又不放我走，要賣，又一文錢也不肯添。磨了半天，我看他們那窮酸樣子也可憐，又想起君子國做生意的情形，心一軟，乾脆吃點虧賣給他們了！」

「林兄，你既然賠了錢，幹嘛還笑容滿面呢？」

「嘿嘿！真有趣。我生平從來不和人家談文章，今天才談一下，就被大家稱讚，一路回來，越想心裡越快活。」

「究竟怎麼回事？說來聽聽。」

「剛才賣貨的時候，那些學生問我有沒有讀過書，會不會寫文章。我想自己肚中本來空空，如果實話實說，他們一定看不起人，乾脆吹牛算了。於是我說經史子集、諸子百家、詩賦文章，樣樣精通。他們就出了對子讓我對，上聯是『雲中雁』，我就對『鳥槍打』，那群學生都發呆，不懂這算什麼對子，我說：看見雲中雁，就用鳥槍打，有什麼不對？結果，他們都佩服得很，說我想法奇特，與眾不同，果然有學問呢！哈哈！」

唐敖也笑著說：

「大哥，你這個『鳥槍打』，幸好是對小學生說，如果被別人聽見，恐怕要打你的嘴巴呢！」

「我嘴巴倒沒被打，只是口渴得很，他們學塾裡的茶，只有淺淺半杯，裡面浮著兩片樹葉，越喝越渴，真吃不消。我們找個地方，歇歇腿，吃點東西吧！」

三人找了一家酒店，選張桌子坐下，走過來一個酒保，也穿長衫，還戴了眼鏡，手中拿把扇子，向三人行禮問道：

「三位先生光臨，是要飲酒乎？還是用菜乎？請明白以告我！」

林之洋說：

「你幹嘛乎啊乎的，我性子最急，請好好說話。有酒有菜，快點拿來！」

「請問先生：酒要一壺乎？兩壺乎？菜要一盤乎？兩盤乎？」

林之洋又渴又餓，再也忍不住，一拍桌子，大聲說：

「什麼乎不乎的？你再乎，我就先給你一拳！」

「小子不敢！先生別氣！小子改過！」

趕快送來一壺酒，兩樣小菜——一碟青梅，一碟酸菜。恭恭敬敬退下去。

林之洋見了酒，心花朵朵開，舉起杯來，一口喝乾，不禁大叫：「唉喲！怎麼把醋拿來了！」

原來淑士國的酒，越是好酒越酸。再一看兩碟下酒菜：青梅加酸菜，林之洋覺得連牙齒都軟了，喊酒保說：

「快把下酒菜多拿幾樣來！」

酒保答應一聲，送來四盤菜：鹽豆、青豆、豆芽、蠶豆。

「這幾樣菜，我吃不來，再添幾樣！」

酒保又送來四樣：豆腐皮、醬豆腐、豆腐乾、糟豆腐。林之洋問道：

「我們並不吃素，為什麼總是拿這種菜？還有什麼好吃的，快去拿來！」

酒保很有禮貌的說：

「敝地即使王公貴人，享用也不過如此菜餚而已。先生不喜，無乃過乎？小店之菜，僅此而已，豈有他哉！」

林之洋他們再也受不了酒保滿口「之乎者也」，只好算了。就在這時，外面走進來一位老人，舉動很文雅，也穿著儒服，他坐下後要了半壺酒、一碟鹽豆，自己吃起來。唐敖本來就想打聽一下淑士國的風俗，於是走過去請老人過來同坐，大家聊天。唐敖問道：

「請問老先生：貴國為什麼不分士農工商，大家都穿儒服？難道一點分別都沒有嗎？」

「敝國從王公到老百姓，衣服形式都一樣，只由顏色來分別：黃色的最尊貴、紅紫色其次、藍色第三、青色最低。至於為什麼大家都穿儒服，因為敝國所有人都要通過考試，然後才能就業。沒有考過試的，稱為『游民』，大家都看不起。所以，我國人從小就努力讀書，不然，什麼職業都沒法做！」

「您說貴國人人都要通過考試，但全國有這麼多人，哪裡能個個都懂文章呢？」

「哦！是這樣的，我們的考試分很多種：經、史、詩文、音樂、法律、數學、書畫、醫術……只要精通一項，就能通過考試，可以穿儒服了。」

老人也問唐敖他們中國的情形，邊談邊喝，不知不覺天已快黑了。唐敖付了錢，預備回船，老人也站起來，從身上取出一塊手帕鋪在桌上，把剩的小菜全倒在手帕中，包起來收到懷裡，說：

「您既然已付過錢，這些剩菜，白送給酒保，不如讓我收起來，明天還可以下酒。」

又把桌上的酒壺揭開來看看，大約還剩兩杯的分量，他吩咐酒保說：

「這酒存在你這裡，明天我來喝，如果少了一杯，要你賠十杯！」

四人剛走兩步，還沒出大門，老人一眼看到旁邊桌上有根用過的牙籤，連忙拾起，用手擦一擦，也收在口袋裡，這才走出酒店。

到了市中心，只見許多人圍成一圈，爭看一個少女。那女孩子大約十四、五歲，皮膚雪白，十分秀麗，孤零零站在街心，滿面淚痕，哭得非常悽慘。那老人嘆氣說：

「唉！已經好幾天了，還是沒有一個人肯發慈悲，實在可憐哪！」

唐敖他們忙問為什麼會這個樣子。

「這姑娘本來是皇宮裡的宮女，父母早已去世。自從公主結婚，嫁到駙馬家，這姑娘也就跟著公主到駙馬府中去。前幾天也不知什麼事，觸怒了駙馬爺，叫人把她帶出來賣掉，不論錢多錢少都沒關係。可是，我們這裡，大家都把錢看得很重；而且駙馬爺又掌管全國軍隊，殺人根本不算回事兒，老百姓誰敢買她？這位姑娘已經自殺過好幾回，都被看守的人救活，生死不能，天天站在這裡哭。你們如果肯花點錢，買她回去，也算做了好事。」

「妹夫，你花點錢買下來，帶回家去服侍外甥女，豈不很好？」

唐敖說：

「這姑娘身世可憐，本來一定也是好人家出身，我們想法救她是應該的，怎麼能讓她做奴婢呢？不知她家中還有沒有親戚？我寧願出錢，讓她的親人帶她回去。」

老人說：

「駙馬早下了命令，不准親戚領回，否則就要治罪，所以她的親屬都不敢來！」

唐敖聽了，抓抓頭，說：

「真是為難，既然如此，只好先買下她，救她一命，別的事，慢慢再想法子！」

於是，請林之洋回船，取了銀錢，交給看守的人，訂好契約。三人和老人告辭，帶了少女一起回船。

一路上，唐敖打聽女孩的身世，她說：

「我姓司徒，叫婔兒，今年十四歲，從小就被選入皇宮，服侍王妃。前年公主出嫁，王妃派我陪公主一起到駙馬府中。我父親當年是領兵的將軍，有一次和駙馬一同出兵作戰，不幸死在異國。」

唐敖想打聽她還有什麼親近的人可以投靠，就說：

「原來是位千金小姐，難怪談吐風度這麼文雅！不知令尊在世的時候，有沒有為小姐訂婚？」

「恩人救了我的命，千萬不能再這麼稱呼！」

林之洋說：

「據我的看法，乾脆小姐認了我妹夫做義父，大家也好稱呼，不知你們的意思如何？」

這時已到岸邊，水手划來小船，接他們登上大船。司徒斌兒拜了唐敖為義父，又拜見呂氏，多、林兩人，再和婉如行禮。一切就緒之後，唐敖又問起有沒有訂婚的事。斌兒忍不住流淚，說：

「如果不是未婚夫太忍心，我又怎麼會落到這種地步？」

唐敖忙問：

「妳未婚夫現在做什麼事？他為什麼對不起妳？」

「他是中國人，姓徐，叫承志。前年到我們這裡來投效軍隊。駙馬覺得他勇敢過人，就任他作隨身的護衛，但是又懷疑他可能是外國奸細，時刻提防。去年把我許配給他，想要表示恩惠，安撫他的心。可是又不能完全相信他，所以把結婚的日期一再拖延。我們國家這位駙馬脾氣凶暴，性情多疑，連國王也有點怕他。我既然許配給承志，當然很關心他，自己暗想：他從中國遠走幾萬里路到這裡來，一定有什麼原因，想打聽清楚，一直沒有機會。到了去年冬天，終於找到機會，到他房間去，偷看到一封血書，才知道他是大唐英國公徐敬業的兒子，因為避難才逃到我們這裡。既然知道了這種情形，想到駙馬的凶暴殘忍，如果有一天發覺他的來歷，必有大禍，我實在擔心得很。今年春天，有天晚上，等駙馬睡覺之後，我偷偷跑到他門口，勸他趕快回鄉，另找機會，這裡並不是可以長住的好地方。哪裡曉得，他竟然把我勸告的話一五一十都去報告了駙馬，害我被公主打了一頓。前幾天，駙馬出門去閱兵，我偷到一張通行證，勸他趕快乘機逃走，不要再拖延誤事。結果他竟然存心要害死我，又把這些話全都告訴駙馬，駙馬大怒特怒，把我毒打一頓之後，就叫人帶到市場來要把我賣掉！想到這無情無義的狠心人，我真是不明白他為什麼會這樣對我啊！」

斌兒邊說邊流淚，說完忍不住失聲大哭。

唐敖仔細聽了這一段話，又驚又喜，說：

「好幾年來，我一直在打聽敬業兄弟的兒子，不知他下落如何，想不到卻躲在淑士國！孩子，妳一片好心，又聰明機警，勸他避禍遠走，他竟然不聽妳的話，還去報告駙馬，這種不合情理的行為，一定有什麼原因，等我找到他，談一談，弄個明白。妳先別難過！」

「義父和他是不是有什麼淵源？為什麼一直在打聽他的消息？」

唐敖把當初結拜為異姓兄弟的事，大概說了一下。立刻約多九公、林之洋一起去找徐承志。三個人找到了淑士國的駙馬府，送了好多紅包給看門的、守衛的、傳達的人，好不容易才把徐承志請出來。

徐承志年紀大約二十左右，長得英武瀟灑，確實是一表人才。他見了唐敖，仔細看了一下，就說：「這裡說話不方便，你們跟我來。」

三人跟著徐承志來到一家吃茶店，坐下，看看左右沒有別人，徐承志才向唐敖行禮說：

「伯伯什麼時候來的？姪兒做夢也想不到會在這麼遠的異鄉見到伯伯。」

「你怎麼會認得我？」

「姪兒不到十歲的時候，曾經在家中見過伯伯，也聽父親說過結拜的事。雖然隔了這麼久，但伯伯容貌並沒有多大改變，所以仔細一看就認出來了。」

唐敖把自己的遭遇簡單說了一下，就問徐承志來到這裡的經過。

「自從父親遇難，我帶著父親咬破手指寫成的血書，還有當初起事時討伐武則天的文告，想去投奔諸位叔伯，可是官府追捕很嚴，深怕連累了人家，只有獨自逃到海外。飄流了好幾年，什麼苦都吃過，也做過奴僕，好不容易活下來，逃到淑士國。雖然目前境況比較好，但心中的苦，哪能消得掉！」

「你今年也二十歲出頭了，有沒有娶太太啊？」

唐敖是明知故問，想不到徐承志一聽這話，眼淚就流下來。

「伯伯問起這件事，我心中實在難過極了。」

「究竟怎麼回事，你慢慢說！」

徐承志先到茶店門口四處看了一下，回座後，悄聲說：

「淑士國這個駙馬，疑心病最重，我雖然受他看重、喜愛，可是仍然處處提防。幸好伙伴們都幫忙我，才能保平安無事。他把斌兒許配給我，伙伴都勸我要格外留神，在斌兒面前講話絕不能疏忽，否則她一去報告，我性命難保。所以她前後兩次來勸告，又偷了一張通行證，我都以為是駙馬故意試探，完全不敢相信，兩次都去檢舉她，也是為了證明我的清白，消除駙馬的疑心。誰知斌兒竟是一片真心待我，她如今被逐出府去，不知流落何方，我真是後悔莫及！」

說著聲音都變啞了，眼淚忍不住落下來。唐敖說：

「這也難怪你！幸好斌兒平安無事。」

於是，唐敖把經過情形說了一遍，徐承志轉悲為喜，趕快拜謝。唐敖問道：

「姪兒逃不出去，長久在這裡，總是危險哪！」

「請伯伯一定要想法救我出去！」

林之洋聽了半天，這時插嘴說：

「據我看來，最好的辦法是：等到晚上，妹夫把徐公子背在背上，用力一跳，跳出城外，又方便、又俐落！」

「唐兄背著人，也能跳得高嗎？」

「背人沒有關係，只怕城牆太高，跳不上去。最好承志先領我們去看清楚路，晚上才比較方便。」

徐承志問唐敖怎麼會有這種本領，唐敖把吃了躡空草等等機緣，說了一遍。付了茶錢，四人走出茶店，徐承志帶領大家由小路到了城牆拐角。唐敖看那城牆大約四、五丈高，並不難跳，而四邊恰好並無別人，就說：

「你住的地方還有沒有重要東西要帶？如果沒有，乾脆現在就走，豈不方便？」

「父親的遺書、文告，自從上次被人偷開房門之後，我永遠帶在身邊，其他再也沒有什麼重要東西了！」

唐敖把徐承志背在身上，向上一躍，已輕輕悄悄站在城頭上，他向多九公、林之洋揮揮手，多、林兩人就向城門走去，唐敖向下一跳，已背著徐承志落在城外。多、林也走來會合，大家一起上船，立刻啟程。徐承志見了婉兒，又喜又愧，經過唐敖的解釋，婉兒也就原諒了承志，兩人又一齊向唐敖拜謝，預備找相熟的船，回中國去。

走了幾天，遇上風雨，天又黑了，行船不太方便，就找了陸地，停船靠岸休息，等雨停了再繼續航行。這裡岸邊停了很多大大小小，躲避風雨的船。

多九公、徐承志、唐敖、林之洋圍坐閒談，忽然聽到鄰船有女人哭泣的聲音，深夜雨中，聽起來更覺淒涼。林之洋叫水手去打聽看看。原來也是一艘中國開出來的商船，在海上遇到大風，船身受損，開不動，又沒有人會修理，陷在這裡，進退兩難。唐敖說：

「出門在外，本來就該互相幫忙。何況又是同鄉！我們船上不是有工匠嗎？乾脆明天再耽誤一下，幫他們修好船再走，不知大哥肯不肯？」

「妹夫說得很對，就這麼辦！」

林之洋派水手過去，告訴了鄰船的人，他們感謝得很，也不哭了。

第二天，唐敖、林之洋、多九公走到鄰船，和船上人相見，談修船的事。原來船主竟是一位英姿挺秀的少女，她說姓章，是中國人。唐敖介紹了多、林兩人，又說了自己的姓名、籍貫。那少女說：

「您原來是嶺南的唐伯伯啊！」

「姑娘為什麼這樣稱呼？」

「我父親當年在長安城和唐伯伯、駱伯伯、魏伯伯曾經結拜為兄弟，難道您已經忘記了？」

「我們當時結拜的兄弟當中，並沒有姓章的呀！」

「唉呀！這是我不對了。姪女並不姓章，我姓徐，叫麗蓉，父親是徐敬功。敬業叔叔起事失敗後，父親帶著我們逃到海外來，做買賣為生。把姓也改了，對別人都說姓章，恐怕武則天派人追查。三年前，父親、母親生病過世，我本想回國，又不知國內現在情況如何，不敢冒失，只好仍然做生意。想不到前天在海上遇到大風，船身受損，不能開動，幸好有伯伯願意幫忙，要不然真不知道怎麼辦才好！」

唐敖這才明白，原來徐麗蓉正是徐承志的堂妹，心想：天下怎麼有這麼巧的事！連忙把承志叫過來和麗蓉相見，兩人抱頭痛哭，想起親人遭難，眼淚簡直沒法停住。

就在這時，忽然岸上塵土飛揚，遠遠有隊人馬向岸邊急馳而來。多九公說：

「糟了！可能是淑士國派人來捉徐公子的！」

徐承志問妹妹說：

「我的兵器都留在淑士國沒有帶來，妳船上有沒有武器可用？」

「父親當年用的長槍，一直好好保存在船上，不知哥哥合不合用？那桿槍很重，水手都拿不動，哥哥自己去拿吧！」

徐承志到船艙中，取出槍來，拿在手中，正好適合。這時岸上軍隊人馬已靠近船邊，果然是淑士國駙馬派來的。領頭的一位將軍騎馬上前，大聲說：

「我是淑士國大將司空魁，奉駙馬的命令，來請徐將軍回去。如果徐將軍聽命，一定升官重用，如果不聽，就要砍你的頭帶回去！」

徐承志也站在船上大聲回答：

「多謝駙馬的好意！不過，我來貴國只是為了避難，並不想做大官。即使要我回去做你們的國王，我也不肯！請將軍替我向駙馬道歉！」

司空魁一聽，立即大喊：

「徐承志不遵駙馬之令，趕快把他抓回去！」

軍中人馬聽令，一起向前，就在岸邊打起來。徐承志不愧武藝高強，手中一桿長槍，舞得生龍活虎，司空魁一不小心，腿上已被徐承志戳中一槍，差點落下馬來。徐麗蓉也不甘落後，取出彈弓，在旁不斷發射彈丸，真是將門虎女，每彈都不落空。淑士國軍隊看見主將已經受傷，己方士兵又死傷很多，都不想再打下去，終於護著司空魁退走了。

徐承志放下心來，帶了堂妹到唐敖船上，介紹司徒嫵兒認識徐麗蓉，姑嫂兩人一見，彼此都有好感。承志又叫麗蓉拜見了呂氏，和婉如也行了禮。大家相聚了兩天，十分融洽親密。

等到麗蓉的船一修好，承志歸心似箭，再也不願多留，帶了嫵兒、麗蓉向唐敖他們辭行，要回中國去。林之洋只好請太太趕著縫了一些衣服、被褥送給他們。唐敖要送銀錢做路費，徐家兩兄妹說船上貨物頗多，絕不肯收，只好算了。他們商議一下，把徐姓改為余姓，就調轉船頭，向故鄉航去。

十四、厭火焚鬚

唐敖他們繼續航行，這一天，到了兩面國。唐敖要上岸去玩，多九公說：

「這裡我也只是路過，沒有好好遊玩。可是，自從上回在東口山追肉芝扭傷腳筋，到底上了年紀，現在每次走多了路，就會痠痛。唐兄如果走得不遠，我還可以奉陪，否則，我就不去了！」

「我們先一起去走走，九公如果覺得累了，隨時先回來就是！」

於是，三人一起登岸，走了二十多里，還未到兩面國的都城，多九公就說：

「要走嘛，也還可以再走遠一點，只是怕等下沒力氣走回去，我要先回船去了。」

林之洋說：

「我今天匆匆忙忙出來，衣服也沒換，身上這件衣服、頭上這頂帽子都陳舊得很。剛才三個人一塊兒走還不覺得，如今九公先回去，我和妹夫走在一起，他穿的是綢衣服，頭上又戴了讀書人的帽子，看起來我簡直像跟班的了！碰到那些勢利眼的人，恐怕理都不理我！」

多九公笑著說：

「他不理你，你就對他說：我不是沒有綢子衣服，只不過今天太匆忙，沒有穿出來而已。這樣一來，人家就不敢看不起你啦！」

「嘿嘿，如果要他們看得起，乾脆擺架子說大話算了！」

「你說什麼大話？」

「我說啊！我不但有綢衣服、緞襖子，我家裡還開大商店，親戚都做大官呢！這麼一來，只怕那些勢利眼的傢伙搶著要請我吃飯、喝酒囉！」

三人哈哈大笑，分道而行。

多九公回到船上，睡了一覺，精神好得很，正在閒坐無事，唐敖、林之洋已經回來了。多九公一看，就問：

「怎麼唐兄穿了林兄的衣服，林兄又穿了唐兄的衣服？你們這麼快就回來啦？天還沒黑嘛！」

唐敖說：

「今天真正長了見識。九公，你知道這裡為什麼叫兩面國嗎？」

「這兩面國我從來沒上岸去玩過，實在不太清楚！快說給我聽聽。」

「我們分手之後，又走了十幾里路，才看到有行人。大家都戴著下垂的頭巾，遮住後腦，看起來斯斯文文，和藹可親。我就走上去，問問風俗，閒聊幾句，他們對我客氣得很，講話也非常有禮，簡直像是君子國的人。」

唐敖剛說到這裡，林之洋憋了一肚子氣，忍不住插嘴，接下去說：

「他們和妹夫有說有笑，我也就走過去隨便聊聊。誰知道，他們轉過頭來，把我從頭看到腳，從腳看到頭，突然臉上就變了一副樣子，不但笑容沒了，臉色也冷冰冰的，客氣話一句也不說了，問他們一句，隔了大半天，才回答我半句，還愛理不理的，真把人活活氣死！」

多九公問：

「說話哪有說半句的？林兄太誇張了！」

「哼！才沒誇張呢！他說的雖然是一句，因為無精打采，半吞半吐，聽到我耳朵裡，就只剩下半句啦！我實在氣不過，拉了妹夫走開，找個僻靜地方，脫下外面衣服，交換穿，帽子也換了戴，存心試試看，剛才他們那種態度是不是因為衣服的關係。結果，你猜怎麼樣？這回再找人說話，大家都對我和氣、客氣得不得了，反而對妹夫冷冰冰了，九公，你說氣人不氣人？」

「哦，原來『兩面』是這個緣故，海外像這麼勢利眼的人也還不太多呢！」

唐敖說：

「還不止如此！九公再聽我們說。後來，我們走到比較熱鬧的地方，大哥又去找人說話，我站在旁邊，沒人理，很無聊，暗想，他們這裡為什麼人人都帶同一種樣子的頭巾，把後腦完全遮住，沒有一個例外？不知他們有沒有頭髮？我好奇心發作，悄悄走到大哥和他談話的那個人後面，把他的頭巾一掀開，唉呀，老天！原來他頭巾下面還藏著一張凶臉，滿臉橫肉、鷹鈎鼻、老鼠眼、掃帚眉、血盆大口，可怕極了，看見我，大口一張，伸出一條長舌頭，緊跟著噴出一股黑氣，又臭又腥，我大叫一聲，嚇得半死，誰知大哥忽然撲通一聲跪下來了！」

「唐兄嚇得大叫，林兄卻為什麼跪下來呢？」

「我和那人正談得高興，妹夫突然一掀頭巾，看到他另一副嘴臉，他一生氣，連正面這張臉也變了，臉色發青，兩根門牙突出來，舌頭一伸，又長又尖，我措手不及，嚇得要命，怕他一狠心就要殺人，不由得腿一軟就跪下來，求他饒命，拉著妹夫趕快逃回來。九公，你說這裡的人奇怪不奇怪？可怕不可怕？」

「唉！世界上各種各樣的人都有，像這種兩面人也不值得奇怪，只是以後隨時要小心謹慎，別太魯莽，白白吃虧送命可划不來！」

唐敖、林之洋驚魂未定，喝了點酒，彼此安慰。直到離開了兩面國才放下心來！兩面國之後，是穿胸國。唐敖這次不想上岸了，只聽多九公、林之洋閒談穿胸國的事情。

林之洋問多九公說：

「聽說穿胸國的人，胸口都是一個大洞，那他們的心長在哪裡呢？」

「他們當初胸口本來也沒有洞的，只是因為這裡的人心地不好，每次遇到事情，眉頭一皺，心就歪到一邊去，做出來的事不公不正。天天如此，老是偏心、歪心，年深月久，心就移到胳肢窩去了，胸口正中卻生出大疔瘡來，化膿潰爛，什麼藥也醫不好，終於爛成一個大洞，從此子子孫孫永遠都是這副模樣，再也還不了原啦！」

「唉喲！不得了！原來偏心的後果這麼嚴重，以後千萬要小心！可是，要完全公平不偏，實在也不簡單，做人真不容易啊！」

唐敖也說：

「做人本來就難得很，看得越多、想得越多，越覺得難。」

三個人都沉默下來。只有海水一望無際，在船前伸展，似乎一直到天的盡頭。

又走了幾天，看到陸地，這裡是厭火國。唐敖、多九公、林之洋三人上岸活動活動筋骨。沒走多遠，忽然來了一大群當地人，圍著唐敖三人，伸出手來，嘰嘰呱呱，不知說的什麼，看樣子大概是要討東西。這些厭火國人，皮膚墨黑，又瘦又乾，看來很像猴子。多九公說：

「我們是過路的客人，並沒有帶多少銀錢，你們這麼多人，實在無法幫忙！」

那群人好像聽懂，又好像沒聽懂，仍然伸著手，不肯走。林之洋本是急性子，忍不住，大聲說：

「我們走！千山萬水出來做生意，哪有這麼多時間和他們蘑菇！」

厭火國那群人一看他們要走，大喊一聲，嘴巴一張，人人口中噴出火來，一團團火焰，帶著煙霧紅光，直向唐敖他們三人撲來，林之洋一不小心，鬍子著火，一下子燒得乾乾淨淨，三人嚇得拚命逃跑，厭火國人在後面緊追，幸好這群像猴子似的黑人，跑得倒不快，終於被林之洋他們逃回船上。可是，不久，追的人也趕到了，他們對著船頭噴火，嘴巴中火焰熊熊，不斷湧出，真是又奇異又恐怖，船上的水手躲不快的，都被燒得焦頭爛額。

多九公、唐敖、林之洋都不知道怎麼辦；這樣的大火，而且源源不斷，哪能撲滅得了？正在驚慌擾亂，船頭船尾亂跑，忽然海中浮出一群女人，只露出上半身，她們也張開嘴巴，卻噴出一股股的水來，像瀑布一樣，直對著厭火國的人噴去，果然，水能滅火，不久，火焰就沒有了，船上的火也熄掉，那群人眼看碰到剋星，占不了上風，嘰嘰呱呱喊了一陣，都跑掉了。林之洋他們這才仔細看海中突然出現的救星是誰，原來就是前幾個月在元股國買了放生的人魚！人魚浮在水面，一直看到火已完全救熄，才潛入水中，很快就不見了。

多九公說：

「今年春天，唐兄在元股國做了好事，想不到隔了幾個月，卻靠這些人魚救了我們一船人的命，好心有好報，幫忙別人就是幫忙自己，真是不錯！」

林之洋說：

「這群人魚，當時放了她們，很快就游走了，怎麼今天又會出現？難道一直悄悄跟著我們嗎？這裡離元股國遠得很，想不到人魚卻還知道要報恩哪！」

唐敖默默聽他們說話，獨自望著遠處的海水出神，不知他心中想些什麼？林之洋接著又說：

「今天我真倒楣，一把鬍子全燒光了，到現在嘴邊皮膚還疼得很，怎麼辦？」

多九公很懂藥性，他也等於是船上的醫生，連忙取出治療火傷的油膏來，替林之洋塗在嘴邊。唐敖看著林之洋搽藥，忽然笑起來說：

「大哥本來已經四十多歲，現在忽然沒了鬍子，露出雪白的皮膚，真像年輕了二十歲！以後你乾脆別留鬍子了。」

林之洋只好苦笑。多九公的藥膏很靈，塗了兩天就不疼了。

十五、蠶桑起釁

這天，唐敖本在艙中教婉如功課，忽然感覺熱得坐不住，汗水不斷流出來，只好走到船上面來透氣。不久，大家全都走到甲板上來，人人出汗，喘氣不停。唐敖問道：

「現在已經是秋天了，怎麼變得這麼熱？太奇怪了！」

多九公說：

「這裡已經靠近壽麻國，所以這麼熱。記得古書上曾經這樣說：『壽麻之國，正立無影；爰有大暑，不可以往。』幸虧有岔路可以躲開，我們的船再走半天，過了壽麻，就不熱了！」

「既然這麼熱，當地的人還能住得下去，不是很奇怪嗎？」

「據說，壽麻國白天最熱，太陽一出來，當地的人全都躲到水裡去泡著。等到黃昏熱氣散了，才敢出來。可是也有人說，壽麻國人從小生長在這種環境裡，對於大熱早已習慣，他們最怕離開故鄉到別國去，因為一旦到了別的國家，就是夏天，壽麻國人也會凍死。我想，躲到水裡的說法不太可能，後面這種說法也許比較對！」

就在這時候，忽然聽到水手大聲亂嚷起來，原來有個水手，受不住熱，中暑暈倒了。多九公連忙取來藥箱，拿出一包白色藥粉，讓他們用大蒜和冷水一齊給病人吃下去，不久，那個水手果然清醒過來。唐敖對多九公的醫藥知識佩服得很，想找機會勸他把這些藥方寫出來，公開告訴大家，這樣一定可以救更多人命。

壽麻國一過，天氣立刻就涼爽多了。林之洋的船走了一天，到了結胸國，這個國家的人胸前胃部都突出一大塊，所以叫「結胸」。據說這裡的人個個好吃貪睡，吃了就睡，睡醒又吃，食物不能消化，堆在胸口，慢慢就突起一塊，世世代代子孫也都長成這副模樣再也消不掉了。

林之洋開玩笑說：

「九公，你醫術高明，這個結胸的病症可治得好嗎？」

「他們如果來請我醫治，我就叫他們不許再偷懶、好吃，每天多做事、多活動，少吃、少喝，包管胸口就不再突起來了！」

大家說說笑笑，船並沒有靠岸，仍然繼續航行。誰知涼爽了幾天，忽然又變熱起來。多九公說：

「我們只顧聊天，誰知今天順風，船走得快，已經靠近炎火山了，難怪熱得很。」

林之洋說：

「只聽說有火焰山，怎麼又有炎火山？難道海外有兩座火山啊？」

多九公笑著說：

「瞧你把天下看得這麼小！說到火山，何止兩座？單單我親自看過的就有好幾處！譬如耆薄國東邊有個火山國，他們那裡，就是下大雨，山上的火也不熄；還有自燃洲也有火山；西域有且彌山，白天看來，山上冒煙；晚上看，山上就像點著燈似的；崦嵫山出產打火石，兩塊石頭一敲先出水，然後就生出火苗來。我還到過炎洲的火林山、火洲的火焰山，海中間的沃焦山，……還有很多，時間隔得太久，記不得了。至於書上記的，我沒去過的，更不知有多少。火山可多得很哪！」

唐敖接著說：

「九公說得不錯。天下既然有這麼多水，也該有很多火，這樣才顯得調和。沃焦、炎洲這些火山名字，連古書上都有記載的！」

炎火山過去，天氣又涼快了，這樣忽冷忽熱，倒也有趣。這天船開過長臂國，他們在船上遠遠看見幾個長臂人在海邊撈魚，兩條手臂一字伸開竟有兩丈長，比身體長得多，看起來奇怪得很。林之洋說：

「他們大概看到什麼東西，都想伸手去拿，不管該不該拿，這樣天天搶著伸手，終於把手臂弄得這麼長！走起路來多不方便！」

唐敖說：

「是啊！不該要的東西，可不能隨便伸手哦！」

長臂國很快就過去了，又過了幾天，到了奇怪的翼民國。很久沒上岸了，唐敖、林之洋、多九公決定在翼民國停船逛逛。

三人同行，走了好幾里路，才有人來往，原來翼民國人模樣非常怪異，像鳥不像人，而且是卵生，不是胎生。身體長度大約五尺左右，而頭的長度卻和身體一樣，長著一張鳥嘴，兩隻紅眼睛，一頭白髮，背上一對翅膀，全身綠皮，好像披著樹葉似的。路上的人，有的走、有的飛，不過，飛得並不很高，來來往往，倒也熱鬧！

林之洋問多九公說：

「他們的頭和身子居然一樣長，這是怎麼搞的？」

多九公說：

「他們這裡的人，最喜歡被人家捧，也就是俗話說的『戴高帽子』，你給我戴，我也給你戴、今天捧、明天捧，滿頭全是高帽子，慢慢的連頭也變長了，這都是愛戴高帽子的結果啊！」

唐敖忍不住大笑：

「九公，您別開玩笑了！你們看那些人在空中飛，比走路快多了，也有老頭子請人背著飛的。我們花點錢，僱他們背著飛回去，豈不也開開眼界？」

林之洋正走得腿痠，立刻贊成，僱了三個翼民國的人，把唐敖他們一人背一個，展開翅膀飛起來，轉眼間就到了船上，翅膀一收，穩穩降下，林之洋付了錢，三個怪人又飛回去了！唐敖第一次嘗到在天上飛行的樂趣，一直念念不忘。

經過翼民國，再走兩天，就到了伯慮國。多九公因為配好的藥已經用得差不多，要留在船上調製添補，沒空下船去玩，林之洋就和唐敖二人同行。

等到天快黑的時候，唐敖、林之洋一塊兒回來，唐敖一見多九公就說：

「難怪九公不想去逛，這裡實在沒有意思。每個人都像在打瞌睡，連走路的時候也閉著眼睛，一點精神也沒有。既然如此，他們為什麼不在家裡睡覺？勉強撐著，簡直像夢遊一樣，究竟是什麼緣故？」

多九公說：

「海外流傳兩句俗話，說這伯慮國的奇怪風俗，唐兄大概沒聽過，林兄應該知道吧？」

「九公是不是指『杞人憂天，伯慮愁眠』這句話？不過，我不明白為什麼要愁眠，能睡覺還有什麼可愁的呢？」

「以前杞國人怕天掉下來把他們壓死，日夜擔憂，這是大家都知道的。而這伯慮國的人也怪，他們不是怕天掉下來，卻最怕一睡覺就醒不過來，白送了性命。所以，從來不睡覺，頂多坐下來歇歇。一年到頭，昏昏沉沉，勉強支持。有些人熬到實在撐不住，倒下來一覺睡過去，無論怎麼叫也叫不醒，家人圍在身邊哭，等到醒過來，已經睡了好幾個月。親戚朋友聽到消息都趕來慶賀，說是死裡逃生。有些人真的就一睡不醒，在睡眠中死去的，數都數不清，所以，伯慮國人人都怕睡覺，無論多累也不敢睡！」

「睡覺醒不了，實在太奇怪，難怪他們要『愁眠』了！」

「他們如果像平常人一樣白天工作、晚上睡覺，正常過日子，怎會睡不醒？就是因為整年整月不睡，熬得頭昏眼花、四肢無力，又每天擔心憂慮，一旦熬到油盡燈枯，一睡當然就不容易醒了，這有什麼奇怪？」

唐敖聽了，暗暗點頭，說：

「思慮太多，怕這個、怕那個，反而越怕越糟！我以後要盡量放寬心，高高興興活下去！」

林之洋吩咐水手開船，走了好些日子，到了巫咸國。林之洋說這裡的人喜歡買綢緞，帶了貨物上岸去了。

唐敖卻因為吃壞了東西，肚子不舒服，沒法去玩，多九公每次上岸多半是為了陪唐敖，唐敖不去，他也寧願在船上休息。兩人坐在船後甲板上閒聊。唐敖望著岸上一片茂密綠林，說：

「九公，那些是什麼樹啊？」

「高大的是桑樹，這裡的人都砍來當柴燒；矮小的是木棉，這裡沒有蠶絲，大家都用木棉織成布做衣服。所以林兄才帶綢緞來賣，可以賺不少錢！」

「這麼好的桑樹，竟然沒有養蠶，只砍來當柴燒，實在可惜！我很想上岸去看看這巫咸的風俗，偏偏瀉肚子，真是不巧！」

「原來唐兄的病是下痢，為什麼不早說，我有治痢的藥，你吃五、六次一定就好！」

多九公去取了藥來，唐敖立刻吃了一劑。

不久，林之洋回來，說：

「今天沒賺到什麼錢，幸好也不虧本就是了！原來幾年前從外國來了兩個姑娘，她們帶了蠶卵，在巫咸養起蠶來，取絲，織成綢緞，還教本地的人，現在這裡也有人學會了，綢緞已經不太稀奇，價錢也就高不了！還要再停兩天，這些貨大概可以全部賣掉，我們才能走。」

「剛好等我把病養好，大哥儘管慢慢銷貨，不要急！」

唐敖又吃了兩次藥，腹瀉就止住了，他再三向多九公稱謝，同時順便勸九公，把這些有效的藥方公開流傳，救治更多病人。多九公說：

「我們家的人向來就靠行醫為生，只有我上船掌舵。如果把藥方刊印廣為流傳，我們家還靠什麼吃飯？雖然你說是做好事，但是行不通啊！」

「九公，做好事總有好報，想想那些生了病，卻沒法找到醫生的人，多麼可憐？您的兒子早已是讀書人，將來一定做官，又何必一定指望這些藥方來過活呢？」

「唐兄說得也對，我以前的想法未免太小氣了！從今天起，我先把家中祖傳的秘方，一張一張詳細寫出來，回國去就刊印流傳，讓生病的人可以少吃點苦！」

唐敖見九公聽了他的勸告，非常歡喜，陪著多九公聊天閒坐，直到夜深才去休息。

第二天起來，林之洋已經先上岸去了，唐敖覺得身體完全復元，精神也很好，忽然想起，上回在東口山遇到駱紅蕖，曾經拜託他經過巫咸國，順便帶一封信給薛蘅香。因為腹痛下痢，沒有上岸，差點把這件事忘了，趕快把信找出來，約了多九公上岸去找薛家住的地方。

走不多遠就到了在船上望見的那片樹林，唐敖抬頭看那些高大的桑樹，想不到居然看見樹上躲著一個人，唐敖趕快把身上佩的長劍拿在手中，以防發生事故。這時，遠遠走過來一個老婆婆和一位年輕姑娘，樹上躲著的人，「咻」一聲跳下來，原來是個身高體壯的大漢，他手持大刀，大聲說：

「妳這丫頭，小小年紀，心卻這麼壞，害得我們好苦！今天一定要殺掉妳，為大家除害！」

大刀一揮，對準那少女，劈頭砍去。唐敖早有準備，一看情形不對，往前一躍，長劍迎著大刀用力一擋，大漢被震得跌到路邊，呆呆瞪著唐敖，他那把刀已飛到半空，半天才落下來。原來唐敖自從吃了靈芝、仙草，力氣大得超過常人，這時又因為一心救人，用力過猛。唐敖一面扶起驚嚇得倒在地上發抖的女孩，一面說：

「壯士！不要行凶，有話慢慢講。這位姑娘什麼事情得罪了你？」

那個大漢站起來，仔細看看唐敖和多九公，說：

「我看你們也是明白道理的人，不用多說，你們自己去問這丫頭，她做了什麼事，就知道我不是無緣無故行凶的人！」

那個姑娘靠在老婆婆身上，還在發抖，唐敖問：

「妳家住哪裡？什麼事情得罪了這位壯士？」

女孩擦擦眼淚，悄聲說：

「我姓姚，叫芷馨，是中國人。在這裡寄居，已經好幾年，一向幫著父母親養蠶為生。

前幾年父母不幸過世，現在跟著舅母一塊兒住。今天和奶媽一同來山上祭掃父母的墳墓，想不到有這種事，幸虧有恩人相救，大恩永不敢忘！」

那大漢罵道：

「哼！妳這壞丫頭，只曉得養那些毒蟲，一點也不想想好幾萬戶人家都被妳害得活不下去啦！」

「你究竟為什麼一定要殺她？慢慢說清楚，像這個樣子，我實在弄不明白。」

「我是巫咸國的商人，這裡產的木棉，向來都由我經手買賣。我們巫咸國種木棉，就像別的地方種田一樣，大家靠木棉樹養家活口。想不到自從這個丫頭和另外一個會織布的丫頭來了之後，養出無數會吐絲的毒蟲，又織出許多絲布來賣，我們木棉的生意已經很受影響。近來她們更把這種惡術到處教給別人，眼看我們這裡的婦女都學會了養毒蟲、織絲布，不用木棉了。一向種木棉的人家都沒法活下去，所以我才想除掉她！今天算她運氣好，遇到你們，可是，要殺她的人，成千上萬，不止我一個，看她能躲到哪一天？除非趕快離開我們巫咸國，不然，我總饒不了她！」

那大漢怒氣沖沖，大聲說完，地上拾起刀來，大步走了！

唐敖總算明白了大概情形，又問姚芷馨說：

「姑娘家中還有沒有什麼人？令尊當年是做什麼事的？」

「先父名叫姚禹，曾經做過河北都督，因為想救皇上不成功，怕武后追捕，帶著我們逃到這裡，不久就去世了，母親身體本來不好，旅途辛苦，又傷心父親的死，跟著過世，我只有依靠舅母，幸好舅母家中有表姊薛蘅香為伴。我早已跟母親學會養蠶，身邊也帶有蠶卵，看見這裡的桑樹長得又大又好，表姊又很會紡織，就想到養蠶織綢為生的法子。時間久了，鄰近的婦女也跟著我們學，誰知會得罪了種木棉的人，結下這麼深的怨仇！如果不是恩人相救，今天一定已經遭了毒手！」

唐敖一聽薛蘅香的名字，連忙問：

「請問姑娘，那蘅香姪女住在什麼地方？她的父母都安好吧？」

「蘅香表姊是我舅舅的女兒，舅舅早已去世，現在只有舅母帶著表姊蘅香、表弟薛選和我一起住。恩人稱表姊叫姪女，是什麼淵源？」

「我叫唐敖，是嶺南人，當年曾經和蘅香的父親薛仲璋結拜為兄弟，今天正是特地來拜訪他們的，誰知老兄弟竟不能再見一面！麻煩姑娘帶我們去他家中，不知方不方便？」

姚芷馨恍然大悟說：

「原來如此！請跟我來！」

走到巫咸國城中，還沒到薛家門口，只見一大群人圍在門前，又喊又罵，只叫織綢子的丫頭出來！芷馨嚇得不敢走過去。

多九公、唐敖擠到門口，只見樹林中要殺人的那個大漢也在人群中，看來像是領頭的人。唐敖站到比較高一點的地方，大聲說：

「諸位請不要吵，聽我說句話：這薛家只是暫時住在這裡，我們今天就是來接他們回中國去！諸位請先回去，事情一定會解決的。」

那大漢知道唐敖本領很厲害，終於帶著眾人散開了。

姚芷馨見門口沒有人了，才帶著奶媽上前開門，帶唐敖、多九公進去，薛夫人出來相見，薛蘅香驚魂未定，和弟弟薛選一起出來向大家行禮。姚芷馨把樹林中遇險的經過說了一遍，薛夫人忍不住流淚，向唐敖再三道謝。唐敖談了一些往事，薛夫人也說了這些年來逃難、離鄉的種種苦況。

「今天鬧成這個樣子，這裡是再也不能住下去了！」

多九公插嘴說：

「東口山的駱小姐不是有信帶給薛小姐嗎？夫人不如就搬到東口山去，和駱小姐他們同住吧！」

唐敖取出信，交給薛蘅香，她看過信後，也想去和紅蕖同住，將來再一起設法回鄉。可是唐敖想：駱龍和紅蕖祖孫倆住的是座破廟，房舍都已半塌，哪裡還能再容下四、五個人？而且日常生活用費也成問題。正在為難，不知如何啟口，忽然靈機一動，想到現住白民國麟鳳山的魏夫人和魏武、魏紫櫻兄妹，再看看眼前的薛蘅香和薛選，又是兩對璧人，正好相配，心中高興，不禁笑出聲來。連忙對薛夫人詳細說了一遍，並且表示自己有意做媒，薛夫人知道魏、薛兩家本來就有交情，又聽唐敖說魏家兄妹人品十分出色，心中也很高興，點頭答應。唐敖當下借了紙筆，寫了兩封信，一封交給魏夫人，一封寫給駱龍老伯。又送了很充裕的銀錢，讓薛夫人用做搬遷的路費。多九公也幫忙他們僱到了熟悉的客船前往麟鳳山。大家一起動手收拾行李，忙了兩天，唐敖到結義兄弟薛仲璋的墳前拜祭，然後才分手告辭。芷馨、蘅香兩位姑娘感激唐敖救護、成全的恩德，依依不捨，殷殷道別。後來，駱紅蕖終於約了薛蘅香她們，一起回到故鄉。

唐敖、多九公回到船上，林之洋的貨也賣完了，又開船繼續航行。

十六、行醫求韻

這天，到了歧舌國。林之洋知道這個國家的人最喜歡音樂，就叫水手帶了很多簫、笛等樂器去賣。唐敖、多九公也上岸閒遊，只見滿街的人說的話，一句也聽不懂，唐敖問多九公：

「我只聽見各種各樣的聲音，一點也不明白什麼意思，九公可聽得懂嗎？」

「海外各國語言，以歧舌國的話最難懂。當初我也想學，一直找不到人教。後來，偶然因為購買貨物，經過這裡，住了差不多一個月，每天聽他們說話，也請他們教我，終於被我學會了。誰知學會了歧舌國的話，再學別地方的語言，簡直容易得很，完全不費力氣。林兄後來也是跟我學才會說歧舌國的話了！」

「聽人家說，歧舌國有部韻書，專門講述語言、聲音的種種變化、來歷，如果能夠找來看看，明白了其中道理，以後學任何語言，豈不都有法子了嗎？」

「是啊！我也聽說有兩句俗話叫：『若臨歧舌不知韻，如入寶山空手回。』我們既然到了這裡，沒看到這本書就走，豈不太可惜了？等我打聽打聽！」

剛好對面走來一位老人，看來很和氣的樣子，多九公走上去，行個禮，用歧舌國的話和他談起來。唐敖在旁邊仔細看，才發覺原來那老人的舌頭尖是分叉的，就像剪刀一樣，一說話，兩邊舌尖都動，聲音特別繁複。多九公和他談了半天，那位老人把袖子一甩，大步走掉，再也不理他們。多九公回來，對著唐敖說了一大篇，唐敖一句也聽不懂，原來九公還在說歧舌話。多九公自己也發覺了，不禁又好笑、又好氣，他說：

「我真氣糊塗了！我好話說盡，那個老頭無論如何不肯幫忙，他講：國王有令，音韻的學問是歧舌國最重要的秘密，如果貪圖錢財，偷偷傳給外國人，一定要從嚴治罪。我再三請他指教，說絕不洩露，你猜他怎麼回答？他說：前些時候，鄰國有個商人用從大烏龜肚子裡取出的珠寶來向我學音韻，我都沒答應，難道你今天行幾個禮就比烏龜肚裡的寶貝還值錢嗎？唐兄，你聽這是什麼話？竟然把我和烏龜比起來了，真是氣死我！」

唐敖趕快安慰一番，兩人一面回船，一面仍不死心，總希望能學到歧舌國這門學問的秘訣。第二天、第三天，多九公都上岸去到處請問，始終沒有一個人肯說，因為國王訂的刑罰太嚴：如果把音韻的學問傳授給外國人，不論是誰，都終身不許結婚，如果已經結了婚的，也要立刻離婚。由於有這種奇怪的處罰，歧舌國沒有一個人敢違犯，多九公白白跑了幾天，一點也沒有頭緒。

這一天，林之洋照樣上岸去銷貨，唐敖把婉如做的詩改了幾首，又沒事做了，很無聊，再約多九公出去玩。兩人走到熱鬧的市區來，只見一大群人爭著看一張國王貼出的布告，還有人大聲念出來，原來歧舌國的皇太子不小心從馬上摔下來，受了重傷，非常嚴重，國王說凡是有人能治得好太子的傷，賞銀一千兩。多九公明白了這種情形，立刻擠上前去，把布告撕下來，表示他願意醫治太子。果然不久官府就派了馬車來接名醫，將多九公、唐敖一起迎接到賓館，國王的使者也來了。三人行禮、坐下，多九公問道：

「請問先生貴姓？」

那位使者說：

「我姓枝，名鐘，兩位貴姓？從哪裡來的？」

多九公先說了自己和唐敖的姓名、籍貫，然後說：

「我家向來在中國行醫，已經有好幾代，凡是外傷，不論多重，都有藥可治，只是要先看看病人，才能決定內服、外用各種藥的分量。」

使者立刻去轉報國王，唐敖也替多九公回船把藥箱取來。使者回到賓館，陪多九公、唐敖來到皇宮，走進太子的寢室，只見太子躺在床上昏迷不醒，兩條腿都跌斷，頭上破了一個洞，鮮血還在流。多九公先叫人取來半碗黃酒，撬開太子緊閉的牙齒，硬灌下去，然後開藥箱，拿出一種藥粉，倒入頭上的傷口，又取了一把扇子，對準傷口，用力猛搧，旁邊的僕人、侍從都大驚失色，有人忍不住叫出聲來，使者連忙說：

「老先生請別搧了，太子跌成這個樣子，怎麼還能吹風呢？」

「我用的這種藥，藥名就叫『鐵扇散』，必須用扇子猛搧，才能讓傷口快點結疤，避免發炎感染。你放心好了，我怎麼會把人命當兒戲？」

多九公一面說，一面手不停搧，果然，在大家注目之下，傷口真的結了疤，太子也發出呻吟聲，清醒過來。滿室的人對多九公的醫術都佩服得五體投地。枝鐘說：

「老先生的妙藥，實在靈驗無比，簡直是仙丹！現在太子頭上的傷口已經無事，只是兩腿筋骨都斷，還請老先生施展妙手，盡快幫助太子痊癒！」

「不要著急！幸好我帶有專治骨折的『七鼇散』，太子腿傷絕無問題。」

多九公取出一桿小秤，秤了七鼇藥粉，用燙熱的黃酒調好，給太子服下，又取了更多藥粉，和在酒中，塗在兩腿受傷的地方，不斷輕輕按摩。太子很快就睡著了。多九公對使者說：

「太子的傷，已經沒有問題，請轉告國王放心，大概再過幾天，就可以完全復元。等一下太子醒來，就餵他喝熱黃酒，只要太子平日酒量不差，盡量多喝無妨。我明天再來看！」

「國王剛才已經吩咐，請老先生暫時不要回去，就在附近賓館住下，以便隨時看視、用藥。現在飯菜都已準備好，兩位先吃點東西吧！」

多九公、唐敖只好派人回船送信，說他們暫時不能回去。第二天，多九公又照樣給太子內服、外敷，幸好太子平時酒量很大，每天喝下很多熱酒，而「七鳌散」又十分有效，不過幾天，筋骨都已接上，精神也好多了，只是走路還不方便，必須再休養一段時間。

這天，歧舌國國王準備了盛大酒宴，宴請多九公，同時拿出一千兩銀子做為酬謝，又另外多送一百兩，請多九公把「鐵扇散」和「七鳌散」的藥方寫出來。多九公自從上次聽了唐敖的勸告，早已有心將祖傳秘方公開流傳，所以他對國王說：

「我只希望治好太子的傷，並不要錢。寫藥方，也是舉手之勞，這些銀錢，我都不要，只希望國王把貴國的韻書送我一部，就心滿意足了！」

誰知國王一向認為歧舌國只有在語言、音韻方面勝過別國，其他再也沒有值得誇耀的，所以寧願多送銀子，就是不肯把韻書傳授。多九公沒法子，只好私下和使者商量，枝鐘說：

「現在國王心情不好，因為兩位王妃都患重病，如果老先生能有法子治好王妃的病，也許有希望。」

「不知兩位王妃患的是什麼病？」

「我聽宮中服侍的人說，一位王妃懷了五、六個月的身孕，因為不小心拿了太重的東西，突然流血，而且肚子疼痛。另一位王妃是乳房長了瘡，又紅又腫，痛得不斷呻吟。所以我們國王非常擔心，恐怕會有危險。」

多九公一聽，就說：

「這都不難治，我立刻可以開藥方，只是不知道國王肯不肯把韻書傳授？」

國王聽了使者的報告，因為實在想治好兩位王妃的病，只好勉強答應。唐敖、多九公高興極了，多九公寫好藥方，交給使者去配藥，他們仍然住在賓館等候消息。

過了幾天，兩位王妃都已平安無事，國王既歡喜又後悔，派枝鐘來說，要多送重禮，不肯給韻書，多九公當然不肯，爭了三天，國王又召開大臣會議，終於決定，不能不守信用，讓外國人譏笑。好不容易把歧舌國聲韻學的秘訣寫在一張紙上，密封之後，交給了多九公，國王說，只要好好體會這幾句秘訣，一定可以融會貫通。同時派人送來很多銀子，謝謝多九公妙手回春，治好了王妃和太子的重病。又用漂亮馬車，送多九公、唐敖回船。

多九公本來無論如何不願再收銀錢，可是林之洋說：

「國王一片誠心，九公何必推推拉拉，耽誤時間？乾脆爽快一點，收下來吧！」

多九公這才道謝收下。枝鐘也一路陪他們上了船，在艙中坐下，又向多九公、唐敖、林之洋三人行禮，說：

「我有個女兒，叫蘭音，今年十四歲。從小就患了一種怪病，肚子脹得像鼓一樣，吃不下東西。不知看了多少醫生，總是時好時壞，沒法痊癒。最近病勢越來越重，又黃又瘦。眼看她這個樣子，我心裡真像刀子在割一樣。如今遇到老先生，有這樣高明的醫術，也許小女有救星了，不知肯不肯看看小女的病？我已經請奶媽陪她一起來，現在就在岸邊等待。」

多九公忙說：

「既然如此，怎麼不請小姐進來？」

枝鐘叫僕人去接，不久，一個老婆婆扶著枝蘭音進艙來，向大家行了禮，坐下。多九公看這女孩長得秀眉大眼，非常清秀，只是臉色黃中泛青，肚子突出，九公伸手按按她的肚子，硬硬的一塊，看了半天，不知是什麼病。枝鐘失望極了，幾乎要流下淚來。唐敖忽然開口說：

「我完全不懂醫術，可是，家中祖先傳有一張藥方，專門治小孩肚脹的病。據枝先生說，令嬡的病從小就有，不知究竟是幾歲開始患病的？」

「五、六歲就染上，到今天已有七、八年了。」

唐敖說：

「既然如此，想來可能是肚中有蟲，醫生不明白，吃下的藥不對症，反而傷了腸胃，這些年拖下來，身體當然吃虧了。請問令嬡有沒有吃過打蟲藥？」

枝鐘搖頭說：

「小女從來沒服過什麼打蟲藥。」

「這也湊巧，想來令嬡的病一定會好了。我家祖傳打蟲治腹脹的藥方，一共只用兩種中藥：雷丸和使君子，吃五、六次，把肚子裡的蟲打出來，立刻就好。」

唐敖拿出紙筆，寫了藥的分量，並且說明用法：打一個雞蛋，把藥粉放進蛋中，調勻，加油鹽蔥，做成炒雞蛋吃下去，蟲子就會排出來。枝鐘收了藥方，千謝萬謝，才帶著枝蘭音告辭離去。

林之洋和唐敖、多九公閒談一下這兩天買賣的情形，又聽多九公說終於得到聲韻秘訣的經過，正預備開船，忽然枝鐘又帶著女兒，急急忙忙趕來，滿眼含淚，神情又悲傷又焦急。唐敖嚇了一跳，以為自己的藥方有問題，枝鐘坐下後說：

「小女這個病，纏綿多年，一直不能復元，她為了痛苦難忍，曾經好幾次想自殺求解脫。這次得到唐先生的秘方，我們父女高興得無法形容，以為從此可脫苦海，誰知藥方上開的兩種藥，敝國就是缺少『雷丸』這一味，無論出多高的價錢都買不到，問醫生，他們也不曉得有這種藥材。我走投無路，只有帶著小女，再來麻煩先生，幸好你們還沒開船，請千萬幫忙到底，不管要什麼酬報，我也絕不敢推辭。」

唐敖忙說：

「我如果身邊有雷丸，一定奉送，這種藥在敝國不過幾十文小錢就可買到，哪裡要什麼酬報？只是現在並沒有帶這種藥材出來，如果要另開其他藥方，我又不懂醫術，從何開起？實在是愛莫能助，沒有辦法。」

蘭音一聽沒有法子，忍不住哭起來，大家都搖頭嘆氣，枝鐘在旁，滿面愁容，一句話也說不出來，過了半天，只好叫蘭音回去，蘭音不肯，跪在唐敖面前，只求救命。唐敖再三安慰，叫奶媽扶她起來，誰知蘭音久病的身體，本來就很虛弱，又悲傷、失望過度，突然暈倒，不省人事，大家慌成一團，好不容易才救醒過來。枝鐘看見女兒這種情形，知道如果不能把病治好，一定再活不了多久，低頭想了一下，擦擦眼淚，對唐敖行禮說：

「我聽人說，能救一條人命，等於做了莫大好事，如今只求唐先生大發慈悲，救救我們父女兩條性命吧！」

「我不懂你的意思！只要能夠做得到，一定盡力，請說得明白一點，不用客氣。」

「我今年已經六十歲，只有這個女兒。自從她生了這種怪病，真是費盡心血，她母親因為憂慮過度，早已去世。我們這裡良醫本來就很少，藥材也不齊備，我想小女的病，留在國內，絕對沒有治好的希望。難得唐先生做人這麼慷慨厚道，我想冒昧懇求您收小女為義女，把她帶回中國去，治好多年的頑疾，如有機緣，連婚姻大事也一併拜託您留意。蘭音是我的命根子，本來萬萬不捨得她離開，可是，留她在身邊，眼看只有等死，我為她的身體，日夜憂煩，頭髮早已全白，晚上也睡不著，如果蘭音有什麼不測，我也活不下去了。」

話還沒說完，枝鐘已淚流滿面，蘭音也低聲啜泣。全船上下，人人滿臉同情之色，不知說什麼才好。終於還是林之洋開口說：

「妹夫一向喜歡做好事，如今事情擺在面前，如果你還不肯答應，乾脆我替你答應了吧！」

又轉頭對枝鐘說：

「你真的捨得女兒遠離，我們就把她帶去，治好了病再給你送回來。」

蘭音流淚大哭說：

「母親已經不在，父親身邊別無兒女，我絕不遠離！只要父女長在一起，過一日算一日，至少心中平安，免得牽掛。」

「孩子，我又何忍讓妳離開？可是，妳如果不到有藥的地方去，這病再也拖不了多久，難道教我這做父親的，眼睜睜看著妳治不好病、撒手而去嗎？只盼妳有機會就寄信給我，知道妳能復元、平安，我也就心安，可以多活幾年，這就是妳的孝心了！」

說完，拉著蘭音向唐敖叩頭，認為義父，又拜多九公、林之洋、呂氏，再三囑託。唐敖忙著還禮，一再保證，請枝鐘放心。枝鐘又命僕人取來白銀一千兩，還有八口大箱，說是蘭音的衣服首飾以及買藥治病的費用。唐敖說：

「蘭音的衣物，當然要給她帶去，至於銀錢，絕不敢收，請千萬帶回。」

「我別無兒女，留著這些銀子有什麼用？何況家中還有幾十畝田地，足夠過日子，您如果不收下，我無論如何不能安心。」

兩人推讓半天，難以解決。還是多九公說：

「枝先生也是出於一片愛女兒的誠心，唐兄不如暫時收下，將來枝小姐出嫁的時候，全給她做嫁妝好了。現在這樣推來推去，總不是辦法？」

唐敖聽了，點點頭，把銀錢、箱子全叫人抬下艙中收好。蘭音和父親依依難捨，流淚辭別。從此，她就稱呂氏叫舅母，婉如叫表姊，林之洋叫舅舅，唐敖自然就是義父。蘭音生在歧舌國，又聰明敏慧，有語言天才，能說三十國的語言，婉如有她作伴，高興極了。

開船之後，一切就緒，多九公把舵交給船上的水手看管，這才從懷中取出歧舌國王傳授的韻書秘訣，和唐敖細細推敲、研討。

又請出枝蘭音、林婉如一起看了半天，終於弄明白了紙上字訣的意思，原來就是

「平」、「上」、「去」、「入」四種聲調的排列、變化，以及「反切」拼音的方法。唐敖、多九公非常高興，也教會了林之洋，大家都覺得這次到歧舌國來，實在大有收穫。唐敖說：

「上次我勸九公把祖傳秘方公開流傳，做好事一定會有好報。果然到歧舌國就治好了太子、王妃的病，不但九公賺了一大筆錢，我們也沾光學會了聲韻的秘訣，可見存了好心，總不會錯的。」

林之洋也說：

「下次再到黑齒國去，遇到那兩位有學問的黑丫頭，她們再談聲韻，也不用怕啦！」

過了幾天，航行到了智佳國。

十七、陰陽顛倒

林之洋仍然上岸做買賣，唐敖和多九公到處去找雷丸和使君子，要為蘭音配藥，想不到智佳國也不賣這種藥！到處打聽，終於問到一個做國際藥材買賣的商人，說盡好話，他奇貨可居，開出好高的價錢，才賣給唐敖。多九公和唐敖能夠買到藥，也就顧不得花錢太多，連忙拿回船上，磨成藥粉，和雞蛋炒了給蘭音吃，一連三天，吃了六次，打下好多好多蟲，真是靈驗得很，立刻肚腹平坦，也不再發硬，胃口也好起來了，唐敖高興得無法形容，和林之洋、多九公商量說：

「枝先生孤零零一個老人家，又沒有別的兒女，現在蘭音既然已經復元，這裡距歧舌國又不太遠，不如先送她回去，讓他們父女團聚，我們多跑一點路也算不了什麼，不知大哥的意思如何？」

「當然可以，乾脆現在就送蘭音回國，我們再到智佳來好了！」

於是，叫蘭音來跟她說了，她由衷感謝唐敖、林之洋的好心，想到又可以見到父親，高興得不得了。

誰知道，調過船頭，航行了幾天，剛剛進入歧舌邊界，枝蘭音忽然大吐特吐，吐到後來，竟然昏迷不醒，滿口胡話，不知什麼病，呂氏、婉如都驚慌不已，細心照顧，林之洋和多九公說：

「看來這個甥女大概注定要離鄉背井，才能平安健康。據我的看法，患的這怪病，就是要遠離故鄉，否則好不了。你們看，一到智佳，多年的痼疾，立刻就好，一送回來，才到國界，又得了這種說不出名字的怪症。我們何苦一定要送她回去，害她的命呢？還是快點離開吧！」

唐敖、多九公也沒有更好的辦法，只有姑且聽林之洋的意見，命令水手調過船頭，再向智佳開去，說來也真奇怪，一離開歧舌國的範圍，蘭音就不吐了，神智也慢慢清醒過來。唐敖把經過情形說給她聽，蘭音無可奈何，想到父親，不禁暗暗流淚。

這天又到了智佳國，把船停好，算算日子，正是中秋佳節，船上水手大家都要喝酒賞月過節。唐敖對多、林兩人說：

「不知道他們這裡有沒有中秋節？我們上岸去玩玩吧！」

三人走到智佳國的京城，只見到處都是人，來來往往熱鬧極了，市場上擺了好多花燈，很多人在買燈。林之洋說：

「看這個樣子，不像中秋節，倒像是元宵節呢！」

多九公也說：

「真是奇怪！」

好奇好問的九公，忍不住又向當地人打聽，才知道智佳國的風俗是秋天過年，因為這時候天氣不冷不熱，八月初一就是他們的元旦，八月十五也就成了元宵燈節。唐敖他們剛好趕上熱鬧，一路看燈。走到一家門口，一群人圍著又說又鬧，原來這裡也有猜燈謎的習俗，唐敖、多九公都是猜燈謎的好手，林之洋肚裡墨水雖然不多，但走的地方多，膽子最大，又好熱鬧，於是，三人一起擠進去猜起燈謎來。

只見門裡門外到處全是白髮老人，一個年輕人都沒有，多九公頓時覺得特別有精神，抬頭一看，有一個謎題是「萬國咸寧，打《孟子》六字」，他立刻猜到，大聲說：

「請問主人，這『萬國咸寧』的謎底是不是『天下之民舉安』？」

有位老人答道：

「果然不錯，老先生真厲害！」

馬上送來一束萬壽香，作為猜中的禮物。

唐敖也猜對了兩題：

「遊方僧，打《孟子》四字。」謎底是「所過者化」。

「守歲，打《孟子》一句。」謎底是「以待來年」。

林之洋不看這種謎，專門找國名來猜，一下子猜中了好幾個，譬如「分明眼底人千里」是「深目國」；「千金之子」是「女兒國」；「永錫難老」是「不死國」；畫個螃蟹是「無腸國」；「孩提之童」是「小人國」等等。

三人都得了禮物，高高興興走回去。唐敖忍不住把憋足了半天的問題提出來：

「上次在勞民國，九公曾經說『勞民永壽，智佳短年』。既然智佳國人都不長壽，為什麼今天我們看到的都是老翁呢？」

「唐兄只看見他們白髮皤皤，鬍子也白，就以為是老翁，其實他們最多才三、四十歲而已，你不要看錯了！」

「這怎麼會呢？」

「智佳國人最喜歡研究天文、數學、星象、占卜，各種奇特的機械和技藝，而且人人好強爭勝，用盡心機，一定要出人頭地，他們這裡聰明人又多，所以外國人才稱他們叫『智佳』國。可是，整天整夜用腦，往往不到三十歲，頭髮就白了，四十歲就和我們七十歲的人樣子差不多，所以，智佳國幾乎從來沒有長壽的人。」

林之洋說：

「剛才他們看我樣子年輕，都稱我老弟，照九公這樣說，我該做他們的老兄才是哪！」

三人又到處逛燈，回到船上，天已經快亮了，這趟夜遊，十分暢快。枝蘭音身體已經完全復元，寫了家信，請九公託相熟的船，帶回歧舌國去。

由智佳再走幾天，就到了女兒國。唐敖以為女兒國一定全是女人，沒有男子，有點膽怯，不敢上岸。多九公笑道：

「唐兄不要害怕，這裡雖然稱做女兒國，國內還是有男有女，不同的只是，他們的男人穿裙子、做家務；女人穿靴戴帽，管國家大政，在外做事賺錢養家。內外之分和其他各國剛好相反，所以才叫女兒國。」

「那他們這裡的男人臉上化不化妝？兩隻腳要不要裹成小腳？」

林之洋說：

「我聽人家講，他們這裡最注重小腳，無論貧富貴賤，男人都要纏起小腳。至於塗脂抹粉，更是不可少。幸虧我沒投胎生在這個女兒國，不然，纏起小腳來，可要我的命了！」

一面說話，一面又從袋中拿出一張貨物單來給唐敖看：

「妹夫，這些貨就是要在女兒國賣的。」

唐敖一看，單上全是婦女用的胭脂、水粉、梳子、鏡子、首飾……，覺得很奇怪。

「這裡既然也有男人，你為什麼只賣這些東西呢？」

多九公說：

「唐兄，你不明白，女兒國向來的風俗，最喜歡打扮女人，他們從國王到平民，一談起替家中婦女買穿的、戴的，興致全來了。即使手邊沒錢，也要想法去借。林兄知道這種情形，所以才帶了這些貨來，一定會賺回兩、三倍的利息，你等著看吧！」

「大哥今天滿臉紅光，一定賺大錢，我們等著你請客，快去快回吧！」

「今天一大早，兩隻喜鵲對著我直叫，恐怕又會像上回在君子國，白白得到一批燕窩，發筆大財呢！」

林之洋滿面笑容，上岸去了。

唐敖也和多九公進城去逛，只見街上來往的人，不論老的，少的，雖然穿著男裝，說起話來，卻都是女人聲音，身材也大多苗條娉婷。唐敖忍不住說：

「九公，你看，她們原來都是女人，偏偏要裝成男人，實在矯揉做作，太不自然了！」

「只怕他們看見我們也要說，明明是女人，偏要裝男人呢！」

唐敖點點頭，說：

「不錯，所謂習慣成自然。我們覺得他們奇怪，他們卻從古以來就是如此，當然也認為我們不對。不知女兒國的男人是什麼樣子？」

「你看，那邊拿著針線繡花的，不是男人嗎？」

唐敖朝九公指的方向看，只見一個小戶人家，門口坐著一個中年「婦人」，正迎著光在繡花，仔細看他的打扮：一頭長髮，抹上油，梳成辮子，再盤上去。髮上插了好多裝飾，亮晶晶的，照得人眼睛發花。耳上戴著長墜子耳環，臉上塗得又紅又白，偏偏一臉胳腮鬍子，身上穿的玫瑰紫的襖子，蘋果綠的長裙，裙下露出小腳，看來只有三寸大小，穿著大紅繡花鞋。唐敖覺得這全身上下的裝扮，襯著那一嘴大鬍子，實在有趣，忍不住笑出聲來。

忽然聽到一聲大喝，像破鑼似的，罵道：

「你那婦人，是笑我嗎？」

唐敖嚇得不敢回答，拉著多九公就走。聽見背後那「婦人」還在大罵：

「你們臉上有鬚，明明是個女人，偏偏穿靴戴帽，假裝男人，把本來面目都忘了，也不害羞！幸虧你們今天遇見老娘，如果別人看見，把你們當做男人偷看婦女，打也打得你們半死，才知道厲害呢！」

唐敖、多九公走了一大段路，才敢放慢腳步。

「九公，這女兒國的話倒不難懂，可是聽他罵的話，真把我們當女人了！他還自稱

『老娘』，真是千古奇聞。大哥上街去做生意，他們會不會也把他當女人呀？」

「怎麼會呢？」

「大哥本來皮膚雪白，前次在厭火國又把鬍子燒掉了，看起來更年輕，所以我才有點擔心。」

「這裡的人對外國人一向很客氣，唐兄放心吧！」

路邊有一群人在看布告。唐敖和多九公好奇心都很重，走過去湊熱鬧，聽到有人在談河床淤塞的事，唐、多兩人想：女兒國的河床淤塞，河水氾濫，無論如何和他們不相干。又繼續前行，閒看街上風景，那些婦女，走在人叢中，都躲躲閃閃，怕人碰到，裙下一個個都是金蓮小腳，也有抱著孩子，牽著孩子的。其中許多中年婦人，為了冒充年輕，把鬍鬚拔得光光，臉上很明顯的留下鬚孔。也有人把白鬍鬚染成黑色，下巴上還留有墨痕。唐、多兩人看了，忍不住好笑，又不敢笑，恐怕再挨罵。

慢慢走回船上，天已黑了，林之洋居然還沒回來，大家都有點奇怪，想不到等到半夜，仍然不見蹤影，呂氏又急又怕，唐敖、多九公提了燈籠、帶了水手上岸去找，走到城門邊，門已經關了，只好回船。第二天，一清早又到處尋訪，沒人知道一點消息。接連幾天，就是問不出線索。呂氏和婉如哭得死去活來。唐敖、多九公一面安慰，一面拚命打聽，下定決心，一定要弄明白究竟林之洋到哪裡去了。

十八、纏足苦刑

林之洋究竟到哪裡去了呢？

那一天，他拿著貨物單，進城去銷貨，商店裡的人買了一些貨之後，告訴他說：

「你這次帶的貨色很齊備，品質也不錯，我們這裡國舅府中，婦人很多，你拿到他家去問問看，一定有銷路。」

林之洋問了國舅府的地址，自己找上門去。到門口一看，氣派大得很，果然是皇親國戚的府邸。林之洋把貨物單交給門房，請他遞進去，看看府中要不要買貨。

不久，走出來一個在宮中服役的內使說：

「我們國王最近選妃子，正需要買這些婦人用物，你和我一起進宮，說明價格。」

原來林之洋為了方便討價還價，貨物單上並沒有寫明每樣東西的價錢。他跟著內使穿過幾道金門、玉路，就到了皇宮。內使叫林之洋在一間內殿門口等候，自己進去，不久，出來問道：

「請問大嫂：這胭脂每擔多少銀子？香粉、髮油每擔各多少？」

林之洋聽到叫他「大嫂」，想笑又不敢笑，把價錢一一說了。一會兒，內使出來問：

「這頭上戴的翠花一盒多少銀子？珍珠串一盒多少？梳子價錢怎麼算？」

林之洋又說了。內使很快又走出來，說：

「大嫂單子上這些貨色，我們國王多少不等，大約每種都要買一些。只是價錢問來問去，恐怕弄錯，最好當面講清楚。大嫂是中國女人，中國是禮儀之邦，大嫂進去見我們國王，千萬不可失禮！」

「當然，當然，不用吩咐！」

林之洋進到內殿，見了國王，鞠了一躬，站在旁邊。他看那女兒國的國王，才三十歲出頭，皮膚白裡透紅，是個非常出色的美人，但卻全身男子服飾打扮。旁邊圍著許多宮女，穿著長裙，卻又都是男人。林之洋覺得天下真是無奇不有，今天在女兒國實在大開眼界。誰知道，林之洋看國王，國王十指尖尖拿著貨物單，卻也一直在上上下下仔細打量林之洋。林之洋暗想：

「這個國王為什麼不問貨物價錢，只管看我？難道從來沒有看過中國人嗎？」

國王看了半天，命令宮女招待林之洋吃飯，貨單先留下，轉身出宮去了。

幾個宮女把林之洋帶到一座樓上，擺出很豐盛的酒菜。林之洋剛吃完飯，就聽到樓下一片人聲，緊跟著一群宮女跑上樓來，稱他「娘娘」，向他磕頭恭喜。林之洋莫名其妙，完全不知道吃這頓飯的時候，發生了什麼事。一下子，好多宮女捧著王妃穿的衣服、首飾、鳳冠、披肩上樓來了。

大家七手八腳，一下子把林之洋身上衣服全脫掉，預備了一大澡盆的熱水加香料，替他洗澡，這些「宮女」其實全是男人，個個力大無窮，林之洋在他們手中，簡直像被老鷹抓住的鳥雀一樣，身不由己！洗完澡，由內到外換上了全套貴族婦女的穿戴，頭上搽了好多香油，插了鳳釵，臉上塗了香粉，嘴上抹了口紅，手上戴了戒指，腕上掛了金鐲。林之洋被擺弄得頭昏腦脹，好像喝醉酒一樣，從宮女口中，他終於弄清楚，原來女兒國的國王看上了他，封他做王妃，選了好日子，就要和他成親了！

林之洋真是哭笑不得，心中發慌。忽然又有幾個中年宮女進來，全都身高體壯，滿臉鬍鬚。其中一個白鬍子的，手中拿著針，走過來，向林之洋跪下行禮說：

「稟告娘娘，奉王上的命令，要給娘娘穿耳洞。」

接著四個宮女走上來，一邊兩個，緊緊抓住，那白鬚宮女上前兩步，用手指把林之洋右耳耳垂揉了幾下，一針穿過，林之洋大叫一聲：

「疼死我了！」

向後一倒，宮女趕快扶住。左耳也難逃一針之痛，林之洋叫喊連天，一點用也沒有。穿了洞之後，抹點粉，就給他戴上一對八寶金耳環。那知白鬍宮女才走，一個黑鬍宮女又來了。

他手捧一疋白綾，向林之洋行禮說：

「稟告娘娘，奉王上之命，來為娘娘纏腳。」

除了剛才抓住他的四個人，又上來兩個宮女，跪在地上，緊緊握住他的右腳，把鞋襪全部脫掉。那黑鬍子宮女先拿張矮凳坐下，取剪刀把白綾剪開，撕成兩份。拉過林之洋的赤腳放在膝蓋上，灑些白礬在腳趾縫中，用力將五根腳趾緊緊合攏，再把腳背用勁一彎，彎成弓形，立刻把白綾緊纏上去，纏兩層，就用針線密密縫住，接著再纏、再縫，用力惟恐不大，纏得惟恐不緊。林之洋被六個大力宮女抓住，一點動彈不得。只覺疼得椎心刺骨，兩隻腳像放在炭火上燒烤一樣，又熱又燙又痛。忍不住放聲大哭，直叫：「我要死了！痛死我了！」

哭了半天，實在無法可想，只好哀求這些「宮女」：

「請諸位老兄幫我在國王面前說說好話吧！我有太太、女兒，怎能做王妃？這兩隻大腳，早已放蕩慣了，哪能裹成小腳？只求國王發發慈悲，早點放我回去，我太太、女兒都會感激的！」

「剛才國王已經下令，只等娘娘的腳纏好，就要迎娶，現在誰敢去說這種話？」

不久，晚餐已準備好，擺了滿滿一大桌，山珍海味，樣樣俱全，林之洋這時怎麼吃得下？全讓那群宮女吃了。他坐在床邊，兩隻腳熱辣辣地疼，實在支持不住，倒在床上，眼淚不斷落下來。

一個宮女看他睡下，連忙過來說：

「娘娘既然疲倦了，就請準備安寢吧！」

於是，眾宮女一起忙起來，有的舉著蠟燭，有的拿著漱口杯，也有捧臉盆的，也有托香油盒、粉盒的，也有拿面巾、手絹的。亂紛紛，圍著林之洋，服侍他洗漱。拿粉的那個宮女，走過來要替他搽粉，林之洋死也不肯。一個年老的宮女勸道：

「這臨睡之前搽粉最有好處了，因為這粉內混有冰片、麝香，能使皮膚又白又潤，天天搽了再睡，不但面白如玉，還有香氣，最能討人喜歡。娘娘皮膚雖然夠白，只是還不夠潤滑，沒有香味，一定要多搽粉！」

說了又說，林之洋絕不肯聽，他們只好說，明天要報告保母，娘娘太任性了。

等大家都睡著之後，林之洋實在忍不住腳上的痛，用盡力氣，終於把白綾扯下來，十個腳趾頭舒舒服服伸開，自由活動，舒服極了，這下才呼呼大睡。

第二天，那負責纏腳的黑鬍子宮女一來，發覺林之洋兩腳早已光光，氣得要命，連忙去報告國王。不久，國王派來保母，說王妃不聽命令，要打二十板。

林之洋看這保母卻是個長鬍子，帶著四個短鬍子的助手，拿了一塊長有八尺、寬約三寸的竹板子。那四個助手，人人胳膊粗，個子大，走過來，不管青紅皂白，把林之洋按在床上，拉下褲子，保母舉起竹板，對準林之洋屁股、大腿，毫不容情一板一板用力打下去，林之洋叫得聲嘶力竭，才打五、六下，已經皮肉破裂，鮮血直流，連床上被褥都染紅了，保母停下手說：

「王妃皮膚太嫩，才打五下，血已流得這麼多，如果打到二十下，恐怕受傷太重，一時好不了，耽誤了好日子，還是趕快報告王上，請問是否還要再打。」

一個宮女聽命而去。不久，回來傳話：

「王上說：王妃如果答應從此不再任性，痛改前非，就可以不用再打！」

林之洋實在挨不了竹子厚板，只好說：

「一定改過，不敢任性！」

宮女又奉國王命令，拿來了止痛藥、外用藥膏，和補身體的人參湯。黑鬍子宮女重新再把林之洋的腳照樣纏起來，還扶著他走來走去，他們只盼趕快把腳纏小，可以向國王交代，哪知林之洋疼得只想快點死！夜裡宮女輪班看守，他痛得睡不著，也沒法再扯掉白綾，到了這種地步，五湖四海，到處走遍的林之洋也只有忍氣吞聲，苦苦挨日子了。

本來兩隻好好的大腳，天天又纏又壓，還用藥水泡洗，十天左右，腳背已彎成兩折，十根趾頭也都腐爛，鮮血淋漓，乾了又爛，爛了又乾。林之洋實在熬不下去，暗想：

「我挨了這些日子，只盼妹夫、九公想法子來救我，如今一點消息也沒有。他們看守得這麼緊，我反正逃不掉，既然如此，何必日夜受這種罪？乾脆一死，反而痛快！」

下了決心，林之洋甩脫繡花鞋，雙手把纏腳的白綾亂扯，口口聲聲直叫保母去報告國王，寧願立刻處死刑，絕不再纏腳了。宮女一齊來勸，亂成一團。保母看情況不妙，趕快去向國王稟告，不久，回來傳話說：

「國王有令：王妃如果不肯纏腳，就將他雙腳倒掛，吊在屋梁上。」

林之洋這時只求快死，一切置之度外，聽到這個命令，立刻說：

「你們快點動手！我越早死，越感謝，越快越好！」

可是，事情並不如他的希望，兩隻腳被繩子綁住，身子懸空，頭下腳上一吊起來，只覺兩眼發黑，痛得冷汗直流，吊不了多久，兩腿又痠又麻，卻越吊越清醒，兩隻腳舊傷新痛一起交攻，就像用小刀細割，千針萬針直刺一般，連昏迷都不可能，更別想斷氣死亡！

林之洋咬緊牙，拚命忍痛，忍了半天，實在忍不住，不由得大喊出來，只求「饒命」！要知道世上種種折磨人的酷刑，原是要讓受刑的人求生不得，求死也不能的啊！

保母又去報告，不久就把林之洋放下來。從此，他心灰意冷，任憑他們擺布，就像個「活死人」似的。宮女們為了早點把他的腳纏小，討國王歡心，每天都用力狠纏，根本不管林之洋的死活！

慢慢的，林之洋兩隻腳上的血肉都腐爛、化膿，全爛光了，只剩幾根骨頭，看起來又瘦又小，頭髮天天搽香油，搽得又黑又亮，每天洗香料熱水澡、抹香粉，全身又白又香，兩條粗粗濃濃的眉毛，也修得細細彎彎，再塗上口紅，戴上首飾，確實像個美人！

這天，國王接到報告，親自來看，越看越高興，笑著說：

「這樣一個美人，當初卻穿了男裝。如果不是我看出來，豈不太可惜了！」

拿出一副珍珠項鍊，親自替林之洋掛上，又將林之洋從頭到腳，上上下下，左看右看，摸手摸腳。林之洋真是又羞又愧，只恨不能死！

國王當時就選了好時辰，決定明天娶林之洋進宮，正式封為王妃。同時下令釋放監獄中的囚犯，要全國人民一起慶祝。

林之洋一直抱著一線希望，想唐敖、多九公會設法救他，現在知道明天就要進宮，最後的盼望也落空了，想到妻子和婉如，她們怎麼辦？從此再也見不到面了，心裡像刀割一般，淚水反而流不出來。再看看自己兩隻腳終於被折磨成殘廢，走一步路都要人扶，為什麼會落到今天這種地步？實在想不明白，一向樂觀開朗、熱忱風趣的林之洋，到了這個時候，也只有走一步算一步了！

第二天一大早，一大群宮女來為他化妝，把臉上汗毛絞乾淨，梳頭、塗粉、抹胭脂。兩隻腳穿上高跟大紅鞋，頭上戴了鳳冠，全身叮叮噹噹掛滿首飾，香粉、香水，全都齊備。吃過早飯，女兒國其他各位王妃都來道賀，人來人往，鬧哄哄一直亂到下午。幾個宮女提著珠燈走來行禮說：

「時候到了，請娘娘上花轎。」

林之洋真是萬念俱灰，任憑人家把他扶上轎子，來到皇宮大殿，到處燈燭輝煌，女兒國國王已在等候，各位王妃也都陪在旁邊。剛行了禮，忽然聽到皇宮外面吵吵鬧鬧的聲音，清清楚楚傳進宮來，好像有成千上萬的人，在大喊大叫，國王嚇得心口發慌，不知怎麼回事。

十九、一意孤行

原來這正是唐敖的計策。

自從林之洋失蹤之後，唐敖、多九公沒有一天不從早到晚各處尋訪，就是沒有一點消息。眼看已過了好多日子，大家心急得像火燒一樣。

這天，唐敖跑了半天剛回船，正在安慰呂氏和婉如，多九公滿頭大汗走進來，一進來就說：

「今天終於知道林兄的下落了！」

一句話沒說完，呂氏趕忙追問：

「我丈夫現在在哪裡？平安無事吧？」

「我到處問來問去，好不容易今天問到他們國舅府中的人，才知道林兄原來被國王看上，留在宮裡，要把他的腳纏小，然後就封為王妃。國王已選了明天成親啦！」

呂氏一聽，又驚又急，當下暈倒，不省人事。婉如哭著把媽媽救醒，兩人一起痛哭。呂氏只求：

「妹夫、九公，救我丈夫的命！」

多九公說：

「我剛才已經求國舅代我們向國王稟告，情願把全船貨物全部貢獻，只求能贖回林兄。可是，國舅說，王上已經定了日期，絕不能更改。我實在沒有法子，才趕回來，大家商量，看看能不能想出什麼計策。」

唐敖說：

「時間這麼急迫，偏偏今天才打聽到確實消息。誰猜得到林兄居然被扣留在皇宮裡？難怪一點風聲也漏不出來。現在沒有辦法，只有趕著寫幾張投書，把事情經過說明白，送到他們各個機關衙門去，希望能有好心正直的大臣敢出來勸諫國王。這也是死中求活，成不成功，實在不知道。」

「妹夫這個想法不錯，他們這麼大一個國家，做官的那麼多，難道就沒有幾個好心人？請妹夫趕快就寫，早點投送！」

唐敖立刻取紙筆，寫了稿子，然後和多九公、婉如、蘭音，分別趕抄。連飯也不吃，就去各衙門投送。誰知每個衙門的官，看了投書，都是一樣的回答：

「這不關我們的事，你們到別的機關試試看！」

一連跑了十多個地方，全是如此，可見女兒國的官府都是打太極拳、推託的高手！可憐唐敖、多九公餓著肚子一直奔走不停，眼看已經天黑，衙門都休息了，只好回船。呂氏、婉如聽到這種情形，足足哭了一夜。唐敖聽著哭聲，又急又痛，瞪著眼睛等天亮，拚死想法子。

天一亮，唐敖、多九公又進城來，只聽見到處有人說：今天國王娶新王妃，監牢裡的囚犯都放了，各衙門的官員都進宮去道賀。唐、多二人像被兜頭潑了一盆冷水，連心都涼了。多九公長嘆說：

「這還有什麼法子，只好回船去囉！」

「大哥和我就像骨肉手足一樣，這些日子，真不知他怎麼挨過的？他一定天天盼我們去救，偏偏我們一點辦法都沒有，我心裡真痛得難受。現在如果回去，嫂子和婉如不知要傷心成什麼樣子，暫時還是先別回去吧！」

多九公點點頭。兩人信步亂走，也不知要到什麼地方去。忽然看見路邊一個算命攤子，唐敖無可奈何，抽了根籤，讓那算命的看看。那人算了半天，抬起頭說：

「這卦中本有婚姻的喜事，可是，結果虛而不實，不能成功。不知兩位大嫂問的是什麼事？」

「我問這件婚事會不會成？這個人現在遭受危難，究竟逃不逃得出來？」

「剛才我已經說過，婚事虛而不實，絕不能成功。這個人災難已滿，很快可以有救，但要真正逃脫，還要十天左右。」

唐敖付了錢，拉著九公走了一段路，才說：

「既然有救，為什麼又要再等十天？」

「算命的話，奇奇怪怪，實在不太明白。」

只見遠遠有隊挑夫，挑著幾十擔禮物，都罩著錦緞。九公連忙問路邊的人，原來是國舅送去給新王妃的賀禮。唐敖和九公垂頭喪氣，看看天色不早，只好往回走，一路上遇見很多剛放出來的囚犯，還穿著囚衣，但人人滿面笑容。唐敖想：大哥這麼好的人，難道就真的沒有法子救他嗎？上天也實在太不公平了，為什麼偏偏會遇到這不講理的國王？女兒國真是一個不吉利的地方。

不知不覺又走到上次貼布告的街上，因為河床淤塞，釀成水災，老百姓年年受害，國王和各級官員都束手無策，只好貼布告徵求能治理河道的專家人才。唐敖又看到這張布告，心情和上次大不相同，猛然低頭，想了一下，走上前去，就把布告撕下來。九公不明白唐敖的心意，當著這麼多人，又不能阻攔，只好站在一邊。看守布告的人員，見唐敖撕下布告，就走上來問道：

「你是哪裡來的女人？布告上寫的是什麼？你明白嗎？」

這時，街上老百姓，不論老的少的，已經圍了一大堆，因為這件事和他們每個人都有切身關係。唐敖看到人越聚越多，大聲說：

「我姓唐，是中國人。治河的事，我們中國人最擅長，如今看見你們國王的布告上說：年年水災，人民受害，特地來幫忙你們解除大患！」

圍觀的人，有很多已經跪在地上，只求中國來的大賢人發慈悲，救救他們！唐敖知道機會不能錯過，接著說：

「各位請起來。只要你們答應我一件事，立刻就可以開工，用不著這麼客氣。」

「不知賢人要我們答應什麼事？」

「你們國王要娶的王妃，是我的內兄，被國王強迫扣留下來。只要大家一起到皇宮前要求，讓國王放他回來，我立刻開始治河。如果你們國王不看重人命，那我只好什麼都不管了！」

唐敖說話這段時間，群眾越聚越多，已有人山人海的趨勢，一聽完他的話，大家不約而同，齊向宮門湧去，那看守布告的官役，也趕快去回報長官。

多九公這才抓到機會，悄悄在唐敖耳邊問：

「你真的會治河嗎？」

「我又不是河工，哪裡懂得治河？」

「那怎麼行呢？一旦治不好，又浪費了他們的錢，我們還得了嗎？」

「為了救大哥，我不得已才冒這個大險。因為實在已經沒有任何法子，只好讓他們老百姓去逼他們的國王。反正，只要能拖過今天迎娶的日子，讓國王改個日期，我們也好設法。這河道的事，我以前也大略看過一些書，只是沒有實際經驗，到時候看了他們河床的情形再說吧！」

多九公皺著眉頭，無話可說。

過了不久，官府準備了車馬來迎接唐敖，到了賓館，已有一席酒菜等著招待他們，唐敖、多九公整整一天沒吃東西，姑且飽飽吃一頓。飯後，多九公回船一趟，把經過情形告訴了呂氏、婉如，請她們安心。再趕回賓館，陪伴唐敖，等候消息。

女兒國的人民，多年來因洪水為患，每逢水漲的季節，不但田園房屋受害，也沒法安居。現在聽到唐敖的話，想到可以從此永除水患，大家都惟恐唐敖不肯幫忙，一下子聚集了幾萬人，全擠到宮門前，七嘴八舌，喊聲震天，這就是女兒國國王聽到的喊聲了！

國舅見情況不妙，立刻進宮朝見國王，國王叫王妃們先退下，傳國舅進宮，問他外面究竟發生了什麼事。國舅年紀已五十歲，有很豐富的行政經驗，知道這件事很難處理，他對國王說：

「有個中國婦人揭了布告，說能修治河道，免除水患。他不要金銀財寶做報酬，只要王上放回他的親戚，這親戚就是王上今天新娶的王妃。現在有數萬百姓聚在宮門口，請求王上以天下蒼生為重，放了王妃回去，以便早日動工。」

國王說：

「我已娶了王妃，怎可更改。要知道我們國內，從來沒有離婚這回事的。」

「我已把這層道理，向大家再三說明，可是百姓說，王妃今天還沒有正式娶進宮，要求王上開恩。」

國舅知道「眾怒難犯」，這麼多人一旦鬧起來，事情會不可收拾，再三懇求國王，可是，這女兒國國王就是不聽，雖然明知是自己不對，卻不肯認錯，也捨不得林之洋。聽見宮門外，鬧聲越來越大，忍不住發怒，下令道：

「派十萬軍隊，帶著大砲，出去鎮壓！」

軍隊立刻奉令出動，只聽四面槍砲聲，震得山搖地動，但百姓卻不肯退。大家說：

「反正死在洪水之中，和死在槍砲之下，沒有多大差別！」

國舅恐怕傷人太多，會釀成大禍，趕快下令軍隊停火。自己站出去對百姓說：

「你們回去休息，我一定把唐先生留下來為大家修治河道。明天你們到我家中來聽消息，現在趕快回去吧！」

群眾有了國舅的保證，這才漸漸散去，軍隊也都撤回。

二十、濬河治水

唐敖和多九公在賓館等到夜深，一直沒有確實消息，急得一夜睡不著覺。

第二天一大早，國舅上朝去見國王，國王卻避不見面。國舅知道，老百姓已經全聚在自己家門口，等候回話，沒有得到國王的承諾，根本不敢回家。又怕唐敖撒手不管，開船走掉，一面派人加強看守城門，同時送了很多酒菜魚肉去給唐敖，一心要留住他。

誰知，第三天早晨，國王反而先來叫國舅去見，一進皇宮，國王就問：

「那個說會治河的中國婦人還在不在？」

「現在住在賓館，如果王上不答應他的請求，大概今天就要走了！」

「他如果真能治河，我為天下百姓著想，可以放王妃回去。但是，要先把水患治好才放。」

國舅聽了，滿心歡喜，連忙行禮退下，立刻到迎賓館來見唐敖。心中一直在想：國王究竟為什麼改變了心意，始終想不明白！

國舅和唐敖相見之後，把事情經過，大加掩飾，他說：

「您的親戚到皇宮中售貨，不幸患了重病，只好留下休養，現在還沒有復元，只要他身體康復，立刻就送回船上。至於說被封為王妃的事，完全是小民亂說的謠言，唐先生千萬不可相信。」

唐敖知道在官場中做官的人，往往都有這種睜著眼說瞎話的本領，也不爭論，只要林之洋能放回來，隨便他們怎麼說都沒關係。

國舅接著說：

「關於治河的事，不知唐先生有何高見？」

「貴國河道所以會淤塞的情形，我還沒有去實地看過，不敢隨便亂講。不過，當初我們中國最擅治水的大禹，卻是採取『疏通』的方法。所謂：『來有來源，去有去路』，讓所有的水各歸河道，流得順暢，自然就沒有水災了。不知國舅以為如何？」

國舅不斷點頭：

「唐先生說的這『疏通』的道理，實在高明。明天我就來陪您去看河床的情形。」

等國舅走了之後，多九公才開口問唐敖：

「真是奇怪！難道林兄並沒有被娶進宮去嗎？聽這口氣似乎只要水患治好，他就可以放回來了！」

「大概老百姓這一鬧，國王也有點害怕，只好讓步了吧！」

「說到治河這件事，我真有點擔心，如果出了差錯，不但林兄放不出來，我們也不知道會遭遇什麼事故。唐兄，你究竟預備怎麼做呢？」

「我想，河水會氾濫成災，大概總是因為河道淤塞的緣故。只要把河床盡量挖深、挖寬，水源處、出口處都加以疏通，應該就不會氾濫了。」

「既然像你說得這麼容易，難道他們國中的人就想不到嗎？」

「我昨天向賓館中兩位服務人員打聽了一下，原來，他們這個地方，銅鐵產量極少，國王怕臣民造反，又一向不許用利器，有錢人家用銀刀，一般人家都用竹刀，所有鐵鋤、鐵鏟之類挖掘的工具，連聽都沒聽過，更別說用了。九公，像這種情形，你說那河床的淤泥還不越積越厚嗎？」

「原來如此！好在我們船上帶有生鐵，唐兄，你明天先畫出工具圖樣來，教他們打造，看來治河的事大有希望。聽你這一講，我放心多了。」

第二天，國舅果然守約而來，陪唐敖去看河道，一連勘察了兩天。回到賓館後，唐敖說：

「國舅大人，我這兩天仔細看過貴國這條大河的情形，確實是因為沒有疏通而造成災害。兩邊河堤，高得像山一樣，而河床又高又淺，簡直像個盤子，根本容不了多少水。每年水漲的時節，老百姓惟恐河水氾濫，只顧加高堤防。到了水少的時候，又不知道想法挖掉淤泥，疏通河道，下次水大，又再氾濫成災。年年如此，河床越來越淺，也越來越高，一旦釀成水災，大水從高處向四面流下，平地全被淹沒，災區不斷蔓延，這是一定的道理。現在要治水，最徹底的辦法就是把河床挖深，河道疏通，這樣容水量既多，水又流得順暢，自然就平安無事了。」

「唐先生說得再明白也沒有，真是高明！只求早日動工，不但全國百姓可以保全性命，我們國王也一定感激不忘。只是，要挖淤泥，不知貴國向來使用什麼工具？可不可以說明一下？」

「敝國使用的工具，各式各樣，種類繁多。貴國既然銅鐵產量稀少，我只好幫忙幫到底，用我們船上帶來的生鐵打造工具。不過，挖掘河道，這挖出的泥土，也要好好處理，必須有足夠的人手，人手越多，工作越快，不知貴國能一下聚集數十萬人嗎？」

「唐先生儘管放心，人手絕無問題。敝國水患，為時已久，人民受害太深，聽說唐先生肯主持這件大事，全國上下，沒有人不願出力，何況政府還發工錢，供給伙食，大家一定爭著來做工！」

「你們這裡的河道，泥沙所以會淤積得這麼厚，還有一個原因：在淤泥通過的地方，河道要直，河面要由寬變窄，這樣水勢奔騰，淤泥自然就沖刷而去。你們這裡的情形卻剛好相反，不但河道處處彎曲，而且由窄變寬，水勢散漫無力，淤泥當然沖刷不掉，越積越多。這也是要加以修治的地方。」

「唐先生，聽您一席話，真是勝讀十年書。不知選在哪天開始動工？我也好讓各級官員，先做準備工作。」

「先要造好器具，然後就可以開工。明天請多派些工匠來，立刻就鍊鐵，打造工具。」

國舅連聲答應，又談了一會兒，告辭而去。

唐敖連夜畫好工具圖樣，又託多九公負責監督，把船上的生鐵運來。第二天早晨，工匠齊集，開爐打造。女兒國這些工匠全是女人，雖然力氣不很大，可是心思靈敏，手藝也巧，一聽就懂，一教就會，大家同心合力，都想早日治好水患，所以一共三天的時間，應用的工具都差不多齊備了。

唐敖來到河邊，把河床分了段落，先築起臨時性的土壩，把第一段河床中的水，趕到第二段去，開始動工挖深第一段河床。然後，把土壩弄倒，把第二段的水放入新挖深的河床中，再挖第二段。就這個樣子，繼續不斷，盡量深掘，到了後來，挖出的泥土，要用滑車吊下竹筐，裝滿土，再吊上來。雖然很費力氣，可是，女兒國的人民，年年受水災之苦，已經到了「談水色變」的地步。現在，有了根治的辦法，幾乎全國可以出力的人，全來參加，一面挖深主要大河的河道，一面把所有支脈水路，也都加以疏通，希望「一勞永逸」，從此不再有水患。唐敖為了早日救出林之洋，也是惟恐不能成功，不分晝夜，每天辛苦監督、指導。女兒國的人，看見他這樣認真，盡心盡力，都感動得不得了，大家商量，要為唐敖蓋一座廟，永遠紀念他。

二一、太子出奔

唐敖治水的事，皇宮中也有很多人在說，林之洋終於也曉得了，他只盼望妹夫早日成功，他也就可以早脫牢籠。原來女兒國國王所以答應唐敖的要求，一大半原因還是為了林之洋下定決心，採取「不合作態度」。

林之洋在成親那天晚上，想到自從無緣無故失去自由的這段日子，被國王下令纏腳、穿耳、倒吊、毒打，種種侮辱，真是生不如死。他恨國王的狠毒，越想越氣。雖然燈光之下，看那女兒國國王確實溫柔美麗，但林之洋總覺得她有一股殺氣，像刀子一樣。所以，無論國王說什麼，林之洋都不理不睬，接連兩天晚上，都是如此。國王費盡心機，結果如此，當然氣得要命，可是，想到國舅說治河的人，一定要以林之洋為交換條件，也不敢真的殺了他，因為，水患確實是女兒國多年來的大災禍。想來想去，終於決定：留下林之洋，看他這副死相，實在掃興，乾脆答應唐敖的要求，也順從百姓的願望。

林之洋這才又獨自搬回原先的小樓居住，不用再纏腳、搽粉了。可是宮女們知道國王已不要他，也不來招呼，往往連茶、飯都吃不到。不過，林之洋覺得沒人理睬，反而自由自在，餓一頓、兩頓，一點不在乎。只是想念妻子、女兒，又想早日回故鄉，每次一想，就忍不住要流淚。這一天，林之洋正獨坐發呆，忽然女兒國年輕的太子上樓來，向林之洋下跪行禮說：

「聽說唐先生治河十分順利。一旦完工，父王一定會送母親回去，請母親放心。」

林之洋這些日子對女兒國皇宮中的冷暖炎涼，感受深切，想不到太子居然會來看他，還這麼關心、有禮，忍不住眼淚就要奪眶而出，他連忙扶起太子說：

「如果我真能骨肉團圓，一定不忘記太子的好意。希望我妹夫大功告成的那天，能來告訴我一聲。更求太子在國王面前幫我說說好話，早點放我回去，你就是我的救命恩人了！」

「母親不要難過，我再去打聽，一有好消息，立刻就來稟告。」

從這天開始，太子不斷照顧林之洋的生活所需，而且常常告訴他外面的消息，林之洋感激得很，覺得女兒國皇宮中，畢竟還有這一個好人！

林之洋在皇宮中數著日子，盼望唐敖早日成功，算算差不多已將近一個月了，兩隻受盡折磨的腳，也慢慢不再疼痛，可以自由行走，但是穿上原來的男鞋，卻已經又寬又鬆。終於，太子這天帶來了期盼已久的好消息，他匆匆走上樓來，說：

「唐先生已經完成了整治河道的工程，今天父王親自去看，十分歡喜。現在命令所有朝廷大臣，一齊恭送唐先生回船，同時贈送一萬兩黃金，表示謝意，而且下令明天就送母親回去。這些消息絕對不會錯，母親可以放心了。」

「太子種種關懷照顧，我永不會忘記，這些日子，真是多謝你了！」

太子看看樓上只有林之洋一人，突然跪下，流淚說：

「如今我馬上就有殺身之禍，母親如果還有一點顧念我的心意，請千萬救救我。」

林之洋大吃一驚，連忙扶起太子，問道：

「你有什麼大禍？快告訴我！」

「我從八歲就被父王立為太子，如今已有六年。不幸，前年母后去世，西宮王妃得寵，想讓他的孩子繼承王位，屢次設計害我，幸虧我小心謹慎，才能活到現在。可是，最近連父王也被他說得心動，越來越不相信我，越來越疏遠我，眼看西宮母后的心願不久就可達成。我此刻如果不遠遠逃走，一定難逃毒手。而且，父王這兩天就要啟程到軒轅國去，祝賀軒轅國王的大壽，朝廷中留下的全是西宮的心腹羽翼，我只要略有疏忽，性命難保。母親明天回船，如能帶我一起走，實在是逃離虎口最好的機會，請您千萬要發慈悲。」

「可是，我們中國的風俗和你們這裡大不相同，太子如果到中國去，就要換穿女裝，過平民老百姓的生活，怎麼能適應得了呢？」

「我情願改變服裝，粗茶淡飯過活，只希望不要不明不白被害死！」

「我帶你一起走，萬一被宮女發現，怎麼辦？不如你自己悄悄出宮，我們在船上等你，這樣好不好？」

「不行啊！我沒有事不能出宮，即使有事出宮，也一定有護衛人馬跟隨，哪裡能悄悄到船上去？明天請母親讓我躲在轎中，就可以出宮了。」

「只要不被發現，一定遵命！」

好不容易等到天亮，國王果然下令準備轎子，送林之洋回船，同時又叫許多宮女為林之洋換上男人衣服，大家忙忙碌碌，整個樓上全是人。太子知道沒有辦法偷偷上轎出宮，心中焦急，兩眼含淚，等到林之洋就要出發的時候，太子好不容易走到轎旁，悄聲說：

「我的性命，全靠母親拯救！我住的地方是牡丹樓，請不要忘記！」

林之洋在轎中聽到太子說話的聲音，哽咽發抖，心中十分難受。

唐敖、多九公早在前一天，已由國王派了儀隊護送回船，林之洋劫後餘生，三人重見，都高興得說不出話來。林之洋趕快進艙去見妻子、女兒，枝蘭音也行禮相見，大家又悲又喜，好像在女兒國已不知經歷了多少歲月似的，這一個多月以來，種種遭遇，想來真像一場噩夢，如今總算又重聚一室，林之洋也漸漸恢復本性，他先開口說：

「這回真是多謝妹夫。妹夫到海外來，原是為了遊玩散心，想不到卻成了我的救命大恩人。唉，真是想也想不到的飛來橫禍啊！」

多九公說：

「誰說想也想不到？還記得上回在黑齒國，我們不是開玩笑說：萬一女兒國的人把你留下，怎麼辦？林兄說：那就要靠你們去救我囉！看來林兄這場災難，還是先有預兆的呢！」

「誰知道開玩笑的話，會當真實現？唉！真是倒楣，這都怪厭火國那群乞丐噴火燒了我的鬍子，女兒國國王以為我還年輕，才有這場災難。」

「大哥，你怎麼走起路來這麼慢？難道那個國王真的給你纏了小腳？」

「唉！不用再提，穿耳洞、纏小腳、搽粉……全套都來。這兩隻腳恐怕再也不能完全復元了，纏腳簡直就是苦刑，實在太可怕了！」

呂氏安慰說：

「平安回來就好，不要再想，也不要再氣了。我們趕快開船，離開這裡吧！」

林之洋這才想起女兒國太子的叮嚀，連忙說：

「不行，不行，還不能走！」

接著就把太子種種照顧，以及臨走時懇切求救的事說了一遍。唐敖聽了，立刻說：

「太子既有性命的危險，我們當然應該想法子救他，何況他又對大哥這麼好。而且，事情一定很緊急，不然，太子也不會丟了現成的榮華富貴，投奔他鄉，去過苦日子。」

多九公也表示同意，說：

「以德報德，這是應該做的。但是，要怎麼樣才能救得出來，卻要好好計劃一下。」

「妹夫如果真有心幫忙，我有一個現成的好計策，除了妹夫，別人都沒辦法。」

「只要能夠盡力，絕不推辭，大哥不要吞吞吐吐，快把計策說出來吧！」

「我想：妹夫吃過躡空草，能夠跳高，又服食了好多仙草靈芝，力氣特別大。只要等到深夜，妹夫背著我，跳過宮牆，把太子找到，再一起跳出來，不是最快、最方便的法子嗎？」

「皇宮那麼大，太子住在哪裡，大哥知道不知道？」

「我臨走的時候，他特地到轎旁悄悄說，他住在牡丹樓，我們進了皇宮，只找牡丹花最多的地方就是了！」

「那我今天晚上就和大哥去一趟，先看看情形再說。」

多九公到底年紀老，想得多，他說：

「你們兩位見義勇為，奮不顧身，都值得敬佩，可是，未免太魯莽了。請問林兄：既然是皇宮，外面難道沒有兵役守衛？裡面難道沒有侍衛巡邏？你們冒冒失失跳進去，萬一被捉到，有沒有想想怎麼脫身？據我的看法，這種大事，實在不能這麼輕率就下決定！」

唐敖知道林之洋一心想早點救出太子，就說：

「我們一定加倍小心，絕不敢輕率大意，九公放心！」

多九公看出他們主意已定，只好不再多說。

呂氏恐怕丈夫一去，又惹出禍事來，她再也受不了牽腸掛肚，苦思憂急的折磨了，再三苦勸林之洋不要去，可是林之洋就是不聽。

到了晚上，唐敖、林之洋都換穿了合身的短衫、長褲，林之洋還特地叫水手去買一雙小一點的鞋子，因為他以前的鞋子，現在穿起來都太鬆太大了。一切準備妥當，兩人就出發進城，到了皇宮牆下。

等到深夜，四顧無人，唐敖背著林之洋，往上一躍，上了牆頭，只聽宮內巡邏的人敲著梆鈴，正在輪班巡視，他們等侍衛人員走過，輕輕跳下，走不多遠，又見一層高牆，唐敖又跳上去，像這樣接連越過好幾層圍牆，已經到了皇宮內院。林之洋悄聲說：

「前面那邊牡丹花特別多，大概就是牡丹樓了，我們下去吧！」

唐敖躍入內院，林之洋也從他背上輕輕下來，剛剛站穩，誰知樹叢中忽然撲出來幾隻猛犬，一面咬住兩人衣服不放，一面大聲狂吠，隨著狗叫，立刻就有燈籠、腳步聲向這邊過來，唐敖看情形不妙，用力一撕，衣服破了，自己也乘機跳上了高牆。

大家趕來，只見林之洋一人被狗撲倒在地上，用燈籠對著他一照，其中有個宮中侍從說：

「奇怪！這不是王上新封的王妃嗎？為什麼這種打扮，深更半夜到這裡來？快去稟告王上，不可怠慢！」

國王當時正在艷陽殿舉行夜宴，見了林之洋，不覺心動，問道：

「我已叫人送你回去，怎麼又自己回來了？」

林之洋實在無話可說，只有裝傻發呆。

國王笑說：

「想來你還是捨不得宮裡的榮華富貴，好吧！只要你把腳纏小，不再任性，自然不會虧待你！」

當下吩咐宮女把林之洋送回前次所住樓中，改穿女裝，再纏小腳，仍派上回的宮女小心伺候，只等腳纏小，就來報告。

林之洋重回舊地，暗想：

「這次雖然又入牢籠，好在妹夫沒有被捉到，他一定馬上來救。我先嚇嚇這些宮女，免得兩隻腳又要吃苦。」

於是，抬起頭，對著那群宮女說：

「這次是我自己心甘情願要進宮，恨不得早點把腳纏小，用不著你們動手，我自己會做。你們對我好，我將來也有好處給你們；你們對我使厲害，少不了也有我報仇的日子。只要我得了勢，別說你們幾個宮女，就是各宮的王妃，也不能不看我臉色！」

那些宮女聽了這一席話，再想想當初折磨他、打他的種種情狀，都怕林之洋記仇，一齊跪下叩頭，求林之洋高抬貴手。林之洋說：

「我只管現在，不論從前，只要你們依我三件事，過去的一切，我全不計較。」

「不知娘娘有什麼事？儘管吩咐，我們一定遵命。」

「第一件：纏腳、搽粉這些事，我自己動手，不要你們管，行不行？」

「遵命！」

「第二件：太子來和我說話，你們都要退下，行不行？」

「遵命！」

「這裡房間很多，你們另外住一間，不和我同住，行不行？」

這回，眾宮女都默默不言。

林之洋說：

「想來你們怕我一個人在房間裡，半夜逃走？好吧！我住裡面這間，你們就住外面那間，門窗由你們上鎖，鑰匙我也不要，這樣總放心了吧？你們想想，如果我要逃走，今天又何必再來呢？」

大家聽了，覺得很對，一齊點頭答應。

這時夜已很深，宮女都睏得很，把門窗上了鎖，各人分頭去睡，不久都沉入夢鄉。

林之洋獨自在裡間，靜靜等待。過了一會兒，聽到窗上有人輕敲，連忙走到窗前，低聲問：

「外面是妹夫吧？」

果然唐敖的聲音傳來：

「我跳到牆上，看見你被帶走，一直等著。又看見你被送到這座樓上來，我也跟來，現在大家都睡沉了，你趕快開門，跟我走吧！」

「不行啊，窗門都上了鎖，開不了，一旦用力弄破，他們全會驚醒，以後特別防備，更難逃走了。妹夫，我明天和太子商量，你只看晚上我這樓掛出紅燈，就來救我們。現在快回去吧！」

唐敖想了一下，答應一聲，自己走了。

第二天，太子聽說林之洋又回來，趕來探望。林之洋叫宮女都退下，把事情經過對太子說了一遍。太子感激得淚水盈眶，低頭想了一會，說：

「事情很巧，明天剛好是我生日，只要設法把宮女調開，就可以走了。」

兩人商量妥當，太子告辭而去。次日黃昏，太子派人來請林之洋這裡的宮女去他樓中吃壽酒。大家一聽，太子賜宴，歡歡喜喜爭著去，林之洋故意說：

「既然太子有這番好意，乾脆你們大家都去吧！反正我現在也沒什麼事要你們做！」

宮女感謝不盡，一齊走了。太子趁大家都在別室吃得高興，悄悄來到林之洋這邊，兩人開了樓窗，掛出紅燈，立刻從屋上跳進一個人，太子知道是唐敖，連忙行禮。唐敖趕快把他扶起，林之洋介紹兩人認識，唐敖說：

「現在不是說話的時候，我們快走吧！」

他把林之洋背在身上，再抱起太子，用力一躍，上了牆頭，接連翻過幾道高牆，幸好沒有再遇猛犬，平安到了皇宮外面，這才放下太子和林之洋，三人急急忙忙趕路，回到船上。多九公一見他們回來，立刻動手開船，終於離開了女兒國。

二二、軒轅大會

太子這才放心，和呂氏、婉如、蘭音相見，幾個女孩一見面都有故交重逢之感，十分投合，婉如幫太子換穿了女裝，秀雅出眾，實在是個美麗高貴的小姐！九公問太子的姓名，她說叫陰若花。

唐敖一聽這個名字腦中「轟然」一聲，好像頓時悟出許多事！自己低頭沉思：「當初在夢神觀，那位老神仙說：有十二名花，謫降人間，飄零海外。要我細心尋訪，加意照顧。可是，一路上，雖然到處留意，到今天也沒看見什麼名花。反而遇到這些女孩子，人人都以花木為名；像斌兒小名叫蕙兒，還有黎紅薇、盧紫萱、廉錦楓、駱紅蕖、魏紫櫻、尹紅萸、枝蘭音、徐麗蓉、薛蘅香、姚芷馨，簡直沒有一個例外，而且她們都貌美如花，遭遇堪憐，如今又有這個陰『若花』，難道所謂十二名花，說的就是她們？整個事情，雖然奇怪，冥冥中似乎確有神明，引我走了這一趟路！」

唐敖自己想心事，那邊陰若花已認了林之洋做義父，呂氏為義母。雖然一切變化如此之大，但有婉如、蘭音做伴，她相信自己慢慢會習慣女兒身的新生活！

經過這次多災多難的女兒國事件，林之洋、唐敖、多九公三人空閒下來，忍不住把種種細節，又提出來談論。林之洋說：

「這回的遭遇，讓我明白了很多道理。不管花容月貌、美酒佳餚，金銀珠寶，榮華富貴，只要不動心，無論怎麼樣都影響不了我，一心一意只想回來，和你們在一起。還有那些毒打、倒吊、穿耳、纏腳的苦刑，也能忍受得住，只要心裡還有希望，無論如何是死不了的。」

九公笑道：

「林兄真能把這些都看破，將來很可能會成神仙嘍！」

「九公說得不錯，可惜從來沒見過纏腳的神仙，只聽說有赤腳大仙，將來大哥說不定就成了纏腳大仙呢！」

唐敖也說起笑話來了，三人似乎又恢復了當初的情景。然而，這些日子，唐敖心中一直在回想自己生平種種遭遇，林之洋的話，更讓他有很深的領悟：一切身外的東西，看得重的時候，真可以沉迷陷溺，一往不悔；可是一旦能夠不動心，就什麼都影響不了，完全看一個人怎麼想、怎麼做了。

在海上又走了好些日子，這天，遠處忽然現出萬道彩霞，霞光中隱隱約約有座城池。多九公看看羅盤、海圖，對唐敖說：

「唐兄，前面就是軒轅國，這是西海第一大國，我們可以好好暢遊幾天！」

到了岸邊，停好船，林之洋腳傷也差不多好了，自己上岸售貨。唐敖和多九公下船一看，遠望那城牆就像山嶺一樣，氣勢雄渾，和一路上所見城池大不相同。唐敖問：

「要走多遠才能進城啊？」

「前面好像有座玉橋，過了玉橋，再穿過梧桐樹林，大概就快到了。」

唐敖一進梧林，只見到處都是鳳凰，飛來飛去，全身彩羽，映著陽光，美麗奪目。唐敖高興得很：

「怪不得古人說：『軒轅之邱，鸞鳥自歌，鳳鳥自舞』，果然一點不錯。」

剛說鳳凰會跳舞，前邊就飛來一對鳳凰，一上一下盤旋飛舞，唐敖看得呆住，不想走了。多九公說：

「唐兄，這裡的鳳凰就和別處雞鴨一樣，到處都是，包你看不完。我們快往前走吧！」

走出梧桐樹林，漸漸已有行人，原來軒轅國人全是人頭蛇身，一條蛇尾巴高高盤在頭頂上，他們穿衣戴帽，和中國很相似，舉止態度，十分文雅。走進城來，看城中街道都有十幾丈寬，街邊商店中擺了好多鳳凰蛋出售，就像別處賣雞蛋、鴨蛋一樣。街上熙來攘往，非常熱鬧。

忽然聽到大聲吆喝，叫行人讓路，大家都向兩旁閃開，只見有個侍從打扮的人，舉著一柄黃羅傘，傘上寫著「君子國」三個大字，傘下一位王者裝扮的人，身穿紅袍，頭戴金冠，腰佩長劍，相貌威嚴，騎的是隻有花紋的大虎，後面有許多隨從。這一隊剛剛走過，緊跟著又有一柄黃羅傘，上寫「女兒國」，傘下正是那位要娶林之洋的國王，只見他面白唇紅，眉清目秀，頭戴雉尾冠，身穿五彩袍，騎的卻是一隻大犀牛，也有許多隨從，浩浩蕩蕩過去。

唐敖、多九公看了半天熱鬧，這時，不禁覺得奇怪。唐敖說：

「君子國、女兒國，兩位國王都忽然來到軒轅，不知什麼緣故，難道他們都是軒轅的屬國，前來朝賀的嗎？」

「不對，他們各自稱王，並沒有臣屬於軒轅，也許是敦睦邦交，前來拜望拜望。」

「不大可能。我記得，到海外我們首先經過的就是君子國，其次大人國、淑士國……一直走了九個多月，才到女兒國，路途這麼遙遠，純粹只是來拜訪，恐怕太勞師動眾了。」

「我們因為要做生意，走的並非直路，路上又有耽擱。他們直接來軒轅，絕對費不了太多時日。可是，究竟為什麼事情來，我要去打聽打聽！」

多九公始終改不了好奇好問的老脾氣。過一會兒，高高興興回來對唐敖說：

「這回來得真巧，剛好趕上熱鬧。原來這軒轅國王也是黃帝的後代，確有聖人之風，和各國鄰邦，都和睦相處，看見人家有急難，一定幫忙，兩國有爭端，他也代為調解。因此，免除了好多次戰爭，少死了成千上萬的百姓。今年剛好是他一千歲的大生日，除了全國上下一起慶賀，遠近各國國王也都趕來祝壽。明天就是壽誕的日子，皇宮內外大排宴席，任憑百姓進出，我們正好去看看這次盛會。」

唐敖聽了，也很歡喜，他問：

「不知九公曉不曉得：這軒轅國王為什麼能享千歲的高壽呢？」

「據說，軒轅人，短命的也要活八百年，一千歲大概還算不了高壽！」

「這樣說來，這裡的人，不是神仙，也和神仙差不多了！記得書上記載，當初黃帝騎龍上天，好多小臣想跟著去，緊緊攀住龍鬚不放，結果都掉下來。現在想來，真是好笑，如果凡心未退，即使能跟上天，還是成不了仙；如果真能不動心，要成仙又何必一定要上天呢！」

「唐兄既然這麼說，是否已經能夠不動心？」

「也差不多了！」

「哈哈，唐兄又說笑話了！」

兩人談談說說，不覺已到皇宮，先看見一座牌樓，霞光四射，高聳入雲，牌樓後面，有扇金門，過了金門，就是一座高達十餘丈的大宮殿，上面三個大字寫著「千秋殿」，四面亭台樓閣環繞，到處不斷傳來各種音樂演奏的聲音，也有劇團在表演戲劇。唐敖很想看看軒轅國王的模樣，向千秋殿走過去。只見一對像鳳凰的大鳥，正宛轉和鳴，鳴聲五音俱全，好像樂器演奏一樣，好聽極了。這兩隻鳥身高約有六尺，尾巴卻長一丈，全身翠綠羽毛。唐敖說：

「怪不得古人說鸞鳴即『鸞歌』，這兩隻青鸞鳴聲真比唱歌還好聽呢！」

兩人擠入人群中，走入宮殿裡面。大殿又深、又廣、又高，上面坐了好多奇形怪狀的人，都是海外各國的國王。正中間主人席位上坐的軒轅王，頭戴金冠，身穿黃袍，後面一條蛇尾巴，高高舉起，盤在金冠上。看過軒轅王，再看其他諸王，大部分都沒見過，甚至有從來沒想過會有的怪人。唐敖越看越奇，擠在人叢中，和九公悄悄談論。

「這些國王，真是什麼奇特的模樣都有，我看得眼花撩亂，頭都昏了。請問九公，那邊有個長頭髮，腳一直伸到殿中間，約有兩丈長，是什麼國家的王？」

「哦！那個呀！他是長股國王，長股國又叫有喬國，我們中國的踩高蹺，就是模仿他們的樣子。長股王旁邊那位，一個大頭、三個身體的是三身國王；三身王對面那個有兩隻翅膀，人面鳥嘴的，是驩兜（ㄏㄨㄢ ㄉㄡ huān dōu）國王。驩兜王左邊那個身長三尺，一個大腦袋的矮子是周饒國王，他們最善於製造飛車。旁邊那個臉上三隻眼睛，只有一隻長手臂的是奇肱國王，奇肱王右邊三個頭、一個身體的是三首國王。」

多九公真不愧見多識廣，唐敖才只問了一句，他已經滔滔不絕把座上列王，一一介紹出來，唐敖聽到這裡，忍不住說：

「那邊一位三個身子一個頭，這邊一位三個頭一個身子，他們也許彼此都在羨慕對方呢！」

就在這時候，忽然聽到有人叫他們，回頭一看，原來是林之洋來了，他聽說皇宮中有酒、有戲，也趕著來湊湊熱鬧，多九公、唐敖見了林之洋，又看看座上的女兒國王，都向這位倒楣的「王妃」開起玩笑來。

「林兄啊，你還是躲遠一點比較安全。只怕你丈夫看見你把腳放大，到處亂跑，丟他的臉，一生氣，又叫保母打你板子喲！」

「大哥是我妻舅，女兒國王又是我妻舅的丈夫，這筆帳怎麼算？我應該稱他什麼呢？」

「你看殿上那位厭火國王的大嘴巴，又在冒火花了，林兄，鬍子要小心，才留了沒幾根，不要再被燒掉，露出一張白臉，等下又被人搶去做王妃啦！」

林之洋被他們兩個一人一句，簡直招架不住，趕快轉移話題，說：

「九公，先別開玩笑，你聽那智佳國王居然一直稱呼軒轅王叫『太老太公』，這是什麼關係？簡直搞不懂。」

「智佳國人向來短壽，大多只能活四、五十歲，如今軒轅王已有千歲，算起來和智佳國王二十代以前的祖宗就有交情，你說，智佳國王怎麼稱呼？只好想出『太老太公』這個怪名詞來。幸好今天大家來祝壽，都說軒轅話，和我們中國話很相似，只要仔細聽，都可以聽懂，我們就來聽聽這些國王的閒話吧！」

只聽座上的長臂國王向長股國王說：

「我同王兄配在一起，剛好是最好的漁翁。」

長股王說：

「這是怎麼說？」

「王兄腿長兩丈，我臂長兩丈，如果王兄把我背在肩上，到海中捕魚。你腿長，不怕水淹；我臂長，可以往深水處捉魚，豈不方便？」

「哈哈，我把你背在肩上，可實在有點太重啦！真虧你想得出來！萬一大風大浪襲來，我往哪裡躲呢？」

翼民國王插嘴說：

「聶耳王耳朵最大，你就躲到他耳朵裡去好了！」

結胸國王說：

「聶耳王耳朵雖然大，可是他近來耳朵軟，喜歡聽讒言，常常誤了大事，不太妙哦！」

穿胸國王說：

「據我看，最好是躲在兩面王的頭巾底下最安全，誰都看不見！」

白民國王說：

「他頭巾底下已經有張凶臉，兩張臉已經叫人摸不清楚，難以防備了，怎麼能再添一張？我們可吃不消囉！」

兩面國王立刻反擊說：

「那邊正有一位三首王，他就有三張臉，白民王兄怎麼不怕呢？」

大人國王說：

「三首王兄的確有三張臉，但即使再多幾張，也沒關係，因為他喜怒哀樂，所有表情，全擺在臉上，大家看得明明白白，一點沒法裝假。可是，兩面王兄，你卻是對著人一張臉，背著人又是另外一張臉，變化無常，捉摸不定，別人都不知道你究竟是好意，還是惡意，怎麼能不怕？」

淑士國王看看席上氣氛已不太融洽，連忙打岔說：

「我偶然想起中國有部書，是夏朝人寫的，晉朝人做的註解，偏偏忘了書名。記得書上有段註解說：『長股人常駝長臂人入海取魚』，剛才長臂王兄說的話，真像從這本書中引用的典故一樣，太湊巧了！」

元股國王說：

「這本書我從來沒聽過，不知寫的是什麼？」

黑齒國王說：

「我也看過這本書，書名叫《山海經》。書中記的事奇奇怪怪，包羅萬象，大約諸位王兄的家譜都寫上去了！」

歧舌國王說：

「提到家譜，我一直有個問題，當初不知為什麼叫我們『歧舌』國？還有人叫我們『反舌』國，歧舌已經夠討厭，反舌更荒唐。聽說中國有種鳥，名叫反舌，居然把我們比作鳥，不知什麼緣故？」

無繼國王開玩笑說：

「據說那種反舌鳥，只要一到五月，就不會叫了，如今已是十月，王兄還照樣能說能講，可見和反舌鳥絕無關係。」

君子國王說：

「其實，名字相同的事事物物，本來不少，例如中國古時蜀王望帝名叫子規，如今杜鵑也叫子規，又有什麼妨礙呢？歧舌王兄不必介意！」

歧舌國王說：

「可是，這名字實在不雅，我想請諸位替我想想，換一個字。」

長人國王說：

「王兄的國名乾脆改做『長舌』國，和我們長人國算做本家兄弟之邦，豈不很好？」

歧舌王連連搖頭說：

「這怎麼可以？貴國人人身長，所以叫『長人』，我們國家的人又不是長舌頭，怎麼能叫長舌？真是開玩笑！」

毘（ㄆㄧˊ pí）騫國王說：

「王兄如果肯把貴國的音韻之學傳授給我，我一定幫你想個好名字，如何？」

「這可不行，萬一被老百姓知道，我豈不是立法又犯法了嗎？」

伯慮國王無精打采坐在一邊，聽了半天，這時開口說：

「真羨慕諸位王兄精神奕奕！我終年生病，俗事又煩，精神老是不夠用，近來更覺得簡直像廢人一樣。真不明白為什麼偏偏敝國人都短壽，譬如我，還不到三十歲，已經衰老得這個樣子，看女兒王兄，年紀比我大，卻如此青春年少，不知有什麼養生秘訣，能不能指教我一點？」

女兒國王說：

「王兄真會說笑話，我哪裡有什麼養生秘訣？」

厭火國王說：

「伯慮王兄只要把心放寬，少憂慮，不要熬夜，該睡就睡，該起就起，這就是養生最好的方法了！」

勞民國王說：

「敝國人每天跑來跑去，忙忙碌碌，沒有一刻空閒，反而不知什麼叫憂愁。到了晚上，頭剛放到枕頭上就呼呼大睡。大家平時多半無災無病，也能活到一百歲。」

軒轅王說：

「可見勞心和勞力，畢竟是大不相同。」

犬封國王說：

「伯慮王兄身體既然不大好，精神又不濟，為什麼不弄些好吃的東西來調養調養？說起來，我平生別無所好，就是喜歡講究飲食，享點口福。今天吃這幾樣，明天吃那幾樣，把吃當做一件功課，每天用心想，自然想出許多好吃的東西來。我認為與其用心機在別的事情上，不如樂得嘴上快活，最有意思。」

伯慮國王說：

「可惜我對吃一點也不懂，實在沒辦法。」

「這有什麼困難？王兄如果有興趣，我就到貴國去一趟，指點一下你的廚子，包管不到一年半載，佳餚美味，就層出不窮啦！」

大家正談得熱鬧，林之洋、唐敖、多九公因為想聽得清楚一點，一直往前擠。誰知女兒國王一眼看見林之洋，見他立在眾人之中，修長白皙，真像雞群一鶴，不禁呆呆看得出神。諸王見他發呆，也都朝林之洋這邊看，那位深目國王更手舉一隻大眼，對準林之洋，簡直目不轉睛，聶耳王將兩隻大耳朵亂搖，勞民王看得身體不住亂晃，無腸國王、跂踵國王也都踮起腳尖細看。林之洋被大家看得受不了，趕快拉了多、唐二人，擠出宮外。多九公一出來，就笑著說：

「看今天這個樣子，不但女兒國王忘不了林兄，就是座中諸王也都戀戀不捨哪！」

說得林之洋滿臉通紅，又好氣又好笑。

他們在軒轅國玩了好幾天，林之洋帶的貨物也賣得差不多了。這天有艘從中國開來的商船，帶來了一封唐敖老師尹元託交的信。唐敖高興得很，拆開一看，信上說：尹元離了元股國，帶著尹紅萸、尹玉姊弟，由水路平安到了水仙村，見到廉夫人，交了唐敖的信，廉夫人十分歡喜，當下兩家互相納聘，結為兒女親家，一起居住。尹元在水仙村略為休息幾天，就啟程前往東口山，拜望駱龍老先生，為唐敖的兒子唐小峰求聘駱紅蕖為妻，駱龍當時就答應下來。尹元說，他看見駱老先生體衰多病，念及故人之情，時常前去探望。後來，駱龍去世，紅蕖將唐敖所贈銀錢買了棺材，把祖父葬在廟旁。廉夫人感激唐敖在困窘中，慷慨解囊相助，又為兒女求得良配，駱紅蕖既是唐敖兒媳，現又孤苦伶仃，就把她接來水仙村同住。由尹元招收幾個學生，紅萸她們幫忙做些女紅貼補，生活也過得去，而且還積存了一些路費，因為思念家鄉太切，大家商量以後，終於決定不等唐敖來接，搭了便船回鄉。現已平安抵達，所以託人帶信給唐敖，希望唐敖能順利收到，信中再三感激唐敖的幫忙，盼能與他早日相聚。

唐敖看完這封長信，知道兒子婚事已定，心中更是少了一層牽掛。

離開了軒轅國，林之洋的船又繼續前行。

二三、入山不返

途中又經過幾個小國，如三苗國、丈夫國等等，林之洋船上所有的貨都已賣完，預備啟程回家。可是，唐敖想起當初在智佳國猜謎，有一題謎面是「永錫難老」，謎底是「不死國」，據多九公說他少年時曾經路過，唐敖很想去看看。因為他從書中讀過關於不死國的記載，說不死國中有座員邱山，山上有棵不死神木，吃了樹上的果實可以長生；又有紅色泉水，喝了赤泉，也可以永遠不老。林之洋聽唐敖這麼一說，也很心動。多九公勸他們說：

「不死國深藏群山之中，要經過許多小島，繞很遠的路，根本沒有人真的上去過，還是不要找麻煩，趁早回家，準備過年吧！」

偏偏唐敖、林之洋都要去，多九公勸不聽，只好定好羅盤方向，向不死國航去。

這天，三人正在閒談，多九公忽然看見一塊烏雲飄來，臉色一變，趕快吩咐水手說：

「馬上就會有大風暴，快把帆降下一半，綁緊繩索。恐怕沒法靠得了岸，只有隨風走了！」

唐敖見九公這麼緊張，向天空看看，太陽當空，天氣好得很，只有一點微風，遠處雖有一團烏雲，但面積不過一丈方圓。不覺笑著說：

「九公，你未免太緊張了，這種好天氣，怎麼會有暴風。難道那一小塊烏雲，就藏得了大風嗎？實在不能相信！」

林之洋說：

「妹夫，你不知道，那確實是起暴風的雲啊！」

話剛說完，好像要證明多九公的眼力似的，忽然間天地變色，狂風大作，波浪洶湧，他們的船被風吹得比千里馬跑得還快，風越吹越大，完全沒有要停的跡象。一路上雖然有可以靠岸的地方，但是，風勢太強，船舵操縱完全不由自主，只有隨風飄行。這場大風一連吹了三天三夜，才有漸漸減弱的趨勢。多九公他們費盡力氣，終於把船停到一處山腳下，林之洋見船已停妥，才放心說：

「乖乖，真是厲害！我從小在大海大洋中來來往往，暴風雨也經過了好多次，從來沒見過像這樣三天三夜，完全不歇的大風。這下子所有路線全不對了，也不曉得到了什麼地方，幸好船很牢固，沒有吹壞，算是運氣了！」

唐敖說：

「我們究竟被吹了多遠，可以算得出來嗎？」

多九公說：

「像這樣的大風吹著跑，一天可行三、五千里，如今連吹三天三夜，大概已經有一萬多里路囉！」

林之洋說：

「妹夫，記得當初你要上船同行，我對你說：水上航行，日期難以預定，就是這個意思。一旦遇上天氣突然變化，我們就沒法自己做主啦！」

唐敖站在船頭觀望，只見風已漸小，船旁這座大山，細看起來，比東口山、麟鳳山似乎更高、更廣，而且滿山青碧黛綠，全是林木，看得眼睛都清亮了，唐敖很想上去走走，林之洋在女兒國受了大折磨，身體不如以前，又吹了這場大風，精神不振，不能同行，只有多九公願意陪唐敖一齊去。兩人下了船，往山坡上走，多九公說：

「我們是被風一路往南邊吹過來的，這裡應該是海外極南的地方，我少年時候曾經路過，聽說這裡有個風景很美的海島，叫做小蓬萊，不知是不是？我們一面走，一面留心看看。」

又走了一會，果然見路邊一塊石碑，刻著「小蓬萊」三個大字。唐敖說：

「九公真是了不起，又被你說對了！」

兩人穿過一片茂林，越往前走，風景越美。水色清澄，山容秀麗，沒有一絲俗塵，簡直就是人間仙境，不愧叫做「小蓬萊」。唐敖彷彿自言自語似的，低聲說：

「上回到東口山，我以為天下再也沒有更美的山了。誰知這裡比東口山更清雅出塵。山中這些仙鶴、麋鹿，見了人都不驚、不走，任人撫摩；到處都有松實、柏子，隨便撿來一嚼，滿口清香，連心都乾淨了。我還要找什麼呢？這裡就是我找了大半生，真正的歸宿。原來這場大風是為了帶我到這裡來的。」

多九公沒聽清楚唐敖說些什麼，只知道他完全被這座山迷住了，看看天色已經不早，就說：

「等下天黑了，恐怕山路不好走，而且林兄身體又不好，我們該早點回去，免得他牽掛。」

唐敖雖然被九公拉著往回頭路走，仍然戀戀不捨，走得很慢，多九公催他：

「像這樣走，要什麼時候才能回船？等下天就要黑了，怎麼辦？」

「自從上了這山，我所有爭名爭利的心全忘光了，這一輩子的事，像鏡子一樣，清清楚楚映在眼前，覺得這裡才是我真正要找的地方，已經不想下山了。」

「唐兄，我只聽說『書呆子』，沒聽過遊山玩水變成『遊呆子』的，別開玩笑了，快點走吧！」

就在這時候，一隻全身白毛的猿猴，拿著一根靈芝跑過來，一下子跳到唐敖身邊，唐敖伸手一抱，抱住了白猿，把那根靈芝草拿過來，遞給多九公吃了，九公十分高興，兩人一猿下山，回到船上。

婉如見了白猿，很歡喜，用繩子繫住，和蘭音、若花一齊逗牠玩。林之洋因為身體仍然不太舒服，很早就睡了，多九公吃了那根靈芝，不知為什麼，瀉起肚子來，只有躺著休息。第二天早晨，風已轉向，水手都收拾船帆，準備開船，哪裡知道，唐敖已經不在船上了。

林之洋、多九公、呂氏大家都急得要命，叫水手分頭去找，找了一整天，完全沒消息。接連幾天，林之洋、多九公都撐著病體、打起精神，親自上山去找，根本不見蹤影。水手急著要回鄉，催林之洋趕快開船，不要再找了。多九公把前前後後的事情想了一遍，也勸林之洋說：

「我看唐兄可能早已有脫離紅塵、隱居修道的心，他好幾次談話中都流露出看破名利、不動心的意思，只是我們沒有注意。這回跟我一起上山，幾乎不肯下來，如果不是我催促，也許當天他就不回來了。仔細想想，唐兄也是有仙緣慧根的人，不然上回在東口山，為什麼偏偏他一個人吃到了肉芝、仙草、朱草那些難得的東西？我看唐兄一定是修仙去了，絕不會讓我們找到的，再找多久，也沒有用。」

林之洋雖然覺得多九公的話也有道理，可是到底和唐敖關係不同，無論如何不能忍心拋下他開船，仍然每天帶著人上山去找。

眼看已經過了十幾天，船上水手人人等得心焦，這天大家一齊約好，來對林之洋說：

「這座大山根本沒有人住，唐先生一人上山，這麼多天了，他究竟能躲在哪裡？也許早已不在了。我們只為了等他一個人，再不開船，船上的水、米都已經快不夠吃，萬一風向一轉，沒法開回去，豈不是大家都要送命嗎？」

林之洋明知水手說得不錯，可是實在不能下決心開船，只拚命抓頭髮，說不出話來。

還是呂氏出來說：

「你們說得也對，只是我們和唐先生是骨肉至親，打聽不到他確實的消息，怎麼能走？萬一我們走了，唐先生下山來，找不到船，豈不斷送了他的性命。我也知道你們都急著想回家，這樣好了，從明天開始，我們再找半個月，如果實在沒有消息，就開船回去！」

大家無可奈何，只有耐著性子，再上山去找。林之洋更是從早到晚，滿山尋覓，不知不覺，已過了十五天，水手都忙著準備開船，林之洋仍不死心，約了多九公，要再上山去看看。兩人跑了半天，滿身大汗，正預備回船，經過「小蓬萊」石碑前，忽然發現碑上多了一首詩，是用毛筆寫上去的，寫得筆勢飛動，墨跡淋漓。多九公上前細看，原來是首七言絕句：

逐浪隨波幾度秋，　在人海中漂泊了好多年，
此身幸未付東流。　幸好沒有迷失本性。
今朝才到源頭處，　如今已經找到安身立命的根源，
豈肯操舟復出遊！　怎麼肯捨棄這裡再去漂泊浪遊！

詩後面還寫了一行小字：「某年某月某日，回到小蓬萊舊地，從此不再入紅塵。唐敖題識。」

多九公說：

「林兄，我說得不錯吧？唐兄果然成仙去了。再也不要亂找，我們回去吧！」

林之洋熱淚滿眶，望著碑上題字呆呆出神，終於被多九公拖著回到船上，把經過情形說給呂氏、婉如、蘭音聽，蘭音、婉如望著小蓬萊山只是流淚。林之洋忽然想起檢查一下

唐敖的行李，才發現只有筆墨、硯臺不見，其餘衣服被褥都在，由這些熟悉的用物，再想想唐敖平日待人接物、聲音笑貌，真是悲哀不止，但事已如此，也只有讓水手開船回家。小蓬萊山在視線中越來越遠、越小，終於只剩一片煙波海色，什麼都看不見了。

二四、海外尋親

林之洋的船，在海上走了好幾個月，直到第二年六月，才平安回到嶺南。多九公告辭回自己家去，林之洋帶了妻女和枝蘭音、陰若花回家，先見岳母江氏，謝謝她這些日子照顧家事的辛勞。同時也把唐敖的事，告訴岳母。

「您說，教我怎麼對妹妹交代？她罵我一頓還是小事，只怕悲痛得病倒下來，怎麼得了？」

呂氏說：

「我看還是暫時瞞住妹妹，只說妹夫回來以後，又趕著到京城去參加考試，等考完試才會回家。先拖一段時候，再慢慢想法子。」

「也只好如此。妳已經懷了孕，不能再勞累了，明天我自己去看妹妹，先說個謊。只是妹夫的行李包裹要藏好，萬一妹妹回來，被她看到，那可糟了。」

「剛好蘭音說，她也想去拜見義母，你明天是不是帶她一起去呢？」

「照道理是該把她送到妹夫家去，我只怕她說話的時候，一不小心，說漏了嘴，就不妙了。還是和九公商量一下，讓蘭音、若花暫時在九公家住，這樣，就是妹妹回娘家來，也不怕謊話被拆穿了。」

蘭音、若花雖然不太願意，也沒法子，只好答應。幸好多九公把他兩個甥女田鳳翾、秦小春接來家中，和蘭音她們做伴，四個女孩，年紀相當，個個都讀過詩書，大家相處得很親密和睦，林之洋再三拜託多九公多多照顧。回到家中，又叮嚀岳母和婉如，千萬不要走漏消息，然後才帶了女兒國王送唐敖治水的黃金，到唐家來。

唐敖的妻子林氏，自從知道丈夫由探花被降為秀才的消息之後，就天天盼望唐敖回家，誰知沒盼到人回來，卻收到了信，說跟著大哥、嫂嫂上船出海去了。林氏擔心丈夫受不了海上的辛苦，怕他身體吃不消，整天和女兒小山埋怨哥哥、嫂嫂，不該帶唐敖同去。就是唐敏夫婦，也為哥哥操心，全家人就這樣日夜等待，過了一年多。

這天，唐敏從外面回來，告訴小山一個消息，說太后武則天已下詔令，讓全國十六歲以下的才女，明年到京城去考試，一旦錄取，就賜給「才女」匾額懸掛，父母親也有恩賞，可以分享榮耀。從古以來，只有男子才能參加考試，這個命令，實在是劃時代的創舉。唐敏當然為有才學的姪女高興。

小山知道這個消息之後，雖然天天帶著弟弟小峰用功讀書、做文章，可是因為牽掛父親，心中總不能平靜。林氏常常派人回娘家去打聽消息。想不到，就在這個時候，林之洋居然來了。

林氏見到哥哥，滿心歡喜，以為丈夫也一定一塊兒回來了。小山、小峰都來拜見舅舅，小山一見面就問：

「舅舅已經回來了，父親怎麼沒有回來呢？」

林之洋趕快說：

「昨天我們才到家，妳父親因為被奪了探花，降為秀才，怕鄰居恥笑，不願意回家。說要到京城去安心用功，等重考再中了探花，才肯回來，我和妳舅母再三勸他先回家一趟，就是不聽，只託我把在海外賺的銀子帶回來，他自己就往京城去了。」

林氏一聽，心中一痛，眼裡全是淚，一句話也說不出來。唐敏忍不住，開口說：

「哥哥雖然一向很看重功名，但也不至於到了家門都不肯回來！怎麼會變得這麼奇怪？如果這次沒有考中，難道就永遠不回家了嗎？」

林氏也說：

「都怪大哥不該帶他到海外去，如今玩得連家都不要了。」

「唉！當初我本來不肯讓他去，可是他一定要去，我又有什麼法子？」

小山忽然說：

「父親到海外，是舅舅帶去的；父親上京城，又是舅舅放去的，現在只有求舅舅也陪我一起到京城去，勸父親回來，即使父親不肯回來，讓我見父親一面，也好放心。舅舅，你不能不答應！」

林之洋一聽，嚇了一跳。

「妳小小年紀，又嬌生慣養，怎麼吃得了旅途的辛苦？嶺南到京城可不是一點點路，有千山萬水哪！妳怎麼去？妳父親一年到頭，總是出門在外的時候多，哪一次不是平平安安回來？我還聽說他這個名字『敖』就是『遊』的意思，要他待在家裡，他反而不痛快，只要一考過試，自然就會回來的，妳不要白操心，太性急了！」

唐敏一聽小山要去找父親，也連忙勸說：

「好在明年姪女也要到京城去參加才女的考試，不如明年提早一點出發，我陪妳去，就可以見到他了，只要他在外面身體沒病就好。妳舅舅說得沒錯，喜歡在外面到處遊玩，確實是妳父親天生的性情，改也改不了的。」

小山見叔叔、舅舅都這麼說，無可奈何，只有流著眼淚點頭答應。

林之洋將女兒國王贈送的一萬兩黃金、廉錦楓送的明珠都一一交給妹妹。因為說了謊話，心中實在不安，又見妹妹、小山滿面愁容，只好推說家中有事要料理，匆匆告辭走了。

這趟海外之行，林之洋賺了不少錢，多買了幾百畝田地。過了幾個月，呂氏又生下一個兒子，林之洋心中歡喜，派人送信告訴妹妹。林氏知道哥哥有了兒子，林家有了後代，也十分高興，帶著小山、小峰回娘家向哥哥、嫂嫂道喜。可惜呂氏這次懷孕剛好在旅途之中，沒能好好調養，生產之後，又受了寒，竟然生起重病來。林之洋忙著請名醫治病、服藥，家中亂成一團。林氏見嫂嫂這個樣子，就在娘家暫時住下，幫忙照顧。

這天，小山和婉如在婉如外婆江氏臥房中閒談，忽然，那隻小蓬萊山上帶回的白猿從床底下拖了個枕頭出來玩，小山見白猿頑皮淘氣，笑著說：

「婆婆，這白猴子真會鬧，剛才看牠拿了婉如妹妹的字帖亂翻，這下又把舅舅的枕頭拿來玩，真是沒有一刻安靜。好好的枕頭，怎麼放到床底下去了？」

說著，從白猿手裡，拿過枕頭。誰知，一看就覺得眼熟，很像自己家裡的東西，忍不住掀開床單，蹲下身去看，只見地板上放著一包行李，伸手要去拉出來看，江氏連忙阻止說：

「姑娘，那是我用的舊被，髒得很，不要動它！」

小山看江氏神色驚慌，更覺得疑惑，用力一拖，把包裹拖出來，打開一看，果然是父親帶出門去的行李、被褥、衣物！又驚又急，向江氏再三追問，江氏、婉如不知如何回答。正在這時，林氏、小峰剛好進來，一見床前地上的東西，一件件都是當時親手為丈夫整理的行裝，再看看江氏、婉如的神情，心中一片冰涼，想來丈夫一定凶多吉少，不禁痛哭起來。小峰看媽媽哭，也跟著哭起來。

只有小山，忍著眼淚，走到舅母房中，把林之洋請過來，指著包裹，追問父親的下落，林之洋見事已如此，只有暗叫糟糕：「為了怕妹妹發現包裹，特別藏到岳母房間裡來，想不到還是被看到了，怎麼辦呢？」

低頭想了一下，知道事情再也瞞不住，只好說實話。

「妹夫無災無病，如今自己在山裡修道，你們哭什麼？」

林氏一聽，勉強止住哭聲，聽林之洋說。

林之洋能把憋了好久的真話，痛快說出來，心裡也舒服多了。於是，一五一十，從忽遇大風，吹到小蓬萊，妹夫上山去玩，就此失蹤，大家苦苦尋找，足足等了一個月，船上水、米都用完了，又在山上發現唐敖留的詩句，才開船回來，前前後後經過，全部細說一遍。這一下，林氏知道丈夫竟已棄絕紅塵，更悲痛難忍，說不出話來。小山流著淚說：

「舅舅既然沒找到父親，當時一回來，就該把實話告訴我們，也好再去尋訪，怎麼一直瞞到今天？如果不是發現了包裹，我們還一直在家裡呆等呢！難道就讓父親在海外山中，永遠不回家了嗎？舅舅，你要把我父親還來！」

林之洋見甥女這樣說，不曉得怎麼勸才好。江氏和婉如把她們請到呂氏房中來，呂氏躺在床上，身體還虛得很，勉強靠著枕頭半坐起來，勸道：

「甥女向來最明理懂事，現在怎麼也說這種話？我們過一陣子又要出海去做生意，到那時一定再去尋訪，此刻又有什麼法子呢？」

林之洋叫婉如去把唐敖題在石碑上的詩句找來，當時從山上下來，多九公就念給婉如她們聽，抄寫下來。林之洋說：

「甥女，這就是妳父親題的詩，妳舅舅沒有騙妳吧！這最後兩句『今朝才到源頭處，豈肯操舟復出遊！』說得再清楚也沒有，妹夫明明是自己不願再回塵世，所以不論怎麼找，就是不肯讓我們找到。」

小山把詩句和母親一起細看了一遍，說：

「母親不要難過，現在總算知道了父親在的地方，有地方，總歸找得到。等舅母滿了月，身體好了，我跟舅舅一塊兒到海外去找父親就是了。」

林氏聽了女兒的話，更不放心：

「妳從來沒出過遠門，更沒坐過船，怎麼能讓妳去？還是妳和弟弟在家裡跟著叔叔好好讀書，我和妳舅舅去。這樣，也不會耽誤妳明年參加考試。」

「父親現在遠隔萬里，我一心只想趕快去尋訪，哪有心準備考試？還是母親和弟弟在家，讓我去比較好，否則，即使母親找到了父親，也未必能勸父親回來。」

「這是什麼緣故？」

「母親找到了父親，如果他真的看破紅塵，不肯回來，母親又能如何？換了我去，我可以哭，可以跪下來求，還可以說母親已經焦慮擔憂而生了病，父親憐我一片孝心，也許肯回家。而且女兒究竟年紀還輕，到處尋訪，行動也比較方便。母親想我說得對不對？」

林氏聽了，沉默半天，沒有回答。

林之洋說：

「我的意思是：妳們都不用去，還是由我去替你們找，最方便，最省事！」

「舅舅說得雖然不錯，但是，萬一找不到父親，我一定不死心，還是要麻煩舅舅陪我再去一趟，豈不更添麻煩？還不如這次就跟著舅舅去，到了小蓬萊，不論結果如何，我也甘心！」

林之洋見小山說得這麼堅決，只好答應，等呂氏滿了月，身體復元，備了貨物，就一起出發。

林氏也要為女兒置備行裝，告辭了哥哥、嫂嫂，帶著小山、小峰和丈夫的包裹回到家中。唐敏知道實情之後，手足情深，也很傷心，他想陪小山一起去海外，又怕家中田地、事務沒人管理，結果還是決定讓小山跟舅舅去。

小山在家，自己在院子裡，練習腳力，把一些桌子椅子重疊起來，上上下下、爬高爬低。林氏不明白女兒的意思，以為她只是胡鬧。小山說：

「我聽舅舅說，山路不好走，我又從來沒走過遠路，現在不每天練習，將來到了小蓬萊，怎麼上得了山？」

林氏這才明白女兒實在想得周到，念及遠方的丈夫，眼圈忍不住又紅起來。

很快到了出發的日期，小山拜別了母親、嬸嬸，囑咐弟弟用功、聽話。由唐敏把小山送到林家，將路費一千兩交給林之洋。又將枝蘭音接回去，和林氏做伴，陰若花總覺得女兒身不太習慣，拘束太多，聽見林之洋又要出海，想跟著去，林之洋考慮一下，也答應了。若花和小山到現在才見面，兩人好像早已認識似的，彼此姊妹相稱，談得十分投合。小山又謝謝蘭音代替自己陪伴母親。

最麻煩的是多九公。林之洋因為九公經驗豐富，又多年相處，彼此信任，再三邀他同行，幫忙照應。九公卻不想再離家出遠門，推說自從吃靈芝，瀉了一次肚子之後，身體已大不如前，不能再航海受風波之苦。其實是因為上次遠航，賺了些錢，日子已經很過得去，在家替人治治病、寫寫藥方，安閒舒適，懶得再動。可是禁不起林之洋再三懇求，多九公見人情難卻，終於勉強答應再走一趟。

林之洋一切安排妥當，臨出門前，再鄭重對小山說：

「上回我同妹夫正月啟程，到今年六月才回來，足足走了五百四十天。這次即使一路順風，沒有耽擱，明年六月無論如何也趕不回來，絕對趕不上才女考試。甥女如果不想錯過這千載難逢的應考機會，最好還是留下來用功，一旦上了船，就不能想考試的事了！究竟怎麼決定，妳好好再想一想。」

「我已經再三想過，考試機會固然難得，但是，即使參加，也不一定考中；就算僥倖考取，父親不在，榮耀又有什麼意思？我要那『才女』的空銜做什麼？」

林之洋見小山心意堅定，絕不動搖，這才帶著大家來到海邊，上了大船，向茫茫大海航去。

二五、故人情重

一路上，林之洋惟恐小山思念父親，憂愁過度會生病，每次經過名山、大城，一定叫小山看，誰知她對風景一點興趣也沒有，書也不想看，只是常常獨坐垂淚。

林之洋無可奈何，只好常常想出一些海外奇聞、人情習俗等等，講給她聽，有時也把多九公請來閒談，這天偶然講起長人國、小人國，林之洋忽然想起上回在長人國賣了好多空酒罈，在小人國賣了很多蠶繭的事，因為大賺了一筆，而且又出乎意料之外，所以提出來，對小山說一遍，果然，小山覺得奇怪：

「舅舅，他們買這些酒罈、蠶繭去，有什麼用呢？」

「甥女猜不到吧？說給妳聽聽，也讓妳想像一下，小人有多小，長人又有多長。原來小人國的人買蠶繭去是做帽子用的，他們本來就不擅縫製衣帽，見這些蠶繭不厚不薄，大小適中，買回去，用刀一剪兩半，鑲個邊，縫一下，就是一頂最適合的瓜皮小帽，所以大家爭著買。至於長人國買空酒罈，是拿去當鼻煙壺用的，他們把鼻煙放在酒罈裡，拿在手裡聞，不大不小，剛剛好！」

小山聽了，試想長人、小人的形象，真是聞所未聞，卻又像真的見著了一樣。

雖然有林之洋、呂氏的關懷照顧，婉如、若花也都是細心解事的好友伴，小山還是受不慣海上風浪和生活習慣的突然轉變，生起病來，足足在床上躺了一個月，才慢慢恢復，可是身體很弱，臉上也帶著病容。

這天船經東口山，林之洋把唐敖聘駱紅蕖為媳的事，對小山說了，又講起紅蕖殺虎、孝親、搬往水仙村，和尹元、廉夫人他們回到中國去的種種經過，小山這才知道，原來父親已經為弟弟小峰聘了妻子，她很想見見紅蕖，可惜沒有機緣。

林之洋的船泊在東口山下，小山想上岸去看看紅蕖曾經住過的破廟，林之洋見她病體初癒，稍微走動一下也好，決定自己陪小山一起去，婉如、若花也都同行，三個女孩牽著手，慢慢走，一路歇了好幾次，到了「蓮花庵」，林之洋看那廟的情況，比當初更破落了，小山停了一會兒，又慢慢下山。

剛到岸旁，離船不遠，只見多九公站在岸上正和一位上了年紀的老道姑說話。走近一看，那道姑滿臉青氣流動，身穿一件破舊道袍，手拿一根靈芝草，樣子很奇特。林之洋說：

「她來化緣，九公拿些錢、米給她就是了，嚕嗦什麼！」

九公說：

「這位道姑瘋瘋顛顛，不是來要錢要米，她還一直唱歌呢！叫我們讓她搭個便船，她就把靈芝草算做船錢。我問她要到哪裡去，她卻說要到什麼『回頭岸』去，我多九公在海上跑了這麼多年，可從來沒聽過什麼『回頭岸』！這不是有點瘋顛嗎？」

正說著，那位道姑又唱起來，仔細聽她唱的是：

我是蓬萊百草仙，
與卿相聚不知年。
因憐貶謫來滄海，
願獻靈芝續舊緣。

小山一聽這歌，心中忽然一動，好像不知多少年前的往事，在眼前一閃而過。再要細想，卻又無從捉摸。她趕快上前，合掌行禮說：

「仙姑既然要乘船，我們就渡你過去。」

那道姑說：

「女施主發慈悲心，渡我過去，這根靈芝，一定奉送。看施主滿面病容，不吃這靈芝，大概不易完全復元呢！」

「就請仙姑上船吧，我們還要趕路！」

多九公、林之洋見小山這麼說，不好阻止，只有準備開船。但多九公仍然勸小山說：

「唐小姐，這根靈芝不知是真是假，千萬不要輕易受騙。上回我在小蓬萊吃了一根靈芝，結果腹瀉多日，幾乎送命，至今元氣仍覺受損，身體常感疲倦，都是靈芝害的。」

那道姑一聽，就說：

「這該怪老先生與靈芝無緣。譬如桑椹，人吃了有益，斑鳩吃了立刻昏迷；薄荷，人吃了覺得清涼，貓狗吃了就昏醉。靈芝原是仙品，有緣的人吃了，可登仙界，如果誤給無緣之人吃，怎麼知道他不會生病？豈能一概而論呢！」

多九公知道她有諷刺之意，越想越氣，無可奈何。

小山請道姑到船艙內入坐，自己和婉如、若花一起陪坐，剛要開口，道姑已先把靈芝遞過來，說：

「請女施主先服了這根仙芝，洗洗凡心，如果能悟出一些從前的因緣，那我們談話就更容易了。」

小山接過來，道了謝，把靈芝細細吃完，頓時覺得神清氣爽，再看那道姑，只覺滿面和氣，仙風道骨，那裡還有一絲青氣？忍不住悄悄在婉如耳邊說：

「這仙姑臉上本來有一股青氣，現在忽然沒有了，滿面慈祥，真是奇怪。」

婉如也悄聲回答：

「她臉上的青氣，我正看得害怕，姊姊怎麼說沒了？」

小山好奇心更盛，不明白這道姑究竟是何來歷，問道：

「請問仙姑大號？」

「我是百花友人。」

小山暗想：「這『百花』兩字，真像當頭一棒，一聽就覺得好親切、好熟悉，心中生出無限牽掛，難道我和『百花』有什麼緣分？她自稱是『百花友人』，可見她自己並非『百花』，她究竟是誰？」

小山接著又問：

「仙姑從哪裡來的？」

「我從不忍山、煩惱洞、輪迴道上來。」

小山暗暗點頭，若有所悟：「因為不能忍，所以會生煩惱，既然有了煩惱，自然要墮入輪迴。她這話不知是說『百花』，還是說她自己，不太明白，但句句都有深義，絕不是隨口亂謅的。」
又問道：
「仙姑現在要到哪裡去呢？」
「我要到苦海邊、回頭岸去。」
小山想：「這明明是說『苦海無邊，回頭是岸』嘛！」
連忙追問：
「那『回頭岸』上，有沒有名山？有沒有仙洞？」
「那裡有個仙島，叫『返本島』，島上有個仙洞，叫『還原洞』。」
小山等不及她說完，又問：
「仙姑要找什麼人？」
「我找的不是別人，是那總管群芳的化身。」
小山聽了這話，腦海中似有微光閃現，若迷若悟，似醉似醒，前塵往事，彷彿就在眼前，但偏偏把捉不住。她呆呆出神半天，忽然起身，向道姑下拜行禮說：
「弟子無知，請仙姑超度，如能脫離紅塵苦海，情願作仙姑的徒弟。」
誰知多九公、林之洋因為不放心那道姑，不知她來意如何，是好是壞，一直在門外竊聽，現在一見小山居然要拜道姑為師，嚇了一跳，林之洋已忍不住衝進去，指著道姑就罵：

「喂！妳竟敢在我船上妖言惑眾？還不快走，小心吃我一拳！」

「舅舅！不可動手，她是真仙！」

道姑微微一笑，說：

「纏腳大仙，你不要生氣！我今天到這裡來，原是因為當初和紅孩兒大仙有過諾言，想要幫一點忙，解除災患，也不辜負同山修道的情誼，誰知卻沒有緣分，不能帶她同行。既然如此，我只好先走，幸虧前面還有幫忙的人，不會有大難！」

轉過頭，又對小山說：

「暫且告辭，後會有期！我們在回頭岸上，就可重聚！」

說完，下船就走，很快已不見蹤影。

小山埋怨舅舅，不該得罪道姑，林之洋一口咬定那道姑是騙子。小山問林之洋說：

「剛才她稱舅舅叫什麼『纏腳大仙』，那是什麼意思？為什麼舅舅一聽，臉都紅了？」

林之洋呆了一下，忙說：

「妳看她瘋瘋顛顛的樣子，還不是隨口亂說，我也不明白是為什麼。」

小山知道舅舅不願多說，也就算了。

自從服了那根靈芝，小山身體、精神都大好，海上風浪也能適應了。

二六、海中遇怪

這天，林之洋的船剛靠水仙村停泊，忽然，水中竄出一群海怪，個個青面獠牙，全身溜滑，一下跳到船上。林之洋一見，立刻大喊叫水手「放槍」！水手取槍，還沒來得及放，那群海怪已經從艙中拖出唐小山，一起躍入海中。整個事件，真是「迅雷不及掩耳」，快得要命！林之洋措手不及，呆在當場。

呂氏、婉如、若花都趕出艙外，呂氏對林之洋說：

「我們正坐著閒談，忽然衝進來這群妖怪，一下子就把甥女抓去了，怎麼辦呢？」

林之洋急得跺腳，說：

「怎麼辦？我也不知道怎麼辦啊！」

多九公聽到消息，從船後趕來，說：

「幸好天氣暖和，請會潛水的那個水手，先下去看看再說！」

那個水手當初也曾下海去探聽廉錦楓的消息，他剛才看到那群海怪的模樣，有點害怕，可是，仍然答應下海一趟。不久，上來回報說：

「水中看不出有什麼動靜，那群海怪不知躲在哪裡，沒法尋找。」

林之洋只覺眼前一片漆黑，忍不住痛哭，哭了半天，自言自語說：

「我的甥女，妳死得好苦！教我怎麼回去見妳母親？舅舅只好跟妳一起去了。」

說著向船外縱身一跳，沉入海中。多九公嚇得忙叫救命，剛才那個水手，衣服還沒換好，連忙跑來，跟著跳下去，一會兒工夫，已經把林之洋拖出水面，大家放下繩索，把林之洋救上來，只見他腹脹如鼓，口中只有一絲遊氣。呂氏、婉如、若花哭成一團。多九公畢竟經驗老到，雖慌不亂，叫水手取來一口大鐵鍋，倒扣在船板上，再把林之洋俯放鍋上，立刻嘴中吐出許多海水，肚子就平下去了，人也慢慢醒過來。婉如、若花上前扶起，呂氏拿了乾衣來，幫他換過，林之洋口口聲聲只叫：

「甥女死得好苦！」

多九公勸道：

「林兄剛才吃了海水，腸胃一定不好受，千萬不要太悲痛。據我看，唐小姐應該有救星，不會死的。」

林之洋有氣沒力的說：

「我才掉下去，就被救起來，已經差點送命。甥女被拖下海這麼久了，哪還能有救？」

多九公說：

「記得上回那個道姑，雖然瘋瘋顛顛，但是她卻說什麼：有人幫忙，不會有大難。又稱你『纏腳大仙』，試想，除了唐兄和你、我，誰會知道我們開玩笑說的話？偏偏這道姑就知道，她豈不真的有點來歷嗎？這麼說來，唐小姐應該不會有危險才對。」

林之洋不住點頭：

「九公說得很對，我這就去求神仙幫忙。」

立刻命水手擺了桌子，點了香，自己洗淨雙手，拈香下跪，暗暗禱告，一直跪到天色已晚，多九公來勸他先去休息，明天再求。林之洋不肯：

「今晚剛好大月亮，天色一點都不黑，我要繼續求下去。如果沒人來救，我再也不起來了。」

多九公在旁邊只有搖頭嘆氣，無話可說。

不知不覺，月亮已升到中天，忽然有兩個道士，手執拂塵，飄然而降。月光之下，看得很清楚，兩人容貌都非常醜陋，一個黃面獠牙，一個青面獠牙，長髮披肩，戴著束髮金箍，後面跟隨四個小童。林之洋一見果然來了救星，連連叩頭，只求：

「神仙救救我甥女的命！」

兩個道士說：

「居士不用多禮，我們既然來了，當然要救人，何必苦求！」

轉過頭，吩咐身後小童說：

「屠龍童兒！剖龜童兒！你們快到苦海中，將孽龍、惡蚌擒來。」

二童答應一聲，躍下海去。林之洋站起身來，說：

「我甥女也在海中，求兩位神仙救救她！」

兩人點頭，又向身旁兩個童子低聲吩咐幾句，這兩個童子也跟著跳下海去。一會兒，兩人先回來向道人行禮說：

「已將百花化身護送回船。」

道士點點頭，兩個童子侍立兩旁，不再說話。

過了一會兒，剖龜童手中牽著一個大蚌從海中上來，隨後，屠龍童也上來，向黃臉道人說：

「孽龍不肯上來，嘴巴還凶得很。本想將牠殺死，但未奉師傅之命，不敢任意而行。」

「這孽龍竟敢如此，等我自己去一趟！」

說罷，也跳入海中，但雙腳站在水面，就像在平地上一樣，手中拂塵向下一指，海水立刻向兩旁分開，中間讓出一條大路來，道人筆直向海中走下去。不久，已牽著一條青龍，回到岸上，海水也恢復原狀。

黃面道人問青龍說：「你已經犯了天條，謫入苦海，還不好好靜修贖罪，又做這種違法的事，膽子未免太大了吧？」

青龍跪在地上，說：

「小龍不敢！自從被謫降苦海，從來不敢胡作妄為。昨天，我在海中，忽然聞到一種奇異香味，芬芳濃郁，直達海底，不知什麼緣故。後來向大蚌請問，才知道是唐大仙的女兒由此經過。小龍本不知唐大仙之女是什麼人，但大蚌對我說，這個少女是百花的化身，如果能夠和她結婚，就可以長生不死、壽與天齊。小龍一時糊塗，命屬下把她捉來，沒想到她喝了海水，昏迷不醒。我趕到仙島，想尋『回生草』救她性命，到了蓬萊仙島，遇見百草仙，求到回生草，急急趕回，就被您捉來。回生草還在身邊，小龍說的全是實話，請饒我一命！」

青面道人聽了，轉頭問大蚌說：

「你這惡蚌，修行也有多年，為什麼要設下這種毒計害人？」

大蚌說：

「種種事情，都有前因。前年唐大仙經過這裡，救了一個姓廉的孝女，她為了報救命之恩，竟然下海殺了我的兒子，取了殼中明珠，獻給唐大仙。我兒子這條命，也等於是唐大仙害的，小蚌記在心中，片刻難忘。昨天剛巧遇到唐大仙的女兒，她身上異香傳入海底，小蚌要報殺子之仇，所以才想出這個計策。」

青面道人說：

「你不要花言巧語。當初你兒子貪饞好吃，海中水族，任意捕殺，傷生太多，所以才借廉家孝女的刀，除掉水族的禍患。怎麼能怪唐大仙，更移恨到他女兒身上？你如此奸險，做錯了事，還不知後悔，留下來實是大患。剖龜童兒，立刻把他剖了！」

黃面道人見道兄發怒，勸道：

「上蒼有好生之德，道兄暫且息怒，先別殺他。那孽龍既然已求得回生草，百花化身服了這草，不僅可以起死回生，而且大有補益。他有這件功勞，就免了他的死罪。據小弟之意，不如把這兩個畜生囚禁在無腸國的廁所裡，讓他們每天聞臭氣、吃穢物，也足以做為警戒了，不知道兄意思如何？」

「道兄說得也對。但這兩個畜生必須關在無腸國有錢人家的廁所裡，才足以抵他們的罪！」

黃面道人點頭同意，把回生草遞給林之洋，轉身要走。林之洋下拜行禮說：

「請兩位神仙留下姓名，我們永遠銘記不忘！」

黃面道人指著青面道人說：「他是百介山人，專管天下甲介之類；我是百鱗山人，專管天下鱗蟲之屬。偶然閒遊，經過這裡，碰巧遇到這件事，想來也有因緣，何必道謝！」

那龍、蚌見他們要被帶走，一齊跪下哀求：

「大仙判我們囚禁在無腸國的廁所，已經難以忍受，何況還是有錢人家的廁所，怎麼得了？不但那吃過三、四回再拉出來的糞臭不可當，他們家中那股銅臭，更薰人欲嘔，還求大仙開恩，開恩！」

林之洋這時心情大好，恢復了本性，又想說笑話了，上前行了一禮，說：

「我向兩位大仙講個人情！他們倆既然不願住廁所，就讓他們做無腸國有錢人家的家庭教師吧！」

龍、蚌一聽，連說：

「家教雖然有點酸味，畢竟比銅臭氣好受，我們情願做家教！」

兩位道人說：

「不要嚕嗦，我們自有道理！」

一行人帶著龍、蚌一齊去了。水手目睹這幕奇景，人人目瞪口呆，接著又議論紛紛，談個不休。

林之洋進了艙房，小山果然已被送回，雙眼緊閉，躺在床上。九公設法，弄開她的嘴巴，林之洋強迫把回生草塞入。過一會，口中吐出幾口海水，立刻清醒過來，精神清爽，眼眸明亮，大家都高興得很，向她道喜。小山說：

「只要尋到父親，受些磨難，也心甘情願。只是累得你們大家操心，真過意不去！」

二七、桃李之妖

船繼續向小蓬萊進發，沿途許多國家都未停留。這天已經到了上回遇到大暴風的地方。從這裡再往南走，多九公對航線不太熟悉，他們找到一處小港口，停船問路。

原來這裡叫丈夫國，向當地人問起到小蓬萊的路線，大家都說：

「難走，難走！一定要經過田木島、亥木山才能到，那個地方近來有許多妖怪，來來往往的商船，經常都不知下落，你們還是不要去比較好！」

船上水手一聽，都不願意再往前走。小山堅決要去，多、林兩人再三苦勸，但是，小山說：寧死也要去！拗不過她，只好勸服水手，繼續前行。

又走了好多天，迎面有座高山擋路，必須從山角繞過去，才有出口。正在繞山而行，撲面一陣果香，大家抬頭看，只見滿山全是密密層層的果林，桃、李、橘、棗……四季水果全有，水手個個聞得直流口水，一心想上岸摘果子吃。林之洋只好答應，把船靠岸，大家一擁而上，伸手摘來就吃，都說滋味鮮美，芬芳多汁。林之洋、多九公也大吃一頓，又摘了許多，送上船來，讓呂氏和小山姊妹一起分享。小山沒吃水果，先向林之洋說：

「舅舅，上回停船問路，人家不是說這附近有妖怪害人嗎？為什麼要把船靠岸呢？」

「一聞到這山上的果子香，我自己也迷糊了，只想吃，那裡還管什麼妖怪？甥女說得對，我這就去催他們開船吧！」

哪知那群水手，一個個都躺在果樹下，說：

「吃了這些果子，我們全身軟綿綿的，就像喝醉酒一樣，好舒服，只想睡覺，沒力氣開船囉！」

林之洋正要發火，忽然覺得天旋地轉，全身無力，只想躺下。多九公也扶著船上欄杆，站都站不穩。就在這時候，山中走出來一群女人，她們把呂氏、小山、婉如、若花和多九公一起扶到岸上，林之洋也被扶起來，岸上水手一個個拖起來往山上走。大家心裡都很清楚，就是全身發軟，沒有力氣，也說不出話，只好跟著走。

小山並沒吃水果，但見大家都已如此，寡不敵眾，只好也假裝醉倒，看看究竟會發生什麼事，再想辦法。不久，來到一個石洞前，進了石洞，裡面很深廣，走過兩層庭院，才到一間大廳，大廳上坐著四個妖怪，兩醜兩俊，當中一個是非常美麗的女妖，頭戴鳳冠。這女妖不但美，而且嫵媚多姿，面如桃花。她身邊是個不到二十歲的男妖，卻穿著女人衣服，面白唇紅，皮膚像美女一樣，又白又嫩。多九公、林之洋一見，大吃一驚，尤其是林之洋，簡直像女兒國的舊事重演。兩旁另外兩個男妖，卻真是名實相符的妖怪：一個臉皮像黑棗，又黑又皺；另外一個，一頭蓬亂紅髮，一張蠟黃臉，和橘子皮的顏色沒有分別。大家坐在地上，站都站不起來，只有聽憑擺布。只見那女妖開口一笑，嬌滴滴的說：

「他們只曉得水果好吃，卻不知道水果裡面藏有釀酒用的酒麴，果然輕輕鬆鬆全都捉來，我們可以好好享受一頓了。只是這回抓來的『裸兒』有三十多個，一下子吃不完，怎麼辦？」

那半男半女的妖怪說：

「他們剛才已吃了酒麴，皮肉都有了酒味，乾脆把這群裸兒，全都釀成好酒，就叫『裸兒酒』，再來細細品嘗，你們覺得如何？」

女妖高興得很：

「這個法子真妙！」

黃橘臉的男妖說：

「這批裸兒中，酒量大的恐怕也不少，不如先拿些好酒，讓他們盡量灌下去，灌得爛醉，再拿來釀酒，豈不省事？酒味也更香更濃啊！」

女妖點頭同意，稱讚他想得周到，當下吩咐部下，把大家帶到後面關起來，多拿些好酒，先讓他們盡量喝，然後全部蒸熟，用來釀美酒。

群妖答應一聲，七手八腳，忙著去取酒。小山跪在地上，暗暗禱告說：

「我唐小山遠到海外尋親，如今遇到妖魔，眼看性命不保，祈求神明拯救。」

小山仍在垂頭低語，忽然一位道姑出現身旁，低聲說：

「女施主不要害怕，這些小小妖魔，絕不能害妳們！」

這時，一群小妖已經把酒取來，那位道姑說：

「我的酒量最大，拿來我喝！」

「咦！剛才我們沒有算清，原來有五個女裸兒，不是四個。」

把酒送到道姑面前，道姑一口喝乾，小妖又把酒送來，她又一下喝完，群妖忙著拿酒，簡直來不及，都說：「乖乖！真好酒量！」

道姑一面喝，一面催小妖拿酒，片刻工夫已經把妖精洞內存酒，喝得一滴不剩。小妖無酒可取，只得去報告女妖。女妖不肯相信，四妖一起趕到後面來。

道姑一見四妖全到，對著他們，把嘴一張，立刻一道酒泉，滔滔不絕，直噴過去。洞內洞外，一片酒果之香瀰漫。原來這酒，是由百種鮮果釀製而成，芬芳濃郁。喜歡喝酒的人，別說嘗到滋味，只要一聞酒香，也會神迷心醉，垂涎三尺。道姑口中噴出美酒如泉，同時右手一伸，只聽見「轟隆隆」一聲雷鳴，雷聲中現出一朵彩雲，彩雲上，端端正正四樣水果：桃、李、棗、橘，對準四妖頭頂直打下去。

道姑大喝一聲：

「四個畜生！還不快現原形！」

四妖剛想要逃，彩雲上四種水果已經落下，打得四妖滿地亂滾，立刻現出原形，遠遠看去，只見個個小如彈丸，不知是什麼東西。道姑走過去，一一拾起，群妖見洞主已死，也都各現本相，全是些山精水怪，四散奔逃，一霎時，全跑光了，道姑也不追趕。

這時，酒力漸退，大家慢慢站起來，都向道姑行禮致謝。小山問：

「請問仙姑大名？這四個是什麼妖怪？」

「我是百果山人，與女施主有緣，所以特來相救。」

說著把手一伸，手掌中握的原來是四粒果核：

「這就是四妖的原形了！」

大家全走近圍觀，四粒果核是：李子核、桃核、棗核和橘核。

「這些果核都生於周朝，到今天已有一千多年，它們受了日月精華，修鍊成形，在此作怪，幸好遇到了我，也是它們該當命絕。」

小山又問：

「仙姑，從這裡到小蓬萊，不知還有多少路程？」

「遠在天邊，近在眼前。女施主只要問自己的心，何必問我？」

說罷，出洞，飄然而去。

小山低頭沉思：百果山人、百介、百鱗、百草山人，這些神仙彷彿都很熟悉，又很陌生，拚命追憶，卻只有一些模糊閃動的光影，就是記不清楚。真是「遠在天邊，近在眼前」，只恨沒法問個明白。

大家在回船路上，不斷談論仙姑相救的事。多九公說：

「多虧唐小姐一片孝心，所以每次都有神仙相救。聽上次大蚌的話，唐兄一定已經成仙了。」

林之洋說：

「妹夫如果成了神仙，甥女有災難，自然會有仙人來救，俗話說『官官相護』，想來神仙也會『仙仙相護』。這倒不奇怪，我最不懂的是他們說什麼『百花化身』，難道甥女是百花謫降到人間來的嗎？」

小山笑著說：

「舅舅，既然說『百花』，應該是一百種花，哪裡會一百種花化身為一個人？簡直說不通，而且我也不願意做什麼百花的化身。」

「為什麼不願意呢？」

「舅舅，你想，百花不過是草木之類，如果要修成仙，必須先修到人身，有了根基，才能再進一步修仙。要花兩層工夫，豈不費神？」

「唉！我倒希望妳少胡思亂想，安安分分，免得又生出事來！」

陰若花插嘴問道：

「剛才那個少年男妖，為什麼偏裝成女人模樣？」

多九公說：

「妳還問這個？這不是從你們女兒國學來的嗎？說不定他還纏了小腳，穿了耳洞呢！」

林之洋忍不住又好氣、又好笑。小山不明白這段經過，再三追問。婉如只好把女兒國那件事，說了一遍，小山恍然大悟：

「怪不得那位百草山人稱舅舅叫『纏腳大仙』，舅舅還臉紅呢！原來是這麼回事！」

上船以後，又繼續旅程。走了不久，忽然聽到水手大聲說：

「剛剛走得好好的，前面又有山擋路了！」

多九公、林之洋趕到船頭一看，果然船前海上又是一座大山。多九公說：

「前年那次，被大風颳得昏頭昏腦，也沒認路。怎麼這一次來，老是碰到大山？像這個樣子，哪一天才能到啊？」

林之洋說：

「我們上山去探探路徑再說吧！」

水手停好船，兩人上山走了一陣子，迎面一塊石碑，寫的正是「小蓬萊」。多九公拍著頭說：

「怪不得那道姑說什麼：遠在天邊，近在眼前，原來真的已經到了。」

趕快回船，告訴小山。小山恨不得立刻就去，但天已經黑了，只好決定第二天一大早，再一起上山。

次日清晨，吃飽早飯，林之洋陪小山出發，婉如、若花也要求同行。上了山坡，山徑彎曲難行，必須攀著路旁的古藤、老樹才能行走。到了石碑前，只見唐敖當初所題詩句，墨跡仍然清晰，小山用手一字字觸摸，眼中含淚，抬頭四望，心中頓有所悟，暗想：

「看了這山，真像回到久別的故鄉一樣，難怪父親不肯離開了。前面山巒連綿，望不到盡頭，不知還有多少路程？回船和舅舅商量之後，我自己再一個人來吧！」

黃昏時分，回到船上，吃過飯，小山和舅舅、舅母、若花、婉如圍坐商談。

「我今天看了一下這山的情形，路途實在很遠，三、五天絕對沒法走遍。父親既然立意修行，一定隱在山深處，如果不願意見我們，恐怕找一年都找不到。我想，舅舅不用再陪我，明天讓我自己一個人上山去，慢慢尋訪，或者父親能出來和我相見。」

「甥女一個人去，我怎麼放心？當然我要陪妳去。」

「舅舅一走，船上的事，交給誰呢？九公到底上了年紀，舅舅牽掛著船上，我也沒法安心細訪，不如讓我自己去。好在這山上沒有人家，似乎也沒有野獸，簡直就像神仙住的地方，舅舅只管放心。我這一趟，最多去一個月，如果找到父親，當然最好，即使找不到，我也會先回來告訴舅舅一聲，絕不會讓大家為我擔心。」

若花這時開口說：

「義父如果不放心，我一向就會騎馬、射箭、使用兵器，不如讓我陪小山妹妹去，也好沿途照應。」

婉如說：

「如果這樣，那我也要去！」

小山說：

「妳一向不常走山路，怎麼能去？若花姊姊如果願意陪我，倒是可以做伴。」

呂氏還想勸阻，但小山已經打定主意，絕不更改。只得細心替她們倆準備了豆麵、麻子等種種耐飢、耐渴的特別乾糧，禦寒衣物，收拾妥當，第二天清晨絕早，小山和若花就出發了。林之洋、呂氏、婉如都憂心忡忡，遙遙目送。

二八、鏡花水月

姊妹兩人，背著包袱，佩著防身用的長劍，每遇山路彎曲的地方，小山就用劍在山石樹木上刻一圓圈，或刻「唐小山」三字，免得回來的時候迷路。走了一整天，途中休息了幾次，看看已近黃昏，兩人商量要找今晚可以住宿的地方，只見路旁許多古松，樹幹都很粗大，要好幾個人才抱得攏。其中一株，因年代太久，主幹已枯，只剩一層薄皮，裡面卻是空心的，小山、若花覺得，這真是最好的過夜之地。一齊鑽進去，裡面積有厚厚一層松葉，軟綿綿的，又很暖和，不久就沉沉睡著。

一夜酣眠，兩人都精神奕奕。第二天，又繼續前行，黃昏，找了個石洞過夜。就這樣，行行重行行，一路上怪石奇樹，異草香花，翠竹煙雲，山景如畫。可是，小山一心只想尋訪父親的消息，並不留意。

一連走了好幾天，並無絲毫蹤跡，再看前面，仍是一望無際的峰嶺。小山說：

「姊姊，看這個樣子，大概還要再走幾十天。我對舅舅說過，不論找不找得到，都要先回去告訴他一聲，如今再往前走，走得太遠，恐怕一個月內沒法回去通知舅舅，豈不失信了嗎？」

「既然已經走到這裡，我看還是繼續前行。即使慢些日子，義父也不會埋怨的，何必又特地轉回去！」

「我的意思，是想請姊姊就此回去，順便告訴舅舅一聲，我自己再慢慢尋訪。」

「我當然要和妳一齊去，妳怎麼說這種話？」

「我這幾天仔細觀察這山的形勢，實在太遼闊廣遠，究竟什麼時候能完全走遍，根本沒法預定，因此想讓姊姊先回去。我找到了父親，和父親一起在山中修行，也是人生難得的機緣。萬一找不到，我實在沒法回家見母親的面，只有一直走到山的盡頭。如果姊姊一路同行，我又怎能不顧一切，只管往前走呢？而且也不能讓舅舅老是在等候啊！」

「我怕路遠的話，也不來了！這回如果尋訪不到確實消息，不只妳不該回去，我也絕不半途而廢。何況，我本是虎口餘生，撿來的性命，什麼富貴榮華，早已看破，即使耽擱太久，義父不能等候，我就和妳在這山中一塊兒修行，也未嘗不可。妹妹不必顧慮我，這次陪妳來，我難道是為名、為利嗎？只是念妹妹一片孝心，怕妳沒有人照應。妳以為我只是一時高興，上山來玩玩，沒有考慮後果，那就想錯了。」

小山聽了若花的話，不覺流下淚來，兩人不再多說，又向前行。路上遍地松實、柏子，小山隨手拾來吃，只覺滿口清香，若花也吃了一些，竟然也可吃飽，兩人談談詩文，講講古跡，不知不覺又走了六、七天。

這天，走在路上，似乎看見迎面有個人走過來。小山說：

「我們走了十幾天，沒有遇到一個人，怎麼今天居然有人過來了？」

「難道前面已有人家了嗎？」

只見那人漸漸走近，樵夫打扮，滿頭白髮。小山見是老年人，恭敬的讓到路旁，行禮請問說：

「老先生，這山叫什麼名字？前面有沒有人家？」

老樵停下腳步說：

「這山總名叫『小蓬萊』，前面這條長長山嶺，叫『鏡花嶺』，嶺下有一荒塚，過了那個荒塚，有個小村，叫『水月村』。這裡已經算是水月村的村界啦，村子裡住的，只有幾個山中人，妳問這個做什麼？」

「我是來尋人的，我們中國大唐，有位姓唐的，前年曾經到這山中來，不知是否住在前面村子裡？求老先生指示，感激不盡。」

「妳問的人莫非是嶺南唐以亭嗎？」

以亭正是唐敖的字，小山一聽，滿臉笑容，連連點頭說：

「正是，老先生見過他嗎？」

「我們常在一起，怎麼沒見過？前天，他託我帶封家信到山下，看看有沒有要回中國去的船，託他們把信帶回嶺南河源去。今天真湊巧，剛好就有妳來找他。」

說著從懷中取出信來，放在斧頭柄上，遞給小山。小山連忙接過一看，只見信封上寫的是：

「吾女閨臣開拆」

雖然確是父親筆跡，但名字卻不是自己的名字，不禁呆住了。老樵夫又說：

「妳看信吧！看了信，再到前面『泣紅亭』去看看，就都明白了。」

說罷，飄然而行，很快就隱入煙雲之中去了。

小山低頭看了信，對若花說：

「父親信上說，要等我考中才女過後，才和我重聚。為什麼不現在就一起回去呢？又叫我把名字改為『閨臣』，然後才去參加考試，不知是什麼意思。」

「據我想來，叫妳改名，大有深意。令尊的意思大概是說：妹妹將來即使在太后的周朝中了才女，仍然是唐朝閨中之臣，表示不忘本。」

「姊姊說得很對。父親信中還要我趕快回去，不要誤了考期。可是，我走了幾萬里路，好不容易才到這裡，又明知父親就在這山中，怎麼能不見一面就回去？我們還是到前面去看看再說吧！」

走過「鏡花嶺」，果然看見路邊有座墳墓。小山說：

「這裡明明是仙境，怎麼忽然有座墳墓？大概就是剛才那位樵夫說的荒塚了。」

「妳看，那邊岩壁上刻著『鏡花塚』三個大字，原來墓中葬的是『鏡中花』，不知是什麼樣子？可惜剛才沒問清楚。」

繞過荒塚、岩壁，走了不遠，迎面出現高高的白玉牌樓，上面刻的字是「水月村」，小山、若花急忙走過牌樓，四面張望，哪有什麼村子？連一點人煙都沒有。只見一條長長溪水攔路，並無橋梁。

幸好，溪邊一株古老大松，長得歪歪斜斜，由這邊一直延伸到對岸山坡，好像有人故意推倒，搭成一座松根橋似的。兩人攀著松枝，小心翼翼，渡過溪水。

只見四面山清水秀，寧靜祥和。遠處山峰上似乎全是瓊臺玉洞，金殿瑤池。一片祥雲紫霧繽紛繚繞中，忽然現出一座紅亭，紅亭中發出萬道金光，輝煌燦爛，華彩奪目。

小山、若花走近紅亭，亭子四周全是參天的奇松怪柏、野竹枯藤，環繞護衛，還有許多不知名的奇花異草，在紅亭前後遍地滋生。亭子正前方，懸著一塊金字匾額，上面寫的是「泣紅亭」，兩邊還有一副對聯：

桃花流水杳然去，
朗月清風到處遊。

小山低聲念出亭名和對聯，若花說：

「妹妹真有學問，妳怎麼認得這些蝌蚪古文呢？」

小山正要說，明明就是普通楷書嘛，什麼蝌蚪古文！就在這時，亭子裡面，一聲巨響，萬道紅光中現出一位女裝打扮的神仙，左手執筆，右手執斗，玉貌如花，駕著彩雲，周身紅光環繞，一下子升上天空，往北斗星的方向去了。若花說：

「看這模樣，明明是掌管天下文章的魁星。可是魁星一向都是男身，怎麼也有女魁星呢？真怪！」

「將來回到家鄉，如果見廟宇中有魁星，我一定要另塑一尊女魁星，供在旁邊，也不枉今天這次遇合！」

兩人走入亭中，只見迎面一塊高約八尺的白玉碑，像一面大鏡子一樣，矗立眼前，潔淨晶瑩，毫無瑕疵，玉碑兩旁，兩根石柱，柱上也有一副對聯：

紅顏莫道人間少，
薄命誰言座上無？

石柱上方也有一塊匾，匾上寫的是「鏡花水月」四個大字。

唐小山一見這面玉碑，恍如雷擊電掣，心中頓有所悟。過去、現在、未來，流轉不息，前塵往事像走馬燈般，不斷在心頭閃現，種種煩惱、憂愁、焦慮、期待……也像擦拭如新的鏡面一樣，不再繫懷。

她定定神，仔細看那玉碑，只見碑上現出一百人的姓名，姓名上都冠有「司××花仙子」的稱號。小山從頭看了一遍，發現自己新改的名字「唐閨臣」，還有陰若花、林婉如、枝蘭音、駱紅蕖、廉錦楓……這些熟悉的名字全在上面。暗想：

「聽說古人有夢中看見天榜的事情，難道這就是天榜？為什麼又有『司花』的名號呢？」

「若花姊姊，妳看這是不是天榜啊？」

「我看碑上全是認不得的古文，誰知道什麼天榜、地榜呢！」

「我是真心請教，姊姊怎麼開起玩笑來了？」

若花揉揉眼睛，再細看一下，說：

「上面的字，和外面的匾一樣，都是蝌蚪古文嘛！我真的一個字都不認識，絕不是開玩笑騙妳！」

小山覺得很奇怪：

「明明是清清楚楚的楷書，為什麼姊姊看在眼中，卻變了蝌蚪文呢？這麼說來，也許真的有機緣了，姊姊和這碑文大概無緣，所以沒法認得。」

「我雖然認不得，幸好妳看得清楚，說給我聽聽，還不是一樣嗎？」

「上面寫的都是人名，約有一百人之多，我們姊妹的名字全在上面。姊姊既然認不得碑上文字，可見天機不可洩漏。我如果編造謊話，說給妳聽，未免欺騙姊姊；如果照實說出來，又怕洩漏天機，會有災禍，還是不說的好。姊姊不會生氣吧？」

「妹妹說得很對，我怎麼會生氣？妳慢慢細看，我到亭子外面走走。」

小山又從頭看了一遍，只見人名榜後，還有四句偈語，寫的是：

　　茫茫大荒，

　事涉荒唐，

唐時遇唐，
流布遐荒。

她想：「這『唐時遇唐，流布遐荒』，似乎正對我而說：現在是唐朝，我又姓唐，剛好見到，認得這碑文，難道叫我流傳海內嗎？但這碑上人名這麼多，又沒帶筆墨硯臺來，一下子怎麼能背得呢？」

這時，陰若花走進來說：

「妹妹，外面風景實在太美了，要不要出去看看？」

「姊姊，妳來得正好，幫我想個法子。這碑上文字，我一時背不下來，想抄寫，又沒有筆硯，妳說怎麼辦？」

「這有什麼難？剛好有現成的紙筆可以利用。」

若花到外面摘了幾片大蕉葉，又用劍削了幾根細竹籤拿進亭子來。

「妹妹暫且用竹籤寫在蕉葉上，回去以後，再謄清豈不正好？」

小山試寫幾個字，筆劃分明，很好寫，於是，高高興興埋頭抄錄。剛抄了一行，忽然又抬頭說：

「剛才遠遠望見對面山峰上全是瓊臺玉洞，好像仙人的住的地方。想來我父親一定就在那上面，我們應該先往前走，找到父親，再回來抄寫也不遲。」

「妹妹說得也對，不過，如果見不到，也不要太失望，我們到前面去看看再說。」

兩人背起行囊，走了半天，只見山上那些樓臺漸漸接近，心中歡喜。忽然聽到如雷鳴一般的流水聲，兩人快步走過去一看，只見迎面一片深潭，山中各處瀑布的水都匯歸到潭中，全潭有幾十丈寬，完全無路可通。小山失望已極，心中暗暗叫苦。兩人繞著潭邊走來走去，就是想不出任何渡過深潭的方法。小山到了這個地步，眼見仙境就在面前，偏偏「可望而不可即」，跋涉千山萬水，到頭來還是見不到父親一面，不禁心痛淚滴。若花勸道：

「妹妹，不要難過。妳看，今天我們遇見的那個老樵夫，來得奇怪，去得又無影無蹤，明明是仙人來指引我們。我想姑丈一定已經修仙有成，他信中既然叫妹妹先去應試，考過之後，自可重聚，這話一定有道理。如今，我們還是快點抄了碑文趕回去，免得姑母在家中苦苦盼望，讓她看了姑丈的信，也好放心，妹妹覺得我說的對不對？」

小山知道若花的話有理，但望著潭水對岸的山峰樓閣，就是痴痴不忍離去，猶豫徬徨，不知如何是好。忽然發現路邊岩壁上，不知什麼時候，有人寫了幾行字，走近一看，又是一首七言絕句：

義關至性豈能忘？　說到父女的天性至情，哪裡能夠割捨？
踏遍天涯枉斷腸！　可是走遍天涯海角仍然沒有用！
聚首還須回首憶，　想要重聚，必須回頭細細思量，
蓬萊頂上是家鄉！　蓬萊絕頂才是真正的故鄉！

詩的後面，還有一行比較小的字，寫著「某年某月某日嶺南唐以亭即事偶題」。

小山念到「聚首還須回首憶，蓬萊頂上是家鄉」兩句，好像有所領悟，似乎想起了很久很久以前的一些事，但專心細想，卻又記不清楚，只管呆呆出神。若花說：

「妹妹不要發呆了。妳看，詩後面寫的年月，恰好就是今天，而且『即事偶題』，明明是說姑丈針對妹妹來尋親這件事才寫了這首詩。剛才我們也從這裡經過，並沒有看見壁上有字跡，轉眼間，卻有了這首詩，如果姑丈不是神仙，怎麼做得到？我們還是聽姑丈的吩咐，先回去吧！」

若花說完，拉著小山的手，回到泣紅亭來，一路上又摘了許多蕉葉，削了幾枝竹籤。到了亭中，若花問：

「這碑文要多久才能抄完？」

「快一點抄，大概明天就可以寫完。」

「既然如此，妳只管專心抄寫，不要分心。這裡到處都是美麗風景，我慢慢欣賞，十天也看不厭的。」

小山果然專心抄錄。天黑了，就和若花在亭內住了一夜。第二天，正要繼續寫，忽然玉碑上，人名之下，又多出一些字句，寫的是各人一生事跡的重點摘要。小山先看自己「唐閨臣」名字下面，寫著「只因一局之誤，致遭七情之磨」。暗想：「我從來不會下棋，這『一局之誤』，從何說起？」實在想不明白，只好照樣抄下。若花偶然進來看看，驚道：

「原來妹妹不但會認蝌蚪文，還會寫蝌蚪文啊！」

「姊姊別開玩笑，我怎麼會寫古文？」

若花揉揉眼睛，再看那蕉葉上，明明都是古篆文，一個字也不認得。

「妳抄的筆劃和那玉碑上的字一模一樣，我當然不認得囉！」

小山嘆氣說：

「怪不得人家說『有緣千里來相會，無緣對面不相識』，姊姊想來真是無緣了。」

「我能到這裡來，也不能算無緣吧！而且，有緣雖然好，無緣也未嘗不自由自在。妳看，現在我可以盡情欣賞遍山美景，妹妹卻要埋頭苦寫，豈不是沒有我自在嗎？」

「姊姊，妳不過看看風景，我卻飽覽仙機，能知未來，妳們一生的吉凶我都知道，豈不比看風景強多了！」

「妳說，我們的一生妳都知道，我問妳：妳自己的來歷、自己的結果，妳知不知道呢？」

小山聽了，不禁冷汗直流，說不出話來。若花又說：

「妳知道，固然好；我不知，也未嘗不好。總之，到頭來，不論知與不知，都逃不了一死，又有什麼差別？」

說完，又出亭閒遊去了。小山心中思潮起伏，停筆想了好久，才又提筆繼續抄寫。

第二天，終於抄完。把蕉葉收好，放進行囊中，小山走出「泣紅亭」，朝著對面山峰跪下行禮，暗暗下定決心：只要應完這次考試，一定重來，和父親相聚，其他一切都不再掛心。

兩人穿過松林，走過松根橋，過了「水月村」，越過「鏡花嶺」。這天，正往前走，只見路旁一條大瀑布，奔騰而下，水聲如雷，壁上刻著字，寫的是「流翠浦」。若花、小山手牽手，小心走過滑溜的道路。只見前面出現許多分岔的小徑，不知該走哪條路才對。小山說：

「我們來的時候，好像沒看到有這麼大的瀑布，難道走錯了？趕快找找我刻下的記號。」

找了半天，終於在路旁樹幹上找到，奇怪的是：「唐小山」三字，已經變成了「唐閨臣」。若花說：

「看來又是姑丈顯神通，要不然，怎麼說得通呢？」

小山也放下心，跟著記號走，每次到歧路、轉彎的地方，總會出現「唐閨臣」的標誌指路，她們只管往前走，天晚了就找石洞、樹洞休息。若花還吃乾糧，小山覺得吃松實、柏子就不餓了，而且特別有精神。

又走了好幾天，小山說：

「算算日子，我們也該快走到了吧？舅舅、舅母不知怎麼盼望呢！」

「婉如妹妹少了伴，只怕更盼望我們快點回去。」

正說著話，只聽前面松林內，有人喊道：

「好了！好了！妳們終於回來了！」

小山、若花吃了一驚，原來是林之洋氣喘吁吁的跑過來：

「我遠遠看見兩個人，背著包袱，就猜大概是妳們。唉！總算回來啦！幾乎沒把我急死。」

「舅母身體還好吧？舅舅為什麼不在船上等，還到山上來，豈不辛苦？」

「義父上山來多久了？義母和婉如妹妹都好吧？」

「妳們是不是迷了路？前面就是『小蓬萊』石碑，馬上就下山啦！妳們走了快一個月了，我實在不放心，每天都上來看看，終於被我等到了！」

回到船上，換了衣服，坐下來，小山把一路經過擇重要的說了一遍，又把父親的信拿出來給舅舅看。林之洋看了，高興得很：

「妹夫既然說，等甥女考中才女，就可相見，那最多也不過一年時間，快得很！妳母親這下也可以放心了。」

小山說：

「不知道父親會不會騙我？」

林之洋連忙說：

「絕不會！否則為什麼要寫信給妳？只管放心好了！將來你考過試，如果妹夫沒有回家，舅舅再帶妳來，這可不用擔心了吧？現在還是早點回去，免得妳母親在家不能安心。」

小山聽了，正中下懷，暗暗歡喜。說：

「既然舅舅答應再帶我來，那我就先回去再說。」

「這才對呀！還有，妹夫既然要妳改名字，一定有他的道理，妳從今就改了吧！」

又對婉如說：

「妳以後就叫她閨臣姊姊，別叫小山姊姊了！」

於是，開船回航。唐閨臣悄悄把蕉葉上的碑文，重寫在紙上，然後把蕉葉包好，投入海中。自己暗想：

「這碑上寫了各人種種經歷，不知將來是否能遇到有緣的人，把這些事跡，鋪敘出來，寫成一部書，讓大家都能讀到啊！」

二九、遇盜絕糧

說也奇怪，回程路上，全是順風，一點阻礙也沒有。船走得特別快。這天已經到了兩面國。

水手把船靠岸休息。林之洋和閨臣、若花閒談：

「我在海外走了這麼多年，最怕的還是兩面國人，他們頭巾下藏著一張惡臉，已經叫人難以防備，而且還常常做強盜，搶人錢財。」

陰若花說：

「既然知道兩面國人的習性，就該特別留意，晚上要派人守夜，小心一點總是好。」

林之洋連連點頭，吩咐水手，自己也和多九公各處查看。到了天亮，正收拾準備開船，忽然無數小船擁過來，一下子把大船全部包圍，槍砲聲響成一片，許多強盜跳上船來，人人戴著頭巾，拿著刀，滿臉殺氣。為頭的一個首領，大聲下令說：

「查查船上有多少貨物，全給我搜出來！」

眾嘍囉答應一聲，分頭亂搜，呂氏、婉如、若花、閨臣都被看守起來，林之洋更被盜首用刀抵住，動也不敢動。一會兒，嘍囉回報說：

「船上東西並不多，只有一百多擔白米，二十擔蔬菜，十幾口皮箱。」

盜首聽了，似乎有點失望：

「怎麼只有這麼一點東西？好！全給我拿走，一顆米也不要留。」

有人問：

「首領，這些人要不要殺了？」

「反正他們沒糧食也會活活餓死，算了，我們走吧！」

說著，群盜席捲一空，呼嘯而去。

林之洋這才定定神，檢點劫後情況，只見全船糧米，真的全被搬空，一粒也不剩，急得多、林兩人直跺腳，不知如何是好！叫水手收拾開船，誰知大家說：

「我們連飯都沒得吃了？哪裡還有力氣開船？」

要上岸買米吧，又怕再碰上強盜，只好和水手商量，先開船往前走，路上遇到客船，再向人家商量分點糧米。

誰知一連走了兩天，沒有遇到一艘船。兩天粒米未進，大家都餓得頭昏眼花，四肢癱軟。偏偏風向又變，迎面吹來，沒法行船，只好找個岸邊，停下船，滿船的人餓得只有呻吟聲，連說話也沒力氣了。

忽然岸上走來一個道姑，手中提個竹籃，臉色焦黃，好像也沒吃飽，要來化緣。有個水手有氣沒力的說：

「我們船上一顆米都沒有，妳還想來化緣哪！」

那道姑聽了水手的話，竟唱起曲子來：

我是蓬萊百穀仙，
與卿相聚不知年。
因憐貶謫來滄海，
願獻「清腸」續舊緣。

閨臣在艙中一聽這曲子，忽然想起東口山遇到的百草山人，只是不知「清腸」是什麼東西。勉強撐著走出來，問道：

「仙姑，請上船來談談，好不好？」
「我還要趕路，哪有工夫閒談呢？」
閨臣暗想，她這「趕路」二字，莫非在說我？又問：
「仙姑：請問妳們出家人，為什麼也要趕路？」
「女施主，妳要曉得，趕了這趟路之後，也就功德圓滿，所有大事都完了。」
閨臣點頭說：
「原來如此。請問仙姑是從哪裡來的？」
「我從『聚首山』、『回首洞』來的。」
閨臣猛然想起父親的詩中有「聚首還須回首憶」的句子，心中怦然一動，問道：
「仙姑現在趕到哪裡去？」
「我到『飛昇島』、『極樂洞』去。」
「請教仙姑，這極樂洞、飛昇島究竟在哪裡呢？」
「無非總在心裡。」
閨臣連連點頭，更有領悟，說：
「多謝仙姑指點。仙姑來化緣，按理應該敬奉，可是，船上已斷糧兩天，實在沒有法子，還請仙姑原諒。」

「我一向化緣，和別人不同，只論有緣無緣。如果無緣，即使他米糧堆積如山，我也不要；如果有緣嘛，縱然缺了糧，我這籃裡的稻米，也可以幫忙捐助一點。」

陰若花站在旁邊靜聽，這時笑著說：

「妳這小小竹籃，能裝多少米？我們船上有三十多個人，就是全捐出來，又能幫什麼忙？」

「女施主可別小看這籃子，它與眾不同，能大能小，隨心而化。」

「大的話，能裝多少？」

「大可盡收天下百穀。」

「小呢？」

「小也足供你們船上三個月的糧食。」

閨臣說：

「仙姑竹籃既然如此奇妙，不知我們船上的人，和仙姑有緣沒緣？」

「船上既然有三十多人，哪能個個有緣？」

「那我們這幾人，可和仙姑有緣？」

「今天既然相逢，怎會無緣？不但有緣，而且都有宿緣；因有宿緣，所以來結善緣；結了善緣，不免又續舊緣；因為要續舊緣，所以普結眾緣；結了眾緣，然後才了塵緣。」

說完，將竹籃擲上船頭說：

「可惜，籃中之稻不多，每人只能結『半半之緣』！」

婉如接了籃子，把籃中稻米取出，請水手將竹籃還給道姑，道姑接過，對閨臣說：

「女施主千萬保重，不久即將重會，暫且告辭！」

提著竹籃，飄然而逝。

婉如驚呼說：

「姊姊，快看！道姑送的米好大啊！每粒竟然有一尺長，可是，只有八粒。」

多九公聽到婉如在船頭叫，趕過來一看，問道：

「這是從哪裡來的？」

閨臣告訴他剛才道姑送米的事。九公說：

「這就是『清腸稻』！當初我在海外曾經吃過一粒，足足有一整年，肚子不餓。現在我們船上一共三十二人，把清腸稻每粒切成四段，剛好一人一段，大概也可以幾十天不餓了！」

「怪不得那道姑說『只能結得半半之緣』，原來是按人數分配，每人只吃到四分之一，恰好是一半的一半哪！」

多九公把清腸稻拿去分好，用幾口大鍋煮了，大家飽餐一頓，滿口清香，精神立刻好起來，都深深感謝道姑救命之恩。

閨臣經歷了這次斷糧的事，又遇到百穀仙姑的開導，她本來天生的宿慧，越來越覺醒過來，暗念「結了眾緣，才了塵緣」，參加才女考試大概就是最後一樁塵緣吧！

三十、了結塵緣

吃過清腸稻之後，風向忽然轉成順風，水手收拾開船，只見那船像箭一樣在海上行駛，快得就如飛行一般，林之洋、多九公都說從來沒遇過這樣的事。

「也許是神仙幫忙，要讓妳們都趕上考試的日期吧！」

只有閨臣，並不驚奇，他們果然在赴考之前回到家裡。林氏已經到娘家來等消息，閨臣見了母親，將父親的信取出來，又把上山尋訪的經過，說了一遍。林氏心中傷痛，無可奈何，幸好女兒平安回來，總算放了心。

大家熱熱鬧鬧談著進京城赴考的事，又在擔心考不考得取？會不會來不及？只有閨臣心如止水，她說：

「不用操心，我們都一定會考取的，只是——」

只是，考取之後，也就是分手的時候了，「聚首還須回首憶，蓬萊頂上是家鄉！」她雖然回到了家鄉，卻覺得真正的家鄉不在這裡。看著年邁的母親，她想，一定要把家中事先安排一下，才能沒有牽掛。

林氏辭別哥哥嫂嫂，帶著閨臣回家，才不過兩天，想不到廉夫人帶著廉亮、廉錦楓、駱紅蕖登門來訪。林氏早已聽女兒說過，紅蕖是丈夫聘定的兒媳，這時才親眼看見，原來是一位容貌溫雅秀麗，兼又文武全才的姑娘，歡喜得把這些日子的憂愁都拋開，殷勤周到地招待客人。

不久，考試日期將到，閨臣、紅蕖、錦楓、婉如、若花，還有九公的外甥女秦小春、田鳳翾一起結伴進京赴考。在京城中，遇到好多才貌雙全的女孩子，連當初在黑齒國讓多九公大失面子的兩位黑丫頭：黎紅薇、盧紫萱也千里迢迢趕來參加這從古未有的考試。

榜發出來，果然眾位才女全都考中，奇怪的是，不多不少剛好一百人。唐閨臣把榜文和玉碑上的名字暗暗對照，心中更覺過去未來種種，莫非皆有前因！她那原被俗世塵緣沾染的心鏡，如今已恢復清澄明潔，所有才女的榮耀、讚譽、京城的繁華、富庶，權貴之家的聲勢、豪奢，都再也不能侵染閨臣的心鏡了。

回到家中後，林氏選了重陽佳節為小峰和紅蕖成婚，眾位姊妹，原已訂了婚姻的，也都各選良辰，紛紛完姻。閨臣幫著母親，忙完了弟弟的婚事，又有許多媒人，不斷來為閨臣做媒。她只推說要等父親回來，由父親作主，把媒人一一回絕。

終於等到林之洋又要出海，閨臣對母親表明，要再去小蓬萊尋訪父親，林氏似乎心有所感，知道這個女兒也留不住了，雖然囑咐她在外小心，盡快回來，眼中的淚水卻沒法止住。閨臣拜別了母親、叔、嬸，向弟弟告別，又向紅蕖行禮說：

「我這趟遠行，母親跟前，全仗妹妹偏勞，家中事都要妳多費心了。」

紅蕖也拭淚還禮，唐閨臣從此走出家門。上船之後，一路都很順利，抵達小蓬萊，正是暮春，百花盛開的季節。這天清晨，閨臣拜別舅舅、舅母，獨自上山，再也不見蹤影。

林之洋足足等了兩個多月，每天上山等候，完全沒有消息。終於，又到秋涼時候，海上潮生，山林蕭瑟，黃昏將臨，忽然一個女道童，從山徑下來，交給林之洋一封信，說是「唐仙姑的家書」，信中只說，塵緣已滿，不再下山，請舅舅不要再等。

林之洋望著滿山秋色，悵然良久，只得開船回鄉去。

三一、夢中之夢

百花仙子謫降人間，歷劫期滿，又回到了蓬萊仙山、薄命岩、紅顏洞中，她雖然經歷輪迴，卻沒有喪失原有的靈慧，終於返本還原，重歸清淨無垢、長生不滅的仙界。

可是，仙界真是永恒的洞天福地嗎？還是清靜寂寥的冰涼世界？沒有人能真正知道。然而，嚮往神仙，渴求長生不老，千百年來，永遠是凡人的大夢。雖然，這場大夢，就像鏡中之花、水中之月一樣，難以把捉，但紅塵擾攘，做夢的人仍然會將這「夢中之夢」一代又一代地做下去，究竟誰是真正有緣的人？

附錄一

蓬萊詭戲

蓬萊詭戲

——論《鏡花緣》的世界觀

樂蘅軍

對於現代的讀者來講，要回過頭去讀那些已逝時代的作品，往往像是苦差事；這猶如面對一個久被棄置的古董間，只有時間堆積的灰塵，徒然給人不快之感而已，至於這些藝術品當初如何被賦予生命的創造興味，卻大半已消隱在文明的殘渣中——但是，另一面，例如就造型藝術而言，許多史前和原始的作品正不斷地從塵土中慎重地移置到博物館，視覺藝術中尺幅古畫，價值連城；而獨獨只有文學作品卻不曾受到同樣的優遇。當這些現代眼光一審視到文學作品時，他們原先給予古老藝術的幽默同情和寬大胸襟，立刻變成了苛刻的知性批判。文學作品得不到任何藝術自身永恆的辯護。相反的，人們認為文學作品必須相當地具有時代性；它既然和我們的生存形式和內容同時並在，於是也就被剝去了像藝術品一樣的純粹獨立的審美價值。譬如一部不能夠用現代語言（非文體的）來了解的作品，很可能就不及一枚漢簡或一張羊皮書那樣饒有趣味了。而不幸中國舊小說中，正多的是這一類作品。這些作品在過去時代中，曾經在不加論究的狀態下存在著；但是到今天，它們顯然已經不起現代的風暴。假如完全聽憑讀者興趣來選擇，絕大多數作品將在既不閱讀、更不討論，也就是毫不具有任何意義下，被永遠壓埋在文學的地質層。甚至，就是在它仍被閱讀的時代，由於它的可能意義和價值未盡掘發，一部文學作品，不論它的優劣，對讀者來說，都是一種殘缺的存在，或者，根本並不具有文學意義的存在；而不再被閱讀的（包括就一般讀者和文學研究者而言）作品，當然只是一個連審美價值都失去了的「古董」，而非「古典」。

《鏡花緣》無疑的正在「古董化」中。雖然在中國近代小說裡，它也算得上是一部顯赫的作品，胡適之先生對它的研究，曾影響深遠；並且胡先生還以「女權意識」，以及李辰冬教授以「民族意識」等，這些尚未完全冷卻的社會學或歷史的課題來詮釋它①，但是這一切並不能挽救這本不過寫在十九世紀二十年代的作品，面臨「存案」的局面。——而胡適之先生曾引來與它比論的《格利佛遊記》，出版於一七二六年，卻仍然在西方現代文評家筆下不斷出現——我相信在《紅樓夢》的讀者都日漸式微中，一般讀者現在恐怕絕不讀《鏡花緣》這部書了。即使文史家、批評家偶擇一兩個觀念，之後，也不會再對它期待什麼文學的或美學的感興的。這種命運似乎顯示著：它不再能效勞於人類所關切的問題了。它屬於一個完全逝去的時代。所以落得如此，主要原因當然還是它本身有相當嚴重的缺點，例如它絕不加節制的冗贅敘述、毫無必要的事件的堆積，以及語言的陳舊等等，都是文學作品美學上的大謬誤。而它的神話架構，和一些荒誕的異域故事，對現代的一般讀者來講，又僅僅是幼稚而無聊的趣味，同時批評家也還沒有將這些元素，跟現代文學中的怪誕和神話運用來類比論述。但是，除了這些阻礙《鏡花緣》成為一部有較高可讀性的種種缺點之外，這一個運用心思、設計完整的神話故事，就作者用心來說，應該不是毫無意義的。

本來，神話的運用，在中國舊小說裡原就占著相當的地位，幾乎無所謂浪漫的與寫實的作品裡，都會有神話的滲透，這可能是「人天交感」這一個通俗信仰的文學投射；在許多小說裡神話出現的頻繁，甚至快成了一種自動性機能。但是，儘管神話的描述是中國小說的傳統性色彩，而《鏡花緣》卻在不同的完全自覺的意識下，結構了一個自身完整的神話。所謂「自身完整」的神話，一方面是全書的情節都完全納入這個神話來，其次這個神話從頭到尾都指向一個統一的目的，而使全書成為一個意義上也自我完足的神話世界。這個自我完足的神話，也像古代民族創造的神話一樣，表露出人類某些最基本的慾念，例如蓬萊山百花仙子背叛了天帝的法律，而渴欲到塵間作一些類於英雄式的尋求，就和竊上帝息壤以填堙洪水拯救人類的鯀頗有相似處。不過和古代創生的神話不同的是，作者一面建立他的神話，一面又加以冷然的嘲弄。首先是用了一個反諷式的結構：他安排故事主角為了滿足追求的慾望而走出天界，結果在塵間的一切作為，卻變成了重回天界的努力。

第二個手法是：在全書中，作者對荒唐或瑣細的事情，全採用誇大的、故作莊嚴的語調來敘述，最顯著的像蓬萊山西王母壽誕時，群仙大鬧蟠桃會、武則天醉中下令百花齊放、林之洋在女兒國、書末群雄（包括英雌）勤王，攻打武氏兄弟把守的「酒、色、財、氣」四大關等等，不一而足。這種明顯的假莊嚴的語言風格，似乎是為了增強神話故事的真實氣氛，而結果卻剛好相反地表明了作者對他自己構設的神話，並不具有如同古代人的虔信。因為假莊嚴實際上仍是嬉戲，一種冷漠譏刺而洞曉真相的嬉戲；也就是一種似是而非的反諷，一種完全不相信的嘲謔。譬如全書中雖然採用了若干古老的神話——包括蓬萊山西王母故事、和《山海經》、《博物志》等早期志怪書所記，這些神話故事當時至少是在疑信兩可的情狀下存在著的。——但作者卻僅僅襲用原來神話的片段，而另加上嘲諷的情節（例如《山海經》記嘔絲之野有女子據樹嘔絲，李汝珍就因而構想蠶婦嘔絲縛人以諷刺「情慾毀人」），這就是有意在破壞原始神話的素樸狀態。進一步說，作者根本是在利用嘲謔和戲弄的語調，來表明他的神話都是荒唐之言，無端涯之辭而已。這一番自我反證，不僅針對一些超現實的小故事，並且主要在指出全書整個神話結構，都呈現著一個反諷的主題：既然故事本身都不真實存在，那麼劇中人的所行所事，也不過是些泡影。他們尋求的意義，是和故事所使用的語言同樣的荒誕。說起來《鏡花緣》整個的涵義就在這兒。而假裝正經的嬉戲語調，則對這個主題更加徹底地虛誕化。在這種語言風格之下，使得真正嚴肅地來譏刺人生都變成多餘了。虔信的神話墮落後，也就意味著整個人生只是一個不足信的遊戲式的神話而已。

對於「人生一切作為只是一場神話的遊戲」這層嘲諷，作者開卷不久，就用一個上界和塵界對立的情景喻示出來，上界是風光婆娑、景物分明，塵界只是這一個真實世界的倒影。一切意旨必須先發動於上界。界裡的眾神群仙，並不像奧林帕斯山的諸神那樣大多時候去追尋自己的快樂，而是各有所司地，嚴密地掌管著塵界的大小事宜；其中包括開花的時序，以至於花的鬚瓣多少、顏色濃淡等等。因此上界是秩序嚴明的，有一個絕對威嚴的紀律籠罩著這個世界，並且直貫塵界。這個紀律不但是行為的規約，也是內在世界的法紀；一旦有了非分的踰越——包括動念幾微之間——當時懲罰就被決定，而且立刻逐步付諸執行。當事者即使並沒有進一步確實違背什麼，但是他已經無法逃避，他開始陷進安排好了的懲罰的圈套；也就是他被引導向一些錯誤的行為，為了使得紀律實施它的名正言順的懲罰，這很像是「上帝」讓祂的僚屬們玩一個絕對沒有正確出口的迷陣遊戲，失誤者不幸落入陣中，只有繼續不斷地順著錯路走下去。執行者上帝把懲罰寄寓在遊戲的形式裡。

當蓬萊山的百花仙子在赴西王母蟠桃聖會路上，看到主掌人文的魁星，顯形女像，預言下界人文興盛，就不禁怦然動了羨慕的心思，於是毫不容遲的，百花仙子就在這頃刻間掉進了那個遊戲的陷阱中。後來，百花仙子為了堅持不肯違令開花替王母祝壽，而和嫦娥、風姨爭吵，以致說出假使以後任令百花齊放，就「情願墮落紅塵，受孽海無邊之苦，永無反悔。」這最冒瀆天紀、妄動「我念」的話。話言未畢，女魁星就用筆點百花頂上而去，西王母在旁暗暗點頭嘆說：「善哉！善哉！這妮子道行淺薄，只顧為著遊戲小事，角口生嫌，豈料後來許多因果，莫不從此而萌。適才彩毫點額，已露玄機，無奈這妮子猶在夢中，毫無知覺。這也是群花定數，莫可如何！」

西王母的評論固然說明一個分毫不爽的因果論的世界，但實際上還是執行者「上帝」所玩弄的一個詭計，否則何必說「群花定數，莫可如何」呢！百花仙子發誓之先，這一個懲罰的遊戲已經開始了。而現在這個遊戲正一路玩下去，不可暫回。所以後來就有心月狐臨凡的武則天皇帝，醉中宣旨百花齊放，而百花仙子和麻姑鬥棋忘記時間，以致因為洞主不在，群花擅自應命上林苑，終於促成百花獲譴紅塵的結果。在這一連串的相關事件中，百花仙子並非「親辨因果」，只不過是居在被動地位的一次「自由選擇」而已。在不逸出那一絕對的紀律下，上界的仙神是「自由」、「自主」的，在「上帝」的天庭裡遊戲。但是一旦有了差池，就變成了「上帝」手中的牽線傀儡。「上帝」現在把百花仙子放到舞臺上去演出，在該動作的時候動作，該收場的時候收場。百花仙子轉化為塵身的唐小山，唐小山一生的大事只有兩件，一件是參加武則天開的女科考試，中了第十一名；一件是到小蓬萊尋父。前者使她宿願了結，後者使她重返天界，但是二者都不過是「上帝」的一番預計而已。

不僅唐小山的一生經歷是上帝的預計，由天界反映下來的意思看，這個供唐小山活動的世界，且是一個模糊的不真實倒影，是一個機械的對上界的錯誤模擬。例如武則天皇帝再度在西王母蟠桃宴之後，命令百花齊放，而這次居然奏效了（其實仍是受命於上界整個的大計劃），可是這個命令的成功，卻直接造成了包括百花仙子及群花之神的謫降大罪案。因此這個舉動只是對上界一次錯誤的模擬。就像《水滸傳》洪太尉固執地打開了伏魔殿的石碣，而放走了一百零八個魔君，甚至像潘多拉揭開盒蓋，放出疾病悲傷一樣，完全是錯誤而魯莽的舉動。然而事情的微妙卻不在這裡，而是，下界雖然出了錯，但錯誤的命運卻是上界代為擬定的（洪太尉在石碣上看到的是「遇洪而開」四個字，而朱匹特當然也知道潘多拉是好奇的）。隱藏在上界的「上帝」好像是一個惡意而狡猾的教師，他故意拿一個錯的句子，讓無知的學生一再地錯抄誤寫；而為了上界的尊嚴，上帝把錯誤的責任清除到人類的身上，並且最後要人類自己來證明自己的錯誤。因此唐小山雖代自己神性的前身百花仙子在塵世完了宿願，親與人文盛會，榮膺才女之譽，但是這一切卻沒有獲得什麼具體可見的結果，相反地卻促成小山更快地棄絕紅塵，回歸道山，恢復原身。唐小山走了一圈迷陣，並沒有找到另外一個出口，仍舊從原來的地方回到了「上帝」門廊下。這是必然的。「上帝」只能讓唐小山給百花仙子一個不能證明什麼的證明，然後上界的永恆紀律和秩序才是絕對的，而上界也才是一個獨一的絕對的存在。而其他意念都是妄行妄作。那麼，作者是不是在這兒輕描淡寫地，徹底否定了一個有機世界中生命的意義呢？

但是生命是否絕對不能有所作為，這樣的一個問題實在是太大了，作者未必肯驟下定論，而我們讀者也無能越俎代行。我們暫時擱下這部作品空虛、沉寂的結局，回頭再來看看別的。也許還可以得到其他的消息，或者把上面的問題再推展一步。

首先是，在對有機生命懷疑的陰暗之上，作者是不是相對的肯定了一個「實在」（以可懷疑的有機生命來肯定「實在」當然已是一個弔詭）？由於抽象思考這類形上問題，不是一個小說家的任務，作者只能用一個完全屬於人的「感覺」，去反映出他對這個「真實」上界的意見，或者說在一個形上的實在籠罩下，來「感覺」人的存在問題。起先我們看到眾神中，百花仙子被賦以「人」的氣質。這就是一切故事的發軔。具有了「人」的氣質的第一個意義是：百花仙子開始做了懷疑者。她先懷疑自己本然的存在，所以雖然身在蓬萊，已成正果，卻不以為是最終極的形式；因此當魁星預兆將有才女興起的時候，百花仙子就思慮著：假使自己無緣親與，那麼這一切文光坤兆，都只是「鏡花水月」將要「終虛所望」了。顯然的，百花仙子在她神性的存在裡，卻另有所希冀。

第二個意義是，百花仙子由開始懷疑而進一步背叛這個天庭統治者「上帝」的命令。

對於這層意思，作者是用暗喻的反面手法表現的。當嫦娥和眾仙興高忘情，一同催促百花齊放時，百花仙子說「上帝於花號令極嚴、稽查最密」，「小仙奉令惟謹，不敢參差，亦不敢延緩」。然而這僅僅是一個理智的服從行為，內裡卻不是如此。有兩個理由可證：第一、百花仙子雖然沒有直接命令開花，而是群花紛紛擅自違時，可是百花神和群花仙的關係是必須看成一體的；群花只是百花神的分化體（群花之數含百花仙子在內恰為一百），陳受頤的文學史也認為百花仙子謫降歧化為一百個少女②。我們大致也可以這樣看：百花仙子本身代表知性的超自我，而群花是百花仙子潛意識的一部分。第二、群花亂時同放，干犯天令後，麻姑勸她具表自檢，以求赦罪，而百花仙子卻說：「當年我原有言在先：如爽前約，教我墮落紅塵。今晚犯了此誓，神明鑒察，豈能逃過此厄？」於是終不肯自行檢舉。將不肯自行檢舉和早有企慕紅塵的意識加起來，我們就可以看到對「上帝」命令反叛的形跡。——就像這樣，於是百花神取得了「人」的基本性質。「人」首先是要懷疑天國的和諧與幸福的，「人」也要求從神的紀律裡掙脫出來，然後才成為人，像亞當和夏娃終於走出伊甸園一樣。

或者依佛家之說，百花神有了因於業的造作，於是乃求努力實現自身。她在一片屬於神的寧靜紀律中，有了要求自我生命的騷動。一種原始朦昧的生之欲望和意志，像叢林隱約的鼓聲一樣，從深處嘭嘭然逐漸響起來。有時甚至跳躍出潛在的意識圈。像她和麻姑下棋的時候，就曾說：「小仙聞得下界高手甚多，我去凡間訪求明師，就便將弈秋請來，看妳可怕！」雖然是戲謔的話，可是卻被麻姑點破而說她「這句話未免動了紅塵之念」（原書第三回，下同）。其實，像百花神在上界的圓滿宇宙裡，而企求成為一個有情之物，不過是一個和創世紀以及和人類自己一樣古老的故事罷了。

然而要做一個有情之物，也就是要拋掉超時空的神性，而做一個絕對在時空之內的有機生命。「有機生命只在它在時間之中演化的時候存在。」③於是百花仙子先必須把自己投到時間之流裡去，然後才洗禮而為一個真正的人。恰好，我們看到百花神處處為「時間」問題受窘：西王母壽筵上，百鳥百獸之神都可以率鳥獸群獻歌獻舞，而百花仙子偏偏就受制於時令，這是一。人皇武則天命令限時開花，百花仙子卻在這個關口上玩棋忘返，終致被「時間」的差池而決定了謫降的命運，這是二。至於對塵間的嚮往，也便是對「未來」這所謂的時間的第三向度的微渺追求。「思想到未來，和生活在未來之中，是人本性的一個必然的部分。」④在這些時間的命定意義下，百花仙子來到塵間，具有了肉身。而這種經驗的形式（時間）自然更不可能有什麼改變。

整個的生存就是一個時間的歷程，就百花仙子轉化的塵身唐小山而言，作者用了若干事件來加以表明，例如唐小山去小蓬萊尋找父親，雖然主要是內在考驗的象徵性歷程，但同時也寓有時間的歷程在內。唐小山原被期待在八月女科考試前趕回來，可是在來回途中，都有許多險難延阻行程，而不斷地製造著時間的焦慮感。李汝珍在第五十三回中曾特別作了戲劇性的強調。那時小山已決心遵奉唐敖信上囑咐，趕回家鄉參加考試，但是她們正走到需要繞行半年的門戶山，而時節已交季夏。林之洋說就是「無日無夜朝前趕進」也趕不上考期了，小山因此「悶悶不樂，每日在船惟有唉聲歎氣」。當時船上共有五位女郎是要參加考試的。正在大家都被這「時間」困頓得無可如何之際，忽然濤聲如雷，只見曾經大禹開鑿過的門戶山，淤斷處豁然而通，船「如快馬一般，攛了過去」，因此而得以順利趕上試期。時間的節奏，是如此絕對地掌握著人生。然而在世上千年、山中一日的狀態裡，時間是凝固的。麻姑長鬢如霜、王母年年祝壽，沒有向前推移的時間，也就不能有任何新的事物可以寄託。百花仙子對於個體生命和經驗的追求，所得收穫，第一個就是被拋出沒有鐘擺的世界，帶著希求與疑懼心，朝著一個必然會燃盡的燭光前進。

百花仙子被時間之流沖下山巔以後，接著便展視兩岸的空間。空間問題的廣泛喻義就是個體生命的尋求擴大，是企求突破素樸生命的單純而生的繁華欲（如佛家所言，繁華欲是生存欲分駛於外的一端。作者在書中曾以第五回群花一經掛上紅彩和金牌的獎勵後，開得更加鮮艷稀罕，如並蒂、抱子等等來對這種祈求繁華的欲望，作最鮮活的象喻）。

百花仙子在她司掌的天職之外，渴求到塵間做一名小小的才女，渴求看來可能是光輝的文化生活，否則天國的快樂也是虛幻的。這個向外擴張的歷程，榮登才女榜固然是它最具體、最終極的表現，但企求繁華的欲望既多且雜，而空間的擴張似乎也是無止境的，且看全書十之九的事件，莫不是這一種繁華欲的描繪。其中又特別以唐敖和小山自己海外旅遊的神話（兩事同時也是全書主要的情節間架）做具體的譬說。第一步，作者把包含多義的人生的空間生存，具象為物理空間的途程；進一步，作者則就兩事分別取喻。小山的歷程（往小蓬萊尋父）是對她內在信心的考驗，包括尋父的意志，和返本歸真的禪機的領悟；尋父是倫理的努力，禪悟是宿慧的驗徵。作者似乎把這兩種靈魂上的考驗，作為唐小山生命的自我擴張的立足點，通過了這些考驗，小山日後固然可以還原為仙，而同時也因這一行接受神諭，肯定了她做才女的榮耀（第一她默許了回鄉考試、第二她在泣紅亭預睹了天榜），以及某種程度的完成了倫理的責任。不過所有這一切還都是屬於唐小山個人的內在經驗，至於唐敖的遊歷就更進一步擴大了人生的空間。

唐敖這個角色，在初步來講，是在對唐小山具有兩層意義下而存在的，第一、他對小山的關係，頗接近於天路歷程中，傳道者對基督徒的關係，傳道者第一個把窄門和遠處明燈的消息告訴基督徒；唐敖首先仙隱小蓬萊，對小山當然也是有引領意義的。同時，由於唐敖賦給了小山「尋父」的責任，小山走出閨閣，參與廣大的世界，「普結眾緣、才了塵緣」（第五十一回）。第二、唐敖的遊歷，與小山自己的故事，交替地描繪了小山整個生存空間的貌相。唐敖遊歷奇人異國故事所指涉的，從制度形態、風習浸淫到物質的營求等等，幾乎網羅了人類所有的活動；這些以人類意念為核心而輻射出去的世界，就是圍繞著唐小山而存在的世界。小山自己雖未必親身從事，可是作為人類一分子，小山是屬於它的。百花仙藉干犯上界天紀而走出蓬萊以後，她的尋求生命擴大的欲求，完全被吞沒在這一番營營擾擾的景象中。甚至，像眾才女從海內外各地四方雲集的熱鬧、同登名榜的榮寵、以及宗伯府誇才逞智的得意等等，也都是對上述同一世界的華麗迴響。

照說，像這樣由時空交織起來的世界，應該可以成為一個雖有缺點而仍然是實質的世界，來和上界作不等式的對比存在的。可是，不幸作者卻無意於做這種證詞。他在故事中間，就不斷地警告我們，所見的都是幻象；他好像是一個自嘲的魔術師，隨手玩著，隨手就把他的魔術世界揭穿。可以撿幾件明顯的事件來看看。比如整個《鏡花緣》的歷史定點，武則天所統治的天下。站在李汝珍異族之痛的處境，他可能在這部分情節中參有若干民族意識，不過就全書題意來談，我們不把重點放在這兒。我們可以確定，武則天統治的世界，並不具有多少歷史的或政治的現實意義，相反的，是藉它來象喻一個荒誕的存在。

當武則天平定徐敬業的變亂後，她修築了四座高大的關塞，把她自己坐鎮的長安「團團圍在居中，真是水泄不通」；且看這四座關名是：酉水關、巴刀關、才貝關、无（ㄐㄧˋ jì）火關，分別以酒、色、財、氣四種幻象設陣，使凡入關者自取敗亡。後來四關全被由才女們連絡起來的一班武士借神刀攻毀（分見第三回、第九十六至九十九回）。因此，作者為武則天努力建造的百花齊放的世界，只是一個充滿了空虛欲望的世界；儘管她曾經奪天帝之命，曾經有革新的恩詔、有愛才的盛舉，可是她仍舊只象徵著一個欲望的暴君。甚且，她由女后而帝，也喻說著人生顛倒紛亂、陰陽失錯的乖訛形式（這應該就是作者為什麼選定武則天這個歷史時間的根本原因）。總之，她所統治的世界只是一個應該被毀棄的荒誕世界。

再拿唐敖所遊來看，更不用說，充滿著格利佛式的嘲諷，大有「以天下為沉濁，不可與莊語」的浩歎；然而不止於這樣，就以《格利佛遊記》和《鏡花緣》比看，至少二書有兩個大不相同的地方，只要一加比較，我們就可以看出李汝珍是如何不惜揭穿自己的幻術。首先，格利佛總是直接進入並參與了那些怪異國度的生活，他取得了那些國度裡人民的共同經驗，和他們具有長久得多的關係；但唐敖則純粹是一個觀光客，即使和當地人小有糾葛，也是屬於暫時性的，而絕大多時他只作壁上觀。其次，格利佛最後還是回到他本土的家，雖然帶著對文明社會憎惡和譏刺的眼光；而唐敖卻悄悄地遁隱入小蓬萊，永世不出。他對多九公說，登上小蓬萊「不但名利之心都盡，只覺萬事皆空」，而「懶入紅塵」。這兩種相反的歸宿，和遊歷時心態的差異，正反映著李汝珍對這個世界的看法和斯威夫特同中大有異處，當斯威夫特在Houyhnhnms國把人類低貶為Yahoos這種畜類時，格利佛對於人類懷著痛切而難言的責備；可是唐敖呢？他和多九公、林之洋用笑謔的方法，觀覽了光怪陸離的世界之後，他像吹拂灰塵一樣輕輕地把這個世界拂掉。對於人類的缺點，斯威夫特如此耿耿於懷；但李汝珍卻用這些現象重複地證明給他的人物說，這些罪惡之華只是鏡中幻影。所以唐敖無需回到他所從來的那一個鏡中世界去，為虛榮市的人類受苦。他正僥倖從那個幻影的世界逃離出來，去追求另一個世界的真實與純潔。唐敖在小蓬萊留詩道：「逐浪隨波幾度秋，此身幸未付東流；今朝才到源頭處，豈肯操舟復出遊。」他乾脆「貪瞋癡滅」，做了個「無餘涅槃」。

其實，不只像唐敖這個逐浪隨波、曾被革去了探花，從競爭世界放逐出來的挫敗者做了這個選擇而已。李汝珍以為對於表象世界的警告是普遍性的。因此小山必須步唐敖的後塵，而且在才女的榮寵之後。以小山一生的形式來看，當然跟她父親不同，而且正好成微妙的對比。唐敖是一生無成、旋得旋失，就連他入山仙隱也是順著這種消極的格式而成就的。例如他相信求仙入道只需「遠離紅塵、斷絕七情六慾」（第七回）。後來和林之洋、多九公遊山，唐敖獨有緣吃了所謂能超凡入聖的朱草，結果一陣濁氣下降之後，唐敖把畢生所能，十忘其九（第九回）。在軒轅國，因論黃帝當年騎龍上天，小臣號呼攀援，唐敖感歎說：「若凡心未退，縱能跟去，又有何益？倘主意拿定，心如死灰，何處不可去？」（第三十八回）因此唐敖在一路放棄之下，窺破紅塵，修成正果。而小山則不然，她既生賦異稟，智慧超常，早就可以預見將有天啟的光榮加於她；而且她天生有尊嚴的榮譽感與責任心，和勇往精進的氣魄。當她聽到父親在小蓬萊不回，立刻決心去尋找。她開始以跳越桌椅來鍛鍊自己將來走山路的能力，至於後來在沿途所受的考驗，更是危疑震懼，動心忍性，而小山都以大無畏的堅忍克服。無論她有沒有把父親找回來，這種執著的努力，也算得是做為「人」的成就了；至於才女的榮譽也經一番努力而獲致（作者用歸途上種種危險，諸如猛虎、匪盜、飢餓等等意象，來隱喻它的過程之艱難——恰好小山來回途程分別象徵她兩大努力），總之，對比於唐敖，小山完全展現出一種積極的人生意態。她一生兩大努力：倫理（也就是感情的、道德的）、名業（也就是理智的、意志的），應是人類自信可以依賴的兩種事物了，而小山，也算得是人類肯定精神的典型了；但縱使如此，也仍舊逃不過作者最後的揭穿。

唐小山曾屢遭警告，最嚴重的一次是她第一回到小蓬萊的時候。小山在小蓬萊所見的景物，純然是一個充滿禪機的暗示的世界。李汝珍只用幾個詞字，就架構了一個徒具名相的世界的圖畫，他的構圖大致如此：一條名叫「鏡花」的山嶺，圍繞著一個封閉的荒涼世界，嶺下有一堆荒墳，題名「鏡花塚」，再過去是一座白玉牌樓，曰：「水月村」。據指路樵夫（自然就是唐敖）說水月村住著幾個山民，但實際既無屋舍、又看不到人影。越過一條溪，又有一座「金光萬道、瑞氣千條」，且懸著金字大匾的「泣紅亭」，泣紅亭裡碧玉的座上，豎著白玉碑，碑上刻著一百才女名榜；而碑上正額寫的是「鏡花水月」。這一連串的象徵喻義已經無需費辭解釋了。不過，其中倒有一點不妨略為提醒，就是作者一再使用對比的詞字所造成的語調；白玉牌樓下是空無所有的水月村，金光瑞氣圍繞著泣紅亭，美玉載錄的才女榜，被總括進「鏡花水月」中。那麼，人生的荒謬不在這裡的話，又在哪裡呢？就是對於像唐小山這樣的一個人（她從上界尋求到下界）又怎能逃過「金玉其相」的世界呢！

而作者以為這個對比還不夠。於是小山遠遠望見對面山峰上卻另有一番天地，那是「瓊臺玉洞、金殿瑤池，宛如天堂一般」，相形之下，鏡花嶺的風光未免寒傖。而當然，天堂之境是絕不可攀登的，有一個幾丈寬的深潭，把山分成兩段，「無一線之可通」。因此它只冷漠地不動心地下臨著。於是掉頭回顧鏡花嶺的一切，越發遏止不住荒涼的恐懼感。

那麼唐小山又尋求到了什麼呢？你也許說泣紅亭的才女榜雖屬鏡花水月，但是千里跋涉來尋找父親，那總是一件實實在在的人性的大光輝；不錯，作者也沒有忘記這件事，然而對它的交代卻是這樣的：小山並沒有看到真實的做為「父親」的唐敖。她只看到一個化身的唐敖——一個覿（ㄉㄧˊ dí）面不相認的白髮樵夫；她只聽到一個隱形的唐敖，他藏起來，用一首詩來訓令這個稱他為父親的女孩。小山徬徨中在石壁上看到這樣的句子：「義關至性豈能忘，踏遍天涯枉斷腸。聚首還須回首憶，蓬萊頂上是家鄉。」似乎，唐敖雖然不願看父女之「情」的分上，卻站在人類「大義」的立場，來承認這件事；然而就現在已「成仙入道」的唐敖來講，它終竟是枉然的。唐敖告訴小山，他們應該建立一種新的關係，也就是只有在新的情況下，他們才能彼此互認。——可是這又是一個大弔詭。假使在靠著倫理才建立起來的人類社會中，父親已不願承認親子關係，那麼在無需倫理的蓬萊頂上又何來父女的聚首呢？如此看來，唐敖實際上已經把小山人倫的努力，絕對地轉變成對永恒的「家鄉」的追求。因此小山的這一種塵間的成就也便無可陳述了。

於是唐敖對於小山，不是骨肉的血親父親，而是精神上引領的「父親」。小山對其中奧義也深有領會，所以她榮取才女後，立刻屏當一切，重訪小蓬萊，並且作一去不回的打算。當然在這之前，小山因為宿慧的稟賦，再屢經道姑的啟發，已有朦朧的感悟，只是鏡花嶺所見則具有「大徹大悟」的意境。那裡的景物像一面巨大的迎面而立的鏡子，把人生過去、未來、結局種種赫然呈現眼前⑤，而小山正是其中最主要的影像。因此鏡花嶺儼然是一個「現前地」⑥。在這之前的小山，可能還有與「紅塵」牽扯不清的地方。此後的小山，就很像是賈寶玉重遊太虛幻境之後一樣，別用一隻眼睛看世界（例如小山未至鏡花嶺之前，讀唐敖信說：「父親既說等我中過才女與我相聚，何不就在此時同我回去，豈不更便！」可見這時小山「我執」猶存。鏡花嶺以後才能諸事隨緣而化）。而且在尋求血親的父親變成尋求永恒的父親之後，本來是光祖榮身的才女試，也變成了返本歸真的一個手段了。這些語意的轉變，都顯示出作者在題旨上的苦心經營。

繁華由來一夢，就是天生異稟的人，也不能憑他特別的智慧徹底超越。因此作者在第四十九回借陰若花向小山說：「你知，固好；我不知也未嘗不妙。總而言之，大家無常一到，不獨我不知的，化為飛灰，依然無用；就是你知的，也不過同我一樣，安能有什麼妙術？」然則，生命的過程與歸宿都是絕對平等的。唐小山這一切朝向返本歸真、蓬萊頂上的努力，究其竟也就是對有機生命的結局——死亡的努力而已。但作者卻要努力想像一種超越死亡的死亡。他借著宗教的語言說：「苦海邊，就是回頭岸」（第四十四回）或是借用神話的不死之蓬萊以為陳述。起初百花仙子只居住在一個未經證實的永恒裡，今而後，百花仙子似乎可以憑藉唐小山的故事來證明：蓬萊才是惟一的永恒的洞天福地。但是我們還不能如此快地就代作肯定。在一本小說裡，李汝珍（並非宗教小說家）既沒有宗教的信念，也沒有哲學的權威可以僅憑純粹理智就構建起一個永恒的實在，毋寧說，他仍舊回到我們常人的憂慮裡。他對上界的真實疑雲重重。蛛絲馬跡如：不死的蓬萊山，卻有薄命巖、巖上有紅顏洞（第一回）、百草仙子化身的道姑自稱從「不忍心、煩惱洞、輪迴道上來」（第四十四回）、西王母宴上極像人生戰場（第一、二回），而泣紅亭中才女榜唐閨臣（即小山）的綽名是「夢中夢」（第四十八回），那麼，下界同屬一夢，上界卻也不免是一個大夢了。易言之，不但小山這一場英雄式的生之尋求到頭來是一弔詭，就是全書，或者說全宇宙的設計，也是一大弔詭了。

所以李汝珍雖然時常在宗教的籠蓋下詮釋人生，可是最後卻出離了宗教所保證的樂園和天堂，徘徊於文學的游移和曖昧中（這也許就是文學比宗教甚至哲學都自由的地方）。而無疑的，一百多年前，李汝珍所表現的這些追求生時的不安，與嚮往死後的永恒，會像三稜鏡中的光影一樣，將永遠在人們心中反覆映照無窮的。

附註

①見胡適之先生《胡適文存》第二集第二卷〈《鏡花緣》的引論〉第四節「《鏡花緣》是一部討論婦女問題的書」。及李辰冬教授為臺灣世界書局《鏡花緣》刊本所作序文：〈《鏡花緣》的價值〉。此文又收在李教授的《文學欣賞的新途徑》中（臺灣三民書局）。

②見陳受頤《Chinese Literature-A Historical Introduction》(The Ronald Press Company. New York)Chapter. 30 Ch'ing Fiction. p.590。

③歐因斯特・卡西勒（Ernst Cassirer）語，見劉述先先生譯《論人》第一部第四章、第五〇頁。

④同前注、第六一頁。

⑤佛家有「大圓鏡」之喻，熊十力《佛家名相通釋》卷下，第一二一頁（廣文書局本）在「四智

心品」條下云：「已說菩提即四智。四智者何？一大圓鏡相應心品。謂金剛喻定現在前時，即大圓鏡智現起，同時有淨第八識俱起。與此鏡智相應。是名大圓鏡相應心品。此智寂靜圓明，故喻圓鏡。具無邊功德，故喻如圓鏡能現眾像，即從喻立名。」惟本文此處僅隨意譬喻，而與大圓鏡「能現眾像」的意思不謀而合。

⑥同前注書卷下，第一二〇頁：「十地」條下：「六現前地，謂觀諸法緣起，有勝智故，能引發最勝般若令現前故。」

附錄二

原典精選

第十二回　雙宰輔暢談俗弊　兩書生敬服良箴

話說吳之和道：『小子向聞貴處世俗，於殯葬一事，作子孫的，並不計及「死者以入土為安」，往往因選風水，置父母之柩多年不能入土，甚至耽延兩代之久，相習成風。以至菴觀寺院，停柩如山；壙野荒郊，浮厝無數。並且當日有力時，因選風水蹉跎；及至後來無力，雖要求其將就殯葬，亦不可得；久而久之，竟無入土之期。此等情形，死者稍有所知，安能瞑目！況善風水之人，豈無父母？若有好地，何不留為自用？如果一得美地，即能發達，那通曉地理的，發達曾有幾人？今以父母未曾入土之骸骨，稽遲歲月，求我將來毫無影響之富貴，為人子者，於心不安，亦且不忍。此皆不明「人傑地靈」之義，所以如此。即如伏羲、文王、孔子之陵，皆生蓍草，卜筮極靈；他處雖有，質既不佳，卜亦無效。人傑地靈，即此可見。

今人選擇陰地，無非欲令子孫興旺，怕其衰敗。試以興衰而論，如陳氏之昌，則有

「鳳鳴」之卜；季氏之興，則有「同復」之筮：此由氣數使然呢，陰地所致呢？卜筮既有先兆，可見陰地好醜，又有何用。總之：天下事非大善不能轉禍為福，非大惡亦不能轉福為禍。《易經》「餘慶餘殃」之言，即是明證。今以陰地，意欲挽回造化，別有希冀，豈非「緣木求魚」？與其選擇徒多浪費，何不遵著《易經》「積善之家，必有餘慶」之意，替父母多做好事，廣積陰功，日後安享餘慶之福？較之陰地渺渺茫茫，豈不勝如萬萬？據小子愚見：殯葬一事，無力之家，自應急辦，不可蹉跎；至有力之家，亦惟擇高阜之處，得免水患，即是美地。父母瞑目無恨，人子捫心亦安。此海外愚談，不知可合尊意？』

唐、多二人正要回答，只見吳之祥道：『小子聞得貴處世俗，凡生子女，向有三朝、滿月、百日、周歲之稱。富貴家至期非張筵，即演戲，必豬羊雞鴨類大為宰殺。吾聞「上天有好生之德」，今上天既賜子女與人，而人不知仰體好生之意，反因子女宰殺許多生靈。是上天賜一生靈，反傷無數生靈，天又何必再以子女與人？凡父母一經得有子女，或西廟燒香，或東菴許願，莫不望其無災無病，福壽綿長。今以他的毫無緊要之事，殺無數生靈，花許多浪費，是先替他造孽，懺悔猶恐不及，何能望其福壽？往往貧寒家子女多享長年，富貴家子女每多殀折，揆其所以，雖未必盡由於此，亦不可不以為戒。為人父母的，倘以子女開筵花費之資，盡為周濟貧寒及買物放生之用，自必不求福而福自至，不求壽而壽自長。並聞貴處世俗，有將子女送入空門的，謂之「捨身」。蓋因俗傳做了佛家弟子，定蒙神佛護佑，其有疾者從此自能脫體，壽短者亦可漸漸長年。此是僧尼誘人上門之語，而愚夫愚婦無知，莫不奉為神明，相沿既久，故僧尼日見其盛。此教固無害於人，第為數過多，不獨陰陽有失配合之正，亦生出無窮淫奔之事。據小子愚見：凡鄉愚誤將子女送入空門的，本地父老即將「壽殀有命」以及「無後為大」之義，向其父母愷切勸諭。久之捨身無人，其教自能漸息。此教既息，不惟陰陽得配合之正，並且鄉愚亦可保全無窮貞婦。總之：天下少一僧或少一道，則世間即多一貞婦。此中固賢愚不等，一生未近女色者，自不乏人；然如好色之輩，一生一世，又豈止姦淫一婦女而已。鄙見是否，尚求指教。』

吳之和道：『吾聞貴處向有爭訟之說。小子讀古人書，雖於「訟」字之義略知梗概，但敝地從無此事，不知究竟從何而起。細訪貴鄉興訟之由，始知其端不一：或因口角不睦，不能容忍；或因財產較量，以致相爭。偶因一時尚氣，鳴之於官。訟端既起，彼此控告無休。其初莫不苦思惡想，掉弄筆頭，不獨妄造虛言，並以毫無影響之事，硬行牽入，惟期聳聽，不管喪盡天良。自訟之後，即使百般浪費，並不愛惜錢財；終日屈膝公堂，亦不顧及顏面。幸而官事了結，花卻無窮浪費，焦頭爛額，已屬不堪；設或命運坎坷，從中別生枝節，拖延日久，雖要將就了事，欲罷不能，家道由此而衰，事業因此而廢。此皆不能容忍，以致身不由己。即使醒悟，亦復何及。尤可怪的，又有一等唆訟之人，哄騙愚民，勾引興訟，捕風捉影，設計鋪謀，或誣控良善，或妄扳無辜。引人上路，卻於暗中分肥；設有敗露，他即遠走高飛。小民無知，往往為其所愚，莫不被害。此因唆訟之人造孽無窮，亦由本人貪心自取。據小子看來：爭訟一事，任你百般強橫，萬種機巧，久而久之，究竟不利於己。所以《易經》說：「訟則終凶。」世人若明此義，共臻美俗，又何爭訟之有！

再聞貴處世俗，每每屠宰耕牛，小子以為必是祭祀之用。及細為探聽，卻是市井小人，為獲利起見，因而饕餮口饞之輩，競相購買，以為口食。全不想人非五穀不生，五穀非耕牛不長。牛為世人養命之源，不思所以酬報，反去把他飽餐，豈非恩將仇報？雖說此牛並非因我而殺，我一人所食無幾；要知小民屠宰，希圖獲利，那良善君子倘盡絕口不食，購買無人，聽其腐爛，他又安肯再為屠宰？可見宰牛的固然有罪，而吃牛肉之人其罪更不可逃。若以罪之大小而論，那宰牛的原算罪魁；但此輩無非市井庸愚，只知惟利是趨，豈知善惡果報之道，況世間之牛，又焉知不是若輩後身？據小子愚見：「《春秋》責備賢者」，其罪似應全歸買肉之人。倘仁人君子終身以此為戒，勝如吃齋百倍，冥冥中豈無善報！

又聞貴處宴客，往往珍羞羅列，窮極奢華，桌椅既設，賓主就位之初，除果品冷菜十餘種外；酒過一二巡，則上小盤小碗，——其名南喚「小吃」，北呼「熱炒」，——少者或四或八，多者十餘種至二十餘種不等；其間或上點心一二道；小吃上完，方及正餚，菜既奇豐，碗亦奇大，或八九種至十餘種不等。主人雖如此盛設，其實小吃未完而客已飽，此後所上的，不過虛設，如同供獻而已。更可怪者：其餚不辨味之好醜，惟以價貴的為尊。因燕窩價貴，一餚可抵十餚之費，故宴會必以此物為首。既不惡其形似粉條，亦不厭其味同嚼蠟。及至食畢，客人只算吃了一碗粉條子，又算喝了半碗雞湯，而主人只覺客人滿嘴吃的都是「元絲課」（編者按：古代一種標準銀錠）。豈不可笑？至主人待客，偶以盛饌一二品，略為多費，亦所不免，然惟美味則可；若主人花錢而客人嚼蠟，這等浪費，未免令人不解。敝地此物甚多，其價甚賤，貧者以此代糧，不知可以為菜，向來市中交易，每穀一升，可換燕窩一擔。庶民因其淡而無味，不及米穀之香，吃者甚少；惟貧家每多屯積，以備荒年。不意貴處尊為眾餚之首。可見口之於味，竟有不同嗜者。

孟子云：「魚我所欲，熊掌亦我所欲。」魚則取其味鮮，熊掌取其肥美。今貴處以燕窩為美，不知何所取義；若取其味淡，何如嚼蠟？如取其滋補，宴會非滋補之時，況葷腥滿腹，些須燕窩，豈能補人？如謂希圖好看，可以誇富，何不即以元寶放在菜中？——其實燕窩縱貴，又安能以此誇富？這總怪世人眼界過淺，把他過於尊重，以致相沿竟為眾餚之首，而並有主人親上此菜者。此在貴處固為敬客之道，若在敝地觀之，竟是捧了一碗粉條子上來，豈不肉麻可笑？幸而貴處倭瓜甚賤；倘竟貴於諸菜，自必以他為首。到了宴會，主人恭恭敬敬捧一碗倭瓜上來，能不令人噴飯？若不論菜之好醜，亦不辨其有味無味，競取價貴的為尊，久而久之，一經宴會，無可賣弄，勢必煎炒真珠，烹調美玉，或煮黃金，或煨白銀，以為首菜了。當日天朝士大夫曾作〈五簋論〉一篇，戒世俗宴會不可過奢，菜以五樣為度，故曰「五簋」。其中所言，不豐不儉，酌乎其中，可為千古定論，後世最宜效法。敝處至今敬謹遵守。無如流傳不廣。倘惜福君子，將〈五簋論〉刊刻流傳，並於鄉黨中不時勸誡，宴會不致奢華，居家飲食自亦節儉，一歸純樸，何患家室不能充足。此話雖近迂拙，不合時宜，後之君子，豈無採取？』

吳之祥道：『吾聞貴地有三姑六婆，一經招引入門，婦女無知，往往為其所害，或哄騙銀錢，或拐帶衣物。及至婦女察知其惡，惟恐聲張家長得知，莫不忍氣吞聲，為之容隱。此皆事之小者。最可怕的：來往既熟，彼此親密，若輩必於此中設法，生出姦情一事，以為兩處起發銀錢地步。慫恿之初，或以美酒迷亂其性，或以淫詞搖蕩其心，一俟言語可入，非誇某人豪富無比，即讚某人美貌無雙。諸如哄騙上廟，引誘朝山，其法種種不一。總之：若輩一經用了手腳，隨你三貞九烈，玉潔冰清，亦不能跳出圈外。甚至以男作女，暗中姦騙，百般淫穢，更不堪言。良家婦女因此失身的不知凡幾？幸而其事不破，敗壞門風，吃虧已屬不小；設或敗露，名節盡喪，醜聲外揚，而家長如同聾聵，仍在夢中。此固由於婦女無知所致，但家長不能預為防範，預為開導，以致「綠頭巾」戴在頂上，亦由自取，歸咎何人？小子聞《禮經》有云：「內言不出於梱，外言不入於梱。」古人於婦女之言，尚且如此謹慎；況三姑六婆，裡外搬弄是非，何能不生事端？至於出頭露面，上廟朝山，其中曖昧不明，更不可問。倘明哲君子，洞察其奸，於家中婦女不時正言規勸，以三姑六婆視為寇仇，諸事預為防範，毋許入門，他又何所施其伎倆？

再聞貴處向有「後母」之稱，此等人待前妻兒女莫不視為禍根，百般荼毒：或以苦役致使勞頓，或以疾病故令纏綿，或任聽飢寒，或時常打罵。種種磨折，苦不堪言。其父縱能愛護，安有後眼？此種情形，實為兒女第一黑暗地獄。——貧寒之家，其苦尤甚。至富貴家，雖有乳母親族照管，不能過於磨折；一經生有兒女，希冀獨吞家財，莫不鋪謀設計，枕邊讒言，或誣其女不聽教訓，或誣其兒忤逆晚娘，或誣好吃懶做，或誣胡作非為，甚至誣男近於偷盜，誣女事涉奸淫。種種陷害，此等弱女幼兒，從何分辯？一任拷打，無非哀號，因此磨折而死或憂忿而亡。歷來命喪後母者，豈能勝計，無如其父始而保護嬰兒，亦知防範，繼而讒言入耳，即身不由己；久之染了後母習氣，不但不能保護，並且自己漸漸亦施毒手。是後母之外，又添「後父」。裡外夾攻，百般凌辱。以致「枉死城」中，不知添了若干小鬼。此皆耳軟心活，只重夫婦之情，罔顧父子之恩。請看大舜捐階焚廩，閔子冬月蘆衣，申生遭謗，伯奇負冤，千古之下，一經談起，莫不心傷。處此境者視此前車之鑒，仍不加意留神，豈不可悲！』

吳之和道：『吾聞尊處向有婦女纏足之說。始纏之時，其女百般痛苦，撫足哀號，甚至皮腐肉敗，鮮血淋漓。當此之際，夜不成寐，食不下咽，種種疾病，由此而生。小子以為此女或有不肖，其母不忍置之於死，故以此法治之。誰知係為美觀而設，若不如此，即不為美！試問鼻大者削之使小，額高者削之使平，人必謂為殘廢之人；何以兩足殘缺，步履艱難，卻又為美？即如西子、王嬙，皆絕世佳人，彼時又何嘗將其兩足削去一半？況細推其由，與造淫具何異？此聖人之所必誅，賢者之所不取。惟世之君子，盡絕其習，此風自可漸息。

又聞貴處世俗，於風鑑卜筮外，有算命合婚之說。至境界不順，希冀運轉時來，偶一推算，此亦人情之常，即使推算不準，亦屬無傷。婚姻一事，關係男女終身，理宜慎重，豈可草草。既要聯姻，如果品行純正，年貌相當，門第相對，即屬絕好良姻，何必再去推算？左氏云：「卜以決疑，不疑何卜。」若謂必須推算，方可聯姻，當日河上公、陶弘景未立命格之先，又將如何？命書豈可做得定準？那推算之人，又安能保其一無錯誤？尤可笑的：俗傳女命北以屬羊為劣，南以屬虎為凶。其說不知何意？至今相沿，殊不可解。人值未年而生，何至比之於羊？寅年而生，又何至竟變為虎？——且世間懼內之人，未必皆係屬虎之婦。況鼠好偷竊，蛇最陰毒，那屬鼠、屬蛇的，豈皆偷竊、陰毒之輩？龍為四靈之一，自然莫貴於此，豈辰年所生，都是貴命？此皆愚民無知，造此謬論，往往讀書人亦染此風，殊為可笑。總之：婚姻一事，若不論門第相對，不管年貌相當，惟以合婚為準，勢必將就勉強從事，雖有極美良姻，亦必當面錯過，以致日後兒女抱恨終身，追悔無及。為人父母的，倘能洞察合婚之謬，惟以品行、年貌、門第為重，至於富貴壽考，亦惟聽之天命，即日後別有不虞，此心亦可對住兒女，兒女似亦無怨了。』

吳之祥道：『小子向聞貴地世俗最尚奢華，即如嫁娶、殯葬、飲食、衣服以及居家用度，莫不失之過侈。此在富貴家不知惜福，妄自浪費，已屬造孽；何況無力下民，只圖目前適意，不顧日後飢寒，倘惜福君子於鄉黨中不時開導，毋得奢華，各留餘地，所謂：「常將有日思無日，莫待無時思有時。」如此剴切勸諭，奢侈之風，自可漸息，一歸儉樸，何患家無蓋藏。即偶飢歲，亦可無虞。況世道儉樸，愚民稍可餬口，即不致流為奸匪；奸匪既少，盜風不禁自息，天下自更太平。可見「儉樸」二字，所關也非細事。……』

正說的高興，有一老僕，慌慌張張進來道：『稟二位相爺：適才官吏來報，國主因各處國王約赴軒轅祝壽，有軍國大事，面與二位相爺相商，少刻就到。』多九公聽了，暗暗忖道：『我們家鄉每每有人會客，因客坐久不走，又不好催他動身，只好暗向僕人丟個眼色。僕人會意，登時就來回話，不是「某大老即刻來拜」，就是「某大老立等說話」。如此一說，客人自然動身。誰知此處也有這個風氣，並且還以相爺嚇人。——即或就是相爺，又待如何？未免可笑。』因同唐敖打躬告別。吳氏弟兄忙還禮道：『蒙二位大賢光降，不意國主就臨敝宅，不能屈留大駕，殊覺抱歉。倘大賢尚有耽擱，愚弟兄俟送過國主，再至寶舟奉拜。』

唐、多二人匆匆告別，離了吳氏相府。只見外面灑道清塵，那些庶民都遠遠迴避。二人看了，這才明白果是實情。於是回歸舊路。多九公道：『老夫看那吳氏弟兄舉止大雅，器宇軒昂，以為若非高人，必是隱士。及至見了國王那塊匾額，老夫就覺疑惑：這二人不過是個進士，何能就得國王替他題額？那知卻是兩位宰輔！如此謙恭和藹，可謂脫盡仕途習氣。若令器小易盈、妄自尊大那些驕傲俗吏看見，真要愧死！』唐敖道：『聽他那番議論，卻也不愧「君子」二字。』不多時，回到船上。林之洋業已回來，大家談起貨物之事。原來此地連年商販甚多，各色貨物，無不充足，一切價錢，均不得利。

正要開船，吳氏弟兄差家人拿著名帖，送了許多點心、果品，並賞眾水手倭瓜十擔，燕窩十擔。名帖寫著：『同學教弟吳之和、吳之祥頓首拜。』唐敖同多九公商量把禮收了，因吳氏弟兄位尊，回帖上寫的是：『天朝後學教弟多某、唐某頓首拜。』來人剛去，吳之和隨即來拜，讓至船上，見禮讓坐。唐、多二人，再三道謝。吳之和道：『舍弟因國主現在敝宅，不能過來奉候。小弟適將二位光降之話奏明，國主聞係天朝大賢到此，特命前來奉拜。小弟理應恭候解纜，因要伺候國主，只得暫且失陪。倘寶舟尚緩開行，容日再來領教。』即匆匆去了。

衆水手把倭瓜、燕窩搬到後梢，到晚吃飯，煮了許多倭瓜燕窩湯。都歡喜道：『我們向日只聽人說燕窩貴重，卻未吃過；今日倭瓜叨了燕窩的光，口味自然另有不同。連日辛辛苦苦，開開胃口，也是好的。』彼此用箸，都把燕窩夾一整瓢，放在嘴裡嚼了一嚼，不覺皺眉道：『好奇怪！為何這樣好東西，到了我們嘴裡把味都走了！』內中有個幾咂嘴道：『這明明是粉條子，怎麼把他混充燕窩？我們被他騙了！』及至把飯吃完，倭瓜早已乾乾淨淨，還剩許多燕窩。林之洋聞知，暗暗歡喜，即託多九公照粉條子價錢給了幾貫錢向衆人買了，收在艙裡道：『怪不得連日喜鵲只管朝俺叫，原來卻有這股財氣！』

第十七回　因字聲粗談切韻　聞雁唳細問來賓

話說紫衣女子道：『婢子聞得要讀書必先識字，要識字必先知音。若不先將其音辨明，一概似是而非，其義何能分別？可見字音一道，乃讀書人不可忽略的。大賢學問淵博，故視為無關緊要；我們後學，卻是不可少的。婢子以此細事上瀆高賢，真是貽笑大方。即以聲音而論，婢子素又聞得：要知音，必先明反切；要明反切，必先辨字母，若不辨字母，無以知切；不知切，無以知音；不知音，無以識字。以此而論：切音一道，又是讀書人不可少的。但昔人有言：每每學士大夫論及反切，便瞪目無語，莫不視為絕學。若據此說，大約其義失傳已久。所以自古以來，韻事雖多，並無初學善本。婢子素於此道潛研細討，略知一二，第義甚精微，未能窮其秘奧。大賢天資穎悟，自能得其三昧，應如何習學可以精通之處，尚求指教。』

多九公道：『老夫幼年也曾留心於此，無如未得真傳，不能十分精通。才女才說學士大夫論及反切尚且瞪目無語，何況我們不過略知皮毛，豈敢亂談，貽笑大方！」紫衣女子聽了，望著紅衣女子輕輕笑道：『若以本題而論，豈「吳郡大老倚閭滿盈」麼？』紅衣女子點頭笑了一笑。唐敖聽了，甚覺不解。

多九公道：『適因才女談論切音，老夫偶然想起《毛詩》句子總是叶著音韻。如「爰居爰處」，為何次句卻用「爰喪其馬」末句又是「于林之下」？「處」與「馬」、「下」二字，豈非聲音不同，另有假借麼？』紫衣女子道：『古人讀「馬」為「姥」，讀「下」為「虎」，與「處」字聲音本歸一律，如何不同？即如「吉日庚午，既差我馬」，豈非以「馬」為「姥」？「率西水滸，至於岐下」，豈非以「下」為「虎」？韻書始於晉朝，秦、漢以前，並無韻書。諸如「下」字讀「虎」，「馬」字讀「姥」，古人口音，原是如此，並非另有假借。即如「風」字《毛詩》讀作「分」字，「服」讀作「追」字，共十餘處，總是如此。若說假借，不應處處都是假借，倒把本音置之不問，斷無此理。即如《漢書》、《晉書》所載童謠，每多叶韻之句。既稱為童謠，自然都是街上小兒隨口唱的歌兒。若說小兒唱歌也會假借，必無此事。其音本出天然，可想而知。但每每讀去，其音總與《毛詩》相同，卻與近時不同。即偶有一二與近時相同，也只得《晉書》。因晉去古已遠，非漢可比，故晉朝聲音與今相近。音隨世轉，即此可見。』多九公道：『據才女所講各音古今不同，老夫心中終覺疑惑，必須才女把古人找來，老夫同他談談，聽他到底是個甚麼聲音，才能放心。若不如此，這番高論，只好將來遇見古人，才女再同他談罷。』

紫衣女子道：『大賢所說「爰居爰處，爰喪其馬，于以求之，于林之下」這四句，音雖辨明，不知其義怎講？』多九公道：『《毛傳》鄭箋、孔疏之意，大約言軍士自言：「我等從軍，或有死的、病的，有亡其馬的。於何居呢？於何處呢？於何喪其馬呢？若我家人日後求我，到何處求呢？當在山林之下。」是這個意思。才女有何高見？』紫衣女子道：『先儒雖如此解，據婢子愚見：上文言「從孫子仲，平陳與宋，不我以歸，憂心有忡。」軍士因不得歸，所以心中憂鬱。至於「爰居爰處……」四句，細繹經文，倒像承著上文不歸之意，復又述他憂鬱不甯，精神恍惚之狀，意謂：偶於居處之地，忽然喪失其馬；以為其馬必定不見了，於是各處找求；誰知仍在樹林之下。這總是軍士憂鬱不甯，精神恍惚，所以那馬明明近在咫尺，卻誤為喪失不見，就如「心不在焉，視而不見」之意。如此解說，似與經義略覺相近。尚求指教。』多九公道：『凡言詩，總要不以文害辭，不以辭害志，方能體貼詩人之意。即以此詩而論。前人註解，何等詳明，何等親切。今才女忽發此論，據老夫看來：不獨妄作聰明，竟是「愚而好自用」了。』

紫衣女子道：『大賢責備，婢子也不敢辯。適又想起《論語》有一段書，因前人註解，甚覺疑惑，意欲以管見請示：惟恐大賢又要責備，所以不敢亂言，只好以待將來另質高明了。』唐敖道：『適才敝友失言，休要介意。才女如有下問，何不明示？《論語》又是常見之書，或者大家可以參酌。』紫衣女子道：『婢子要請教的，並無深微奧妙，乃「顏路請子之車，以為之椁」這句書，不知怎講？』多九公笑道：『古今各家註解，言顏淵死，顏路因家貧不能置椁，要求孔子把車賣了，以便買椁。都是這樣說。才女有何見教？』紫衣女子道：『先儒雖如此解，大賢可另有高見？』多九公道：『據老夫之意，也不過如此，怎敢妄作聰明，亂發議論。』紫衣女子道：『可惜婢子雖另有管見，恨未考據的確，原想質之高明，以釋此疑，不意大賢也是如此，這就不必談了。』唐敖道：『才女雖未考據精詳，何不略將大概說說呢？』

紫衣女子道：『婢子向於此書前後大旨細細參詳，顏路請車為椁，其中似有別的意思。若說因貧不能買椁，自應求夫子資助，為何指名定要求賣孔子之車？難道他就料定孔子家中，除車之外，就無他物可賣麼？即如今人求人資助，自有求助之話，豈有指名要他賣物資助之理！此世俗庸愚所不肯言，何況聖門賢者。及至夫子答他之話，言當日鯉死也是有棺無椁，我不肯徒行，以為之椁。若照上文註解，又是賣車買椁之意。何以當日鯉死之時，孔子注意要賣的在此一車；今日回死之際，顏路覬覦要賣的又在此一車？況椁非希世之寶，即使昂貴，亦不過價倍於棺。顏路既能置棺，豈難置椁？且下章又有門人厚葬之說，何不即以厚葬之資買椁，必定硬派孔子賣車，這是何意？若按「以為之椁」這個「為」字而論，倒像以車之木要製為椁之意，其中並無買賣字義，若將「為」字為

「買」，似有未協。但當年死者必要大夫之車為椁，不知是何取義？婢子歷考諸書，不得其說。既無其說，是為無稽之談，只好存疑，以待能者。第千古疑團，不能質之高賢一旦頓釋，亦是一件恨事。』

多九公道：『若非賣車買椁，前人何必如此註解？才女所發議論，過於勉強，而且毫無考據，全是謬執一偏之見。據老夫看來：才女自己批評那句「無稽之談」，卻有自知之明；至於學問，似乎還欠工夫。日後倘能虛心用功，或者還有幾分進益；若只管鬧這偏鋒，只怕越趨越下，豈能長進！況此等小聰明，也未有甚見長之處，實在學問，全不在此。即如那個「敦」字，就再記幾音，也不見得就算通家；少記幾音，也不見得不通。若認幾個冷字，不論腹中好歹，就要假作高明，混充文人，只怕敝處丫嬛小廝比你們還高哩！』

正在談論，忽聽天邊雁聲嘹亮。唐敖道：『此時才交初夏，鴻雁從何來？可見各處時令自有不同。』只見紅衣女子道：『婢子因這雁聲，偶然想起禮記「鴻雁來賓」，鄭康成註解及《呂覽》、《淮南》諸註，各有意見。請教大賢：應從某說為是？』多九公見問，雖略略曉得，因記不清楚，難以回答。唐敖道：『老夫記得鄭康成註《禮記》，謂「季秋鴻雁來賓」者，言其客止未去，有似賓客，故曰「來賓」。而許慎註《淮南子》，謂先至為主，後至為賓。迨高誘註《呂氏春秋》，謂「鴻雁來」為一句，「賓爵入大水為蛤」為一句，蓋以仲秋來的是其父母，其子霚翼穉弱，不能隨從，故於九月方來；所謂「賓爵」者，就是老雀，常棲人堂宇，有似賓客，故謂之「賓爵」。鄙意「賓爵」二字，見之古今注，雖亦可連；但按月令，仲秋已有「鴻雁來」之句，若將「賓」字截入下句，季秋又是「鴻雁來」，未免重複。如謂仲秋來的是其父母，季秋來的是其子孫，此又誰得而知？況《夏小正》於「雀入於海為蛤」之句上無「賓」字，以此更見高氏之誤。據老夫愚見：似以鄭註為當。才女以為何如？』兩個女子一齊點頭道：『大賢高論極是。可見讀書人見解自有不同，敢不佩服！』

多九公忖道：『這女子明知鄭註為是，他卻故意要問，看你怎樣回答。據這光景，他們那里是來請教，明是考我們的。若非唐兄，幾乎出醜。他既如此可惡，我也搜尋幾條，難他一難。』因說道：『老夫因才女講《論語》，偶然想起「未若貧而樂，富而好禮」之句。以近來人情而論，莫不樂富惡貧，而聖人言「貧而樂」，難道貧有甚麼好處麼？』紅衣女子剛要回答，紫衣女子即接著道：『按《論語》自遭秦火，到了漢時，或孔壁所得，或口授相傳，遂有三本：一名《古論》，二名《齊論》，三名《魯論》。今世所傳，就是《魯論》，向有今本、古本之別。以皇侃古本《論語義疏》而論，其「貧而樂」一句，「樂」字下有一「道」字，蓋「未若貧而樂道」與下句「富而好禮」相對。即如「古者言之不出」，古本「出」字上有一「妄」字。又如「雖有粟吾得而食諸」，古本「得」字上有一「豈」字。似此之類，不能析舉。《史記．世家》亦多類此。此皆秦火後闕遺之誤。請看古本，自知其詳。」

多九公見他伶牙俐齒，一時要拿話駁他，竟無從下手。因見案上擺著一本書，取來一看，是本《論語》。隨手翻了兩篇，忽然翻到「顏淵、季路侍」一章，只見『衣輕裘』之旁寫著『衣，讀平聲。』看罷，暗暗喜道：『如今被我捉住錯處了！』因向唐敖道：『唐兄，老夫記得「願車馬衣輕裘」之「衣」倒像應讀去聲。今此處讀作平聲，不知何意？』紫衣女子道：『「子華使於齊，……乘肥馬，衣輕裘」之「衣」，自應讀作去聲，蓋言子華所騎的是肥馬，所穿的是輕裘。至此處「衣」字，按本文明明分著「車」、「馬」、「衣」、「裘」四樣，如何讀作去聲？若將「衣」講作穿的意思，不但與「願」字文氣不連，而且有裘無衣，語氣文義，都覺不足。若讀去聲，難道子路裘可與友共，衣就不可與友共麼？這總因「裘」字上有一「輕」字，所以如此；若無「輕」字，自然讀作『願車馬衣裘與朋友共』了。或者「裘」字上既有「輕」字，「馬」字上再有「肥」字，後人讀時，自必以車與肥馬為二，衣與輕裘為二，斷不讀作去聲。況「衣」字所包甚廣，「輕裘」二字可包藏其內；故「輕裘」二字倒可不用，「衣」字卻不可少。今不用「衣」字，只用「輕裘」，那個「衣」字何能包藏「輕裘」之內？若讀去聲，豈非缺了一樣麼？』

多九公不覺皺眉道：『我看才女也過於混鬧了！你說那個「衣」所包甚廣，無非紗的綿的，總在其內。但子路於這輕裘貴重之服，尚且與朋友共，何況別的衣服？言外自有「衣」字神情在內。今才女必要吹毛求疵，亂加批評，莫怪老夫直言：這宗行為，不但近於狂妄，而且隨嘴亂說，竟是不知人事了！』因又忖道：『這兩個女子既要赴試，自必時常用功，大約隨常經書也難他不住。我聞外國向無《易經》，何不以此難他一難？或者將他難倒，也未可知。』

第十八回　闢清談幼女講羲經　發至論書生尊孟子

話說多九公思忖多時，得了主意，因向兩女子道：『老夫聞《周易》一書，外邦見者甚少。貴處人文極盛，兼之二位才女博覽廣讀，於此書自能得其精奧。第自秦、漢以來，註解各家，較之說《禮》，尤為歧途疊出。才女識見過人，此中善本，當以某家為最，想高明自有卓見定其優劣了？』紫衣女子道：『自漢、晉以來，至於隋季，講《易》各家，據婢子所知的，除子夏《周易傳》二卷，尚有九十三家。若論優劣，以上各家，莫非先儒註疏，婢子見聞既寡，何敢以井蛙之見，妄發議論。尚求指示。』

多九公忖道：『《周易》一書，素日耳之所聞，目之所見，至多不過五六十種；適聽此女所說，竟有九十餘種。但他並無一字評論。大約腹中並無此書，不過略略記得幾種，他就大言不慚，以為嚇人地步。我且考他一考，教他出出醜，就是唐兄看著，也覺歡喜。』因說道：『老夫向日所見，解《易》各家，約有百餘種，不意此地竟有九十三種，也算難得了。至某人註疏若干卷，某人章句若干卷，才女也還記得麼？』紫衣女子笑道：『各書精微，雖未十分精熟，至註家名姓、卷帙，還略略記得。』多九公吃驚道：『才女何不道其一二？其卷帙、名姓，可與天朝一樣？』紫衣女子就把當時天下所傳的《周易》九十三種，某人若干卷，由漢至隋，說了一遍，道：『大賢才言《周易》有一百餘種，不知就是才說這幾種，還是另有百餘種？請大賢略述一二，以廣聞見。』

多九公見紫衣女子所說書名倒像素日讀熟一般，口中滔滔不絕。細細聽去，內中竟有大半所言卷帙、姓名，絲毫不錯。其餘或知其名，未見其書；或知其書，不記其名；還有連姓名、卷帙一概不知的。登時驚的目瞪神呆，惟恐他們盤問，就要出醜。正在發慌，適聽紫衣女子問他書名，連忙答道：『老夫向日見的，無非都是才女所說之類，奈年邁善忘，此時都已模模糊糊，記不清了。』紫衣女子道：『書中大旨，或大賢記不明白，婢子也不敢請教，苦人所難。但卷帙、姓名，乃書坊中三尺之童所能道的，大賢何必吝教？』多九公道：『實是記不清楚，並非有意推辭。』紫衣女子道：『大賢若不說出幾個書名，那原諒的不過說是吝教，那不原諒的就要疑心大賢竟是妄造狂言欺騙人了。』多九公聽罷，只急的汗如雨下，無言可答。紫衣女子道：『剛才大賢曾言百餘種之多，此刻只求大賢除婢子所言九十三種，再說七個，共湊一百之數。此事極其容易，難道還吝教麼？』

多九公只急的抓耳搔腮，不知怎樣才好。紫衣女子道：『如此易事，誰知還是吝教！

剛才婢子費了脣舌，說了許多書名，原是抛磚引玉，以為借此長長見識，不意竟是如此！但除我們所說之外，大賢若不加增，未免太覺空疏了！』紅衣女子道：『倘大賢七個湊不出，就說五個；五個不能，就是兩個也是好的。』紫衣女子接著道：『如兩個不能，就是一個；一個不能，就是半個也可解嘲了。』紅衣女子笑道：『請教姊姊：何為半個？難道是半卷書麼？』紫衣女子道：『妹子惟恐大賢善忘，或記卷帙，忘其姓名；或記姓名，忘其卷帙；皆可謂之半個，——並非半卷。我們不可閒談，請大賢或說一個，或半個罷。』多九公被兩個女子冷言冷語，只管催逼，急的滿面青紅，恨無地縫可鑽。莫講所有之書，俱被紫衣女子說過；即或尚未說過，此時心內一急，也就想不出了。

那個老者坐在下面，看了幾篇書，見他們你一言、我一語，不知說些甚麼。後來看見多九公面上紅一陣、白一陣，頭上只管出汗，只當怕熱，因取一把扇子，道：『天朝時令交了初夏，大約涼爽不用涼扇。今到敝處，未免受熱，所以只管出汗。請大賢搧搧，略為涼爽，慢慢再談。莫要受熱，生出別的病來。你們都是異鄉人，身子務要保重。——你看，這汗還是不止，這卻怎好？』因用汗巾替九公揩道：『有年紀的人，身體是個虛的，那裡受的慣熱！唉！可憐，可憐！』多九公接過扇子道：『此處天氣果然較別處甚熱。』老者又獻兩杯茶道：『小子茶雖不甚佳，但有燈心在內，既能解熱，又可清心。大賢吃了，就是受熱，也無妨了。今雖幸會，奈小子福薄重聽，不能暢聆大教，真是恨事。

大賢既肯屈尊同他們細談，日後還可造就麼？』多九公連連點頭道：『令愛來歲一定高發的。』

只見紫衣女子又接著說道：『大賢既執意不肯賜教，我們也不必苦苦相求。況記幾個書名，若不曉得其中旨趣，不過是個賣書傭，何足為奇。但不知大賢所說百餘種，其中講解，當以某家為最？』多九公道：『當日仲尼既作《十翼》，《易》道大明。自商瞿受《易》於孔子，嗣後傳授不絕。前漢有京房、費直各家，後漢有馬融、鄭元諸人。據老夫愚見：兩漢解《易》各家，多溺於象占之學。到了魏時，王弼註釋《周易》，撇了象占舊解，獨出心裁，暢言義理，於是天下後世，凡言《易》者，莫不宗之，諸書皆廢。以此看來，由漢至隋，當以王弼為最。』紫衣女子聽了，不覺笑道：『大賢這篇議論，似與各家註解及王弼之書尚未瞭然，不過摭拾前人牙慧，以為評論，豈是教誨後輩之道！漢儒所論象占，固不足盡《周易》之義；王弼掃棄舊聞，自標新解，惟重義理，孔子說「《易》有聖人之道四焉」，豈止「義理」二字？晉時韓康伯見王弼之書盛行，因缺繫辭之註，於是本王弼之義，註繫辭二卷，因而後人遂有王、韓之稱，其書既欠精詳，而又妄改古字，如以「嚮」為「鄉」，以「驅」為「毆」之類，不能枚舉。所以昔人云：「若使當年傳漢《易》，王、韓俗字久無存。」當日范甯說王弼的罪甚於桀、紂，豈是無因而發。今大賢說他註的為最，甚至此書一出，群書皆廢，何至如此？可謂癡人說夢！總之：學問從實地上用功，議論自然確有根據；若浮光掠影，中無成見，自然隨波逐流，無所適從。大賢恰受此病。並且強不知以為知，一味大言欺人，未免把人看的過於不知文了！』

多九公聽了，滿臉是汗，走又走不得，坐又坐不得，只管發殘，無言可答。正想脫身，那個老者又獻兩杯茶道：『斗室屈尊，致令大賢受熱，殊抱不安。但汗為人之津液，也須忍耐少出才好。大約大賢素日喜吃麻黃，所以如此。今出這場痛汗，雖痢瘧之症，可以放心，以後如麻黃發汗之物，究以少吃為是。』二人欠身接過茶杯。多九公自言自語道：『他說我吃麻黃，那知我在這裡吃黃連哩！』

只見紫衣女子又接著說道：『剛才進門就說經書之義盡知，我們聽了甚覺欽慕，以為今日遇見讀書人，可以長長見識，所以任憑批評，無不謹謹受命。誰知談來談去，卻又不然。若以「秀才」兩字而論，可謂有名無實。適才自稱「忝列膠庠」，談了半日，惟這「忝」字還用的切題。』紅衣女子道：『據我看來：大約此中亦有賢愚不等，或者這位先生同我們一樣，也是常在三等、四等的亦未可知。』紫衣女子道：『大家幸會談文，原是一件雅事，即使學問淵博，亦應處處虛心，庶不失謙謙君子之道。誰知腹中雖離淵博尚遠，那目空一切，旁若無人光景，卻處處擺在臉上。可謂「螳臂當車，自不量力」！』兩個女子，你一言，我一語，把多九公說的臉上青一陣，黃一陣。身如針刺，無計可施。唐敖在旁，甚覺無趣。

正在為難之際，只聽外面喊道：『請問女學生可買脂粉麼？』一面說著，手中提著包袱進來。唐敖一看，不是別人，卻是林之洋。多九公趁勢立起道：『林兄為何此時才來？惟恐船上眾人候久，我們回去罷。』即同唐敖拜辭老者。老者仍要挽留獻茶。林之洋因走的口渴，正想歇息，無奈二人執意要走。老者送出門外，自去課讀。

三人匆匆出了小巷，來至大街。林之洋見他二人舉動慌惶，面色如土，不覺詫異道：『俺看你們這等驚慌，必定古怪。畢竟為著甚事？』二人略略喘息，將神定了一定，把汗揩了，慢慢走著。多九公把前後各話，略略告訴一遍。唐敖道：『小弟從未見過世上竟有這等淵博才女！而且伶牙俐齒，能言善辯！』多九公道：『淵博倒也罷了，可恨他絲毫不肯放鬆，竟將老夫罵的要死。這個虧吃的不小！老夫活了八十多歲，今日這個悶氣卻是頭一次！此時想起，惟有怨恨自己！』林之洋道：『九公：你恨甚麼？』多九公道：『恨老夫從前少讀十年書；又恨自己既知學問未深，不該冒昧同人談文。』

唐敖道：『若非舅兄前去相救，竟有走不出門之苦。不知舅兄何以不約而同，也到他家？』林之洋道：『剛才你們要來遊玩，俺也打算上來賣貨，奈這地方從未做過交易，不知那樣得利。後來俺因他們臉上比炭還黑，俺就帶了脂粉上來。那知這些女人因搽脂粉反覺醜陋，都不肯買，倒是要買書的甚多。俺因女人不買脂粉，倒要買書，不知甚意。細細打聽，才知這裡向來分別貴賤，就在幾本書上。』唐敖道：『這是何故？』林之洋道：

『他們風俗，無論貧富，都以才學高的為貴，不讀書的為賤。就是女人，也是這樣，到了年紀略大，有了才名，才有人求親；若無才學，就是生在大戶人家，也無人同他配婚。因此，他們國中，不論男女，自幼都要讀書。聞得明年國母又有甚麼女試大典，這些女子得了這個信息，都想中個才女，更要買書。俺聽這話，原知貨物不能出脫，正要回船，因從女學館經過，又想進去碰碰財氣，那知湊巧遇見你們二位。俺進去話未說得一句，茶未喝得一口，就被你們拉出，原來二位卻被兩個黑女難住。』

唐敖道：『小弟約九公上來，原想看他國人生的怎樣醜陋。誰知只顧談文，他們面上好醜，我們還未看明，今倒被他們先把我們腹中醜處看去了！』多九公道：『起初如果只作門外漢，隨他談甚麼，也不至出醜。無奈我們過於大意，一進門去，就充文人，以致露出馬腳，補救無及。偏偏他的先生又是聾子，不然，拿這老秀才出出氣，也可解嘲。』唐敖道：『據小弟看來：幸而老者是個聾子。他若不聾，只怕我們更要吃虧。你只看他小小學生尚且如此，何況先生！固然有「青出於藍而勝於藍」的，究竟是他受業之師，況紫衣女子又是他女，學問豈能懸殊？若以尋常老秀才看待，又是「以貌取人」了。世人只知『紗帽底下好題詩』，那裡曉得草野中每每埋沒許多鴻儒！大約這位老翁就是榜樣。』

多九公道：『剛才那女子以「衣輕裘」之「衣」讀作平聲，其言似覺近理。若果如此，那當日解作去聲的，其書豈不該廢麼？』唐敖道：『九公此話未免罪過！小弟聞得這位解作去聲的乃彼時大儒，祖居新安。其書闡發孔、孟大旨，殫盡心力，折衷舊解，言近旨遠，文簡義明，一經誦習，聖賢之道，莫不燦然在目。漢、晉以來，註解各家，莫此為善，實有功於聖門，有益於後學的，豈可妄加評論。即偶有一二註解錯誤，亦不能以蚊睫一毛，掩其日月之光。即如《孟子》「誅一夫」及「視君如寇讎」之說，後人雖多評論，但以其書體要而論，昔人有云：「總群聖之道者，莫大乎六經；紹六經之教者，莫尚乎《孟子》。」當日孔子既沒，儒分為八；其他縱橫捭闔，波譎雲詭。惟孟子挺命世之才，距楊、墨，放淫辭：明王政之易行，以救時弊，闡性善之本量，以斷群疑。致孔子之教，獨尊千古。是有功聖門，莫如孟子，學者豈可訾議。況孟子「聞誅一夫」之言，亦因當時之君，惟知戰鬥，不務修德，故以此語警戒；至「寇讎」之言，亦是勸勉宣王，待臣宜加恩禮：都為要救時弊起見。時當戰國，邪說橫行，不知仁義為何物，若單講道學，徒費唇舌；必須喻之厲害，方能動聽，故不覺言之過當。讀者不以文害辭，不以辭害志，自得其義。總而言之：尊崇孔子之教，實出孟子之力；闡發孔、孟之學，卻是新安之功。小弟愚見如此，九公以為何如？』多九公聽了，不覺連連點頭。

第十九回　受女辱潛逃黑齒邦　觀民風聯步小人國

話說多九公聞唐敖之言，不覺點頭道：『唐兄此言，至公至當，可為千載定論。老夫適才所說，乃就事論事，未將全體看明，不無執著一偏。即如左思〈三都賦・序〉，他說揚雄〈甘泉賦〉「玉樹青葱」，非本土所出，以為誤用。誰知那個玉樹，卻是漢武帝以眾寶做成，並非地土所產。諸如此類，若不看他全賦，止就此序而論，必定說他如此小事尚且考究未精，何況其餘。那知他的好處甚多，全不在此。所以當時爭著傳寫，洛陽為之紙貴。以此看來，若只就事論事，未免將他好處都埋沒了。』

說話間，又到人煙輳集處。唐敖道：『剛才小弟因這國人過黑，未將他的面目十分留神，此時一路看來，只覺個個美貌無比。而且無論男婦，都是滿臉書卷秀氣，那種風流儒雅光景，倒像都從這個黑氣中透出來的。細細看去，不但面上這股黑氣萬不可少，並且回想那些脂粉之流，反覺其醜。小弟看來看去，只覺自慚形穢。如今我們雜在眾人中，被這書卷秀氣四面一襯，只覺面目可憎，俗氣逼人。與其教他們看著恥笑，莫若趁早走罷！』三人於是躲躲閃閃，聯步而行。一面走著，看那國人都是端方大雅；再看自己，只覺無窮醜態。相形之下，走也不好，不走也不好；緊走也不好，慢走也不好，不緊不慢也不好；不知怎樣才好！只好疊著精神，穩著步兒，探著腰兒，挺著胸兒，直著頸兒，一步一趨，望前而行。好容易走出城外，喜得人煙稀少，這才把腰伸了一伸，頸項搖了兩搖，噓了一口氣，略為鬆動鬆動。

林之洋道：『剛才被妹夫說破，細看他們，果都大大方方，見那樣子，不怕你不好好行走。俺素日散誕慣了，今被二位拘住，少不得也裝斯文混充儒雅。誰知只顧拿架子，腰也酸了，腿也直了，頸也痛了，腳也痲了，頭也暈了，眼也花了，舌也燥了，口也乾了，受也受不得了，支也支不住了。再要拿架子，俺就癱了！快逃命罷！此時走的只覺發熱。——原來九公卻帶著扇子。借俺搧搧，俺今日也出汗了！』

多九公聽了，這才想起老者那把扇子還在手中，隨即站住，打開一齊觀看。只見一面寫著曹大家七篇《女誡》，一面寫著蘇若蘭《璇璣圖》，都是蠅頭小楷，絕精細字。兩面俱落名款：一面寫著「墨溪夫子大人命書」，下寫「女弟子紅紅謹錄」；一面寫著「女亭亭謹錄」。下面還有兩方圖章：「紅紅」之下是「黎氏紅薇」，「亭亭」之下是「盧氏紫萱」。唐敖道：『據這圖章，大約紅紅、亭亭是他乳名，紅薇、紫萱方是學名。』多九公道：『兩個黑女既如此善書而又能文，館中自然該是詩書滿架，為何卻自寥寥？不意腹中雖然淵博，案上倒是空疏，竟與別處不同。他們如果詩書滿架，我們見了，自然另有準備，豈肯冒昧，自討苦吃？』林之洋接過扇子搧著道：『這樣說，日後回家，俺要多買幾擔書擺在桌上作陳設了。』唐敖道：『奉勸舅兄：斷斷不要豎這文人招牌！請看我們今日光景，就是榜樣。小弟足足夠了！今日過了黑齒，將來所到各國，不知那幾處文風最盛？倒要請教，好作準備，免得又去「太歲頭上動土」。』

林之洋道：『俺們向日來往，只知賣貨，那裡管他文風、武風。據俺看來：將來路過的，如靖人、跂踵、長人、穿胸、厭火各國，大約同俺一樣，都是文墨不通；就只可怕的前面有個白民國，倒像有些道理；還有兩面、軒轅各國，出來人物，也就不凡。這幾處才學好醜，想來九公必知，妹夫問他就知道了。』唐敖道：『請教九公：……』說了一句，再回頭一看，不覺詫異道：『怎麼九公不見？又到何處去了？』林之洋道：『俺們只顧說話，那知他又跑開。莫非九公恨那黑女，又去同他講理麼？俺們且等一等，少不得就要回來。』

二人閒談，候了多時，只見多九公從城內走來道：『唐兄，你道他們案上並無多書，卻是為何？其中有個緣故。』唐敖笑道：『原來九公為這小事又去打聽。如此高年，還是這等興致，可見遇事留心，自然無所不知。我們慢慢走著，請九公把這緣故談談。』多九公舉步道：『老夫才去問問風俗，原來此地讀書人雖多，書籍甚少。歷年天朝雖有人販賣，無如剛到君子、大人境內，就被二國買去。此地之書，大約都從彼二國以重價買的，至於古書，往往出了重價，亦不可得，惟訪親友家，如有此書，方能借來抄寫。要求一書，真是種種費事。並且無論男婦，都是絕頂聰明，日讀萬言的不計其數，因此，那書更不夠他讀了。本地向無盜賊，從不偷竊，就是遺金在地，也無拾取之人。他們見了無義之財，叫作「臨財毋苟得」。就只有個毛病：若見了書籍，登時就把「毋苟得」三字撇在九霄雲外，不是借去不還，就是設法偷騙，那作賊的心腸也由不得自己了。所以此地把竊物之人叫作「偷兒」，把偷書之人卻叫作「竊兒」；借物不還的叫作「拐兒」，借書不還的叫作「騙兒」。因有這些名號，那藏書之家，見了這些竊兒、騙兒，莫不害怕，都將書籍深藏內室，非至親好友，不能借觀。家家如此。我們只知以他案上之書定他腹中學問，無怪要受累了。』

說話間，不覺來到船上。林之洋道：『俺們快逃罷！』分付水手，起錨揚帆。唐敖因那扇子寫的甚好，來到後面，向多九公討了。多九公道：『今日唐兄同那老者見面，曾說「識荊」二字，是何出處？』唐敖道：『再過幾十年，九公就看見了。小弟才想紫衣女子所說「吳郡大老倚閭滿盈」那句話，再也不解。九公久慣江湖，自然曉得這句鄉談了？』九公道：『老夫細細參詳，也解不出。我們何不問問林兄？』唐敖隨把林之洋找來，林之洋也回不知。唐敖道：『若說這句隱著罵話，以字義推求，又無深奧之處。據小弟愚見：其中必定含著機關。大家必須細細猜詳，就如猜謎光景，務必把他猜出。若不猜出，被他罵了還不知哩！』林之洋道：『這話當時為甚起的？二位先把來路說說。看來，這事惟有俺林之洋還能猜，你們猜不出的。』唐敖道：『何以見得？』林之洋道：『二位老兄才被他們考的膽戰心驚，如今怕還怕不來，那裡還敢亂猜！若猜的不是，被黑女聽見，豈不又要吃苦出汗麼？』

多九公道：『林兄且慢取笑。我把來路說說：當時談論切音，那紫衣女子因我們不知反切，向紅衣女子輕輕笑道：『若以本題而論，豈非「吳郡大老倚閭滿盈」麼？』那紅衣女子聽了，也笑一笑。這就是當時說話光景。』林之洋道：『這話既是談論反切起的，據俺看來：他這本題兩字自然就是甚麼反切。你們只管向這反切書上找去，包你找得出。』多九公猛然醒悟道：『唐兄，我們被女子罵了！按反切而論：「吳郡」是個「問」字，「大老」是個「道」字，「倚閭」是個「於」字，「滿盈」是個「盲」字。他因請教反切，我們都回不知，所以他說：『豈非「問道於盲」麼！』

林之洋道：『你們都是雙目炯炯，為甚比作瞽目？大約彼時因他年輕，不將他們放在眼裡，未免旁若無人，因此把你比作瞽目，卻也湊巧。』多九公道：『為何湊巧？』林之洋道：『那「旁若無人」者，就如兩旁明明有人，他卻如未看見。既未看見，豈非瞽目麼？此話將來可作「旁若無人」的批語。海外女子這等淘氣，將來到了女兒國，他們成群打夥，聚在一處，更不知怎樣厲害。好在俺從來不會談文，他要同俺論文，俺有絕好主意，只得南方話一句，一概給他「弗得知」。任他說得天花亂墜，俺總是弗得知，他又其奈俺何！』

多九公笑道：『倘女兒國執意要你談文，你不同他談文，把你留在國中，看你怎樣？』林之洋道：『把俺留下，俺也給他一概弗得知。你們今日被那黑女難住，走也走不出，若非俺去相救，怎出他門？這樣大情，二位怎樣報俺？』唐敖道：『九公才說恐女兒國將舅兄留下，日後倘有此事，我們就去救你出來，也算「以德報德」了。』多九公道：『據老夫看來：這不是「以德報德」，倒是「以怨報德」。』唐敖道：『此話怎講？』多九公道：『林兄如被女兒國留下，他在那裡，何等有趣，你卻把他救出，豈非「以怨報德」麼？』林之洋道：『九公既說那裡有趣，將來到了女兒國，俺去通知國王，就請九公住他國中。』多九公笑道：『老夫倒想住在那裡，卻教那個替你管舵（ㄉㄨㄛˋ duò）呢？』

唐敖道：『豈但管舵，小弟還要求教韻學哩。請問九公：小弟素於反切雖是門外漢，但「大老」二字，按音韻呼去，為何不是「島」字？』多九公道：『古來韻書「道」字本與「島」字同音；近來讀「道」為「到」，以上聲讀作去聲。即如是非之「是」古人讀作「使」字，「動」字讀作「董」字，此類甚多，不能枚舉。大約古聲重，讀「島」；今聲輕，讀「到」。這是音隨世傳，輕重不同，所以如此。』林之洋道：『那個「盲」字，俺們向來讀與「忙」字同音，今九公讀作「萌」字，也是輕重不同麼？』多九公道：『「盲」字本歸八庚，其音同「萌」；若讀「忙」字，是林兄自己讀錯了。』林之洋道：『若說讀錯，是俺先生教的，與俺何干！』多九公道：『你們先生如此疏忽，就該打他手心。』林之洋道：『先生犯了這樣小錯，就要打手心，那終日曠功誤人子弟的，豈不都要打殺麼？』

第二十回　丹桂岩山雞舞鏡　碧梧嶺孔雀開屏

這日到了白民國交界，迎面有一危峰，一派清光，甚覺可愛。唐敖忖道：『如此峻嶺，豈無名花？』於是請問多九公是何名山？多九公道：『此嶺總名麟鳳山，自東至西，約長千餘里，乃西海第一大嶺。內中果木極盛，烏獸極繁。但嶺東要求一禽也不可得，嶺西要求一獸也不可得。』唐敖道：『這卻為何？』多九公道：『此山茂林深處，向有一麟一鳳。麟在東山，鳳在西山。所以東面五百里有獸無禽，西面五百里有禽無獸，倒像各守疆界光景。因而東山名叫麒麟山，上面桂花甚多，又名丹桂岩；西山名叫鳳凰山，上面梧桐甚多，又名碧梧嶺。此事不知始於何時，相安已久。誰知東山旁有條小嶺名叫狻猊（ㄙㄨㄢ ㄋㄧˊ suān ní）嶺，西山旁有條小嶺名叫鷫鷞（ㄙㄨˋ ㄕㄨㄤ sù shuāng）嶺。狻猊嶺上有一惡獸，其名就叫「狻猊」，常帶許多怪獸來至東山騷擾；鷫鷞嶺上有個惡鳥，其名就叫「鷫鷞」，常帶許多怪鳥來至西山騷擾。』唐敖道：『東山有麟，麟為獸長；西山有鳳，鳳為禽長。

難道狻猊也不畏麟，鸓鵝也不怕鳳麼？』多九公道：『當日老夫也甚疑惑。後來因見古書，才知鸓鵝乃西方神鳥，狻猊亦可算得毛群之長，無怪要來抗橫了。大約略為騷擾，麟鳳也不同他計較；若干犯過甚，也就不免爭鬥。數年前老夫從此路過，曾見鳳凰與鸓鵝爭鬥，都是各發手下之鳥，或一個兩個，彼此剁啄撕打，倒也爽目。後來又遇麒麟同狻猊爭鬥，也是各發手下之獸，那撕打迸跳形狀，真可山搖地動，看之令人心驚。畢竟邪不勝正，鬧來鬧去，往往狻猊、鸓鵝大敗而歸。』

正在談論，半空中倒像人喊馬嘶，鬧鬧吵吵。連忙出艙仰觀，只見無數大鳥，密密層層，飛向山中去了。唐敖道：『看這光景，莫非鸓鵝又來騷擾？我們何不前去望望？』多九公道：『如此甚好。』於是通知林之洋，把船攏在山腳下，三人帶了器械，棄舟登岸，上了山坡。唐敖道：『今日之遊，別的景致還在其次，第一鳳凰不可不看：他既做了一山之主，自然另是一種氣概。』多九公道：『唐兄要看鳳凰，我們越過前面峰頭，只檢梧桐多處遊去，倘緣分湊巧，不過略走幾步，就可遇見。』大家穿過峻嶺，尋找桐林，不知不覺，走了數里。林之洋道：『俺們今日見的都是小鳥，並無一隻大鳥，不知甚故？難道果真都去伺候鳳凰麼？』唐敖道：『今日所見各鳥，毛色或紫或碧，五彩燦爛，兼之各種嬌啼，不啻笙簧，已足悅耳娛目，如此美景，也算難得了。』

忽聽一陣鳥鳴之聲，宛轉嘹亮，甚覺爽耳，三人一聞此音，陡然神清氣爽。唐敖道：

『《詩》言：「鶴鳴於九皋，聲聞於天。」今聽此聲，真可上徹霄漢。』大家順著聲望去，只當必是鶴鷺之類。看了半晌，並無蹤影，只覺其音漸漸相近，較之鶴鳴尤其洪亮。多九公道：『這又奇了！安有如此大聲，不見形象之理？』唐敖道：『九公，你看：那邊有棵大樹，樹旁圍著許多飛蠅，上下盤旋，這個聲音好像樹中發出的。』說話間，離樹不遠，其聲更覺震耳。三人朝著樹上望了一望，何嘗有個禽鳥。

林之洋忽然把頭抱住，亂跳起來，口內只說：『震死俺了！』二人都吃了一嚇，問其所以。林之洋道：『俺正看大樹，只覺有個蒼蠅，飛在耳邊。俺用手將他按住，誰知他在耳邊大喊一聲，就如雷鳴一般，把俺震的頭暈眼花。俺趁勢把他捉在手內。』話未說完，那蠅大喊大叫，嗚的更覺震耳。林之洋把手亂搖道：『俺將你搖的發昏，看你可叫！』那蠅被搖，旋即住聲。唐、多二人隨向那群飛蠅側耳細聽，那個大聲果然竟是『不啻若自其口出』。多九公笑道：『若非此鳥飛入林兄耳內，我們何能想到如此大聲，卻出這群小鳥之口。老夫目力不佳，不能辨其顏色。林兄把那小鳥取出，看看可是紅嘴綠毛？如果狀如鸚鵡，老夫就知其名了。』

林之洋道：『這個小鳥，從未見過，俺要帶回船去給眾人見識見識。設或取出飛了，豈不可惜？』於是捲了一個紙桶，把紙桶對著手縫，輕輕將小鳥放了進去。唐敖起初見這小鳥，以為無非蒼蠅、蜜蜂之類，今聽多九公之話，輕輕過去一看，果然都是紅嘴綠毛，狀如鸚鵡。忙走回道：『他的形狀，小弟才去細看，果真不錯。請教何名？』多九公道：『此鳥名叫「細鳥」，元封五年，勒畢國曾用玉籠以數百進貢，形如大蠅，狀似鸚鵡，聲聞數里。國人常以此鳥候日，又名「候日蟲」。那知如此小鳥，其聲竟如洪鐘，倒也罕見！』

林之洋道：『妹夫要看鳳凰，走來走去，遍山並無一鳥。如今細鳥飛散，靜悄悄連聲也不聞。這裡只有樹木，沒甚好玩，俺們另向別處去罷。』多九公道：『此刻忽然鴉雀無聞，卻也奇怪。』只見有個牧童，身穿白衣，手拿器械，從路旁走來。唐敖上前拱手道：『請問小哥：此處是何地名？』牧童道：『此地叫做碧梧嶺，嶺旁就是丹桂岩，乃白民國所屬。過了此嶺，野獸最多，往往出來傷人，三位客人須要仔細！』說罷去了。

多九公道：『此處既名碧梧嶺，大約梧桐必多，或者鳳凰在這嶺上也未可知。我們且把對面山峰越過，看是如何。』不多時，越過高峰，只見西邊山頭無數梧桐，桐林內立著一隻鳳凰，毛分五彩，赤若丹霞；身高六尺，尾長丈餘；蛇頸雞啄，一身花文。兩旁密密層層，列著無數奇禽：或身高一丈，或身高八尺；青黃赤白黑，各種顏色，不勝枚舉。對面東邊山頭桂樹林中也有一個大鳥：渾身碧綠，長頸鼠足，身高六尺，其形如雁。兩旁圍著許多怪鳥：也有三首六足的，也有四翼雙尾的，奇形怪狀，不一而足。多九公道：『東邊這隻綠鳥就是鸘鷞。大約今日又來騷擾，所以鳳凰帶著眾鳥把去路攔住，看來又要爭鬥了。』

忽聽鸛鵝連鳴兩聲，身旁飛出一鳥，其狀如鳳，尾長丈餘，毛分五彩，攛至丹桂岩，抖擻翎毛，舒翅展尾，上下飛舞，如同一片錦繡；恰好旁邊有塊雲母石，就如一面大鏡，照的那個影兒，五彩相映，分外鮮明。林之洋道：『這鳥倒像鳳凰，就只身材短小，莫非母鳳凰嗎？』多九公道：『此鳥名「山雞」，最愛其毛，每每照水顧影，眼花墜水而死。古人因他有鳳之色，無鳳之德，呼作「啞鳳」。大約鸛鵝以為此鳥具如許彩色，可以壓倒鳳凰手下眾鳥，因此命他出來當場賣弄。』

忽見西林飛出一隻孔雀，走至碧梧嶺，展開七尺長尾，舒展兩翅，朝著丹桂岩盼睞起舞；不獨金翠縈目，兼且那個長尾排著許多圓文，陡然或紅或黃，變出無窮顏色，宛如錦屏一般，山雞起初也還勉強飛舞，後來因見孔雀這條長尾變出六顏五色，華彩奪目，金碧輝煌，未免自慚形穢；鳴了兩聲，朝著雲母石一頭撞去，竟自身亡。唐敖道：『這隻山雞因毛色比不上孔雀，所以羞忿輕生。以禽鳥之微，尚有如此血性，何以世人明知己不如人，反靦顏無愧？殊不可解。』林之洋道：『世人都像山雞這般烈性，那裡死得許多！據俺看來：只好把臉一老，也就混過去了。』

孔雀得勝退回本林。東林又飛出一鳥，一身蒼毛，尖嘴黃足，跳至山坡，口中唧唧咋咋，鳴出各種聲音。此鳥鳴未數聲，西林也飛出一隻五彩鳥，尖嘴短尾，走到山岡，展翅搖翎，口中鳴的嬌嬌滴滴，悠揚宛轉，甚覺可耳。唐敖道：『小弟聞得「鳴鳥」毛分五彩，有百樂歌舞之風，大約就是此類了。那蒼鳥不知何名？』多九公道：「此即「反舌」，一名「百舌」。〈月令〉「仲夏反舌無聲」，就是此鳥。」林之洋道：『如今正是仲夏，這個反舌與眾不同，他不按月令，只管亂叫了。』忽聽東林無數鳥鳴，從中攛出一隻怪鳥，其形如鵝，身高二丈，翼廣丈餘，九條長尾，十頸環簇，只得九頭。攛出山岡，鼓翼作勢，霎時九頭齊鳴。多九公道：『原來「九頭鳥」出來了。」

第二十一回　逢惡獸唐生被難　施神槍魏女解圍

話說多九公指著九頭鳥道：『此鳥古人謂之「鶬鴰」（ㄘㄤ ㄍㄨㄚ cāng guā），一身逆毛，甚是凶惡。不知鳳凰手下那個出來招架？』登時西林飛出一隻小鳥，白頸紅嘴，一身青翠，走至山岡，望著九頭鳥鳴了幾聲，宛如狗吠。九頭鳥一聞此聲，早已抱頭鼠竄，騰空而去。此鳥退入西林。林之洋道：『這鳥為甚不是禽鳴，倒學狗叫？俺看他油嘴滑舌，南腔北調，到底算個甚麼！可笑這九頭鳥枉自又高又大，聽得一聲狗叫，他就跑了。原來小鳥這等厲害！』多九公道：『此禽名叫「鳩鳥」，又名「天狗」。這九頭鳥本有十首，不知何時被犬咬去一個，其項至今流血。血滴人家，最為不祥。如聞其聲，須令狗叫，他即逃走。因其畏犬，所以古人有「捩狗耳禳之」之法。』

只見鸘鶇林內攛出一隻駝鳥，身高八尺，狀以橐駝，其色蒼黑，翅廣丈餘，兩隻駝蹄，奔至山岡，吼叫連聲。西林也飛出一鳥，赤眼紅嘴，一身白毛，尾長丈二，身高四尺，尾上有勺，其大如斗，走至山岡，與駝鳥鬥在一處。林之洋道：『這尾上有勺的倒也異樣。俺們捉幾個送給無腸國，他必歡喜。』唐敖道：『何以見得？』林之洋道：『他們得了這鳥，既可當菜大嚼，再把尾子取下作為盛飯盛糞的勺子，豈不好麼？』唐敖道：『怪不得古人言：「駝鳥之卵，其大如甕。」原來其形竟有如許之大！這尾上有勺的，他比駝鳥，一個身高八尺，一個身高四尺，大小懸殊，何能爭鬥？豈非自討苦麼？』多九公道：『此鳥名喚「鷫勺」。他既敢與駝鳥相鬥，自然也就非凡。』

鷫勺鬥未數合，豎起長尾，一連幾勺，打的駝鳥前攛後跳，聲如牛吼。東林又跳出一隻禿鶖，身高八尺，長頸身青，頭禿無毛，攛至山岡。林之洋道：『忽然鬧出和尚來了。』西邊林內也飛出一鳥，渾身碧綠，一條豬尾，長有丈六，身高四尺，一隻長足，跳躍而出，攛至山岡，掄起豬尾，如皮鞭一般，對著禿鶖一連幾尾，把個禿頭打的鮮血淋漓，吼叫連聲。林之洋道：『這個和尚今日老大吃虧，怪不得大人國的和尚不肯削髮，他怕禿頭吃苦。』多九公道：『原來「跂踵」出來爭鬥。他這豬尾，隨你勇鳥也敵他不過，看來鷫鷞又要大敗了。」那邊百舌敵不住鳴鳥，早已飛回東林；禿鶖被打不過，騰空而去；駝鳥兩翅受傷，逃回本林。只聽鷫鷞大叫幾聲，帶著無數怪鳥，奔至山岡；西林也有許多大鳥飛出：登時鬥成一團。那鷫勺掄起大勺，跂踵舞起豬尾，一起一落，打的落花流水。正在難解難分，忽聽東邊山上，猶如千軍萬馬之聲，塵土飛空，山搖地動，密密層層，不知一群甚麼，狂奔而來。登時眾鳥飛騰，鳳凰鷫鷞，也都逃竄。

三人聽了，忙躲桐林深處，細細偷看。原來是群野獸，從東奔來：為首其狀如虎，一身青毛，鈎爪鋸牙；弭耳昂鼻，目光如電，聲吼如雷，一條長尾，尾上茸毛，其大如斗；走至鳳凰所棲林內，吼了兩聲，帶著許多怪獸，渾身血跡，攛了進去。隨後一群怪獸趕來，也是血跡淋漓，走至鷫鷞所棲林內，也都攛入。為首一獸，渾身青黃，其體似麕（ㄐㄩㄣ jūn），其尾似牛，其足似馬，頭生一角。

唐敖道：『請教九公：這個獨角獸自然是麒麟；西邊那個青獸可是狻猊？』多九公道：『西林正是狻猊，大約又來騷擾，所以麒麟帶著眾獸趕來。』只見狻猊喘息片時，將身立起，口中叫了兩聲。旁邊攛出一隻野豬，搧著兩耳，一步三搖，倒像奉令一般，走到跟前，將頭伸，送到狻猊口邊；狻猊嗅了一嗅，吼了一聲，把嘴一張，咬下豬頭，隨將野豬吃入腹中。林之洋道：『這個野豬，據俺看來，生的甚覺慳吝，那肯真心請客；他的意思，不過虛讓一讓，那知狻猊並不推辭，竟自啖了。原來狻猊腹飢。大約吃飽就要爭鬥了。』

正自指手畫腳，談論狻猊，不意手中那個細鳥，忽又鳴聲震耳，連忙用手亂搖，那肯住聲。狻猊聽了，把頭揚起，順著聲音望了一望，只聽大吼一聲，帶著許多怪獸，一齊奔來。三人嚇得四處奔逃。多九公喊道：『林兄！還不放槍救命，等待何時！』林之洋跑的氣喘噓噓，棄了細鳥，迎著眾獸放了一槍，雖然打倒兩個，無奈眾獸密密層層，毫不畏懼，仍舊奔來。多九公道：『我的林兄！難道放不得第二槍麼！』林之洋戰戰兢兢，又放一槍；好像火上澆油，眾獸更都如飛至。林之洋不覺放聲哭道：『只顧要看撕鬥，那知狻猊腹餓，要吃俺肉！無膂國以土當飯，他是以人當飯！俺聞秀才最酸，狻猊如怕酸物倒牙，九公同妹夫還可躲這災難，就只苦殺俺了！頃刻就到眼前，只要把口一張，就吞到腹中！這狻猊肚腸不知可像無腸國？但願吞了隨即通過，俺還有命；若不通過，存在裡面，就要悶殺了！』

唐敖正朝前奔，只覺身後鳴聲震耳，回頭一看，狻猊相離不遠，竟向身後撲來。不由手慌腳亂，無計可施，說聲『不好』，一時著急，將身一縱，就如飛舞一般，攛在空中。眾獸都向多、林二人撲去，二人惟有叫苦，左右亂跑。忽聽山岡上呱剌剌如雷鳴一般，響了一聲，一道黑煙，比箭還急，直奔狻猊；狻猊將身縱起，方才躲過；轉眼間，又是一聲響亮，狻猊躲避不及，登時打落山上。眾獸撇了多、林二人，都來圍護狻猊。只聽呱剌剌、呱剌剌、……響亮連聲，黑煙亂冒，塵土飛空，滿山響聲不絕，四處煙霧迷漫，那個聲響，如雨點一般，滾將出來，把些怪獸打得屍橫遍地，四處奔逃，霎時無蹤。麒麟帶著眾獸，也都逃竄。

中國歷代經典寶庫⑨

鏡花緣——鏡裡奇遇記

編撰者—方瑜
編輯—康逸藍
執行企劃—洪小偉、張燕宜
校對—謝惠鈴
董事長—趙政岷
出版者—時報文化出版企業股份有限公司
108019台北市和平西路三段二四〇號三樓
發行專線—（〇二）二三〇六—六八四二
讀者服務專線—〇八〇〇—二三一—七〇五
（〇二）二三〇四—七一〇三
讀者服務傳真—（〇二）二三〇四—六八五八
郵撥—一九三四四七二四時報文化出版公司
信箱—一〇八九九臺北華江橋郵局第九九信箱
時報悅讀網—http://www.readingtimes.com.tw
法律顧問—理律法律事務所　陳長文律師、李念祖律師
印刷—勁達印刷有限公司
五版一刷—二〇一二年三月九日
五版六刷—二〇二〇年七月十六日
定價—新台幣二百五十元

時報文化出版公司成立於一九七五年，
並於一九九九年股票上櫃公開發行，於二〇〇八年脫離中時集團非屬旺中，
以「尊重智慧與創意的文化事業」為信念。

鏡花緣：鏡裡奇遇記 / 方瑜編撰. -- 五版. -- 臺北市：時報文化,
2012.03
面；　公分. --（中國歷代經典寶庫；9）

ISBN 978-957-13-5516-0（平裝）

857.44　　101001697

ISBN 978-957-13-5516-0
Printed in Taiwan